如雪如山

张天翼／著

人民文学出版社

图书在版编目（CIP）数据

如雪如山/张天翼著.—北京：人民文学出版社，2022（2024.2重印）
ISBN 978-7-02-016693-0

Ⅰ.①如… Ⅱ.①张… Ⅲ.①短篇小说—小说集—中国—当代 Ⅳ.①I247.7

中国版本图书馆CIP数据核字（2021）第242829号

责任编辑　欧阳婧怡　马林霄萝
装帧设计　李思安
责任校对　孟天阳
责任印制　苏文强

出版发行　人民文学出版社
社　　址　北京市朝内大街166号
邮政编码　100705

印　　刷　三河市中晟雅豪印务有限公司
经　　销　全国新华书店等

字　　数　173千字
开　　本　787毫米×1092毫米　1/32
印　　张　10.75　插页3
印　　数　49001—53000
版　　次　2022年4月北京第1版
印　　次　2024年2月第13次印刷

书　　号　978-7-02-016693-0
定　　价　58.00元

如有印装质量问题，请与本社图书销售中心调换。电话：010-65233595

目 录

001　我只想坐下

051　地上的血

083　泳客

135　纪念日

205　春之盐

223　雪山

277　拜年

339　后记：雪山与百合

我只想坐下

早晨下的雪,到黄昏就脏了。车站广场的雪像洗洁精泡沫堆在黑锅边上,大部分粘在人们为过年回家穿的好皮鞋鞋底上,进了售票厅、进站大厅候车室。热腾腾的候车室里,有一千个人、三千包行李和一个詹立立。

离发车时间还有四十分钟,人们就自觉从铁椅子上起身,排在进站闸口后面,像长跑运动员等在起跑线后面。隔着六七个人,前面有个小女孩围着她妈的腿转磨,头戴格格式的小牌楼发卡,黑漆漆旗头板子,中间一朵大粉绸子牡丹花,两边两条红穗子。今年最火的剧是《还珠格格》,火车站的纪念品店拿还珠格格发卡当特产卖,满架大牡丹,小女孩一看见就走不动道。再疼钱的爹妈也不会在年根底下疼钱,孩子们缠闹来一个小牌楼,一顶上,立刻小心翼翼用脚心找路,仿佛踩上了透明花盆底,只欠一个皇阿玛来认领。詹立立身边的行李箱里,也有个一模一样的格格发卡,给老家表妹买的。

她往身边拽拽箱子，把手里提包搁在箱子上。提包死沉死沉，手指尖都勒白了。包不是她的，是她同学孙家宝的，她自告奋勇拎着，让孙家宝腾出两手吃东西。孙家宝一手拿薯条，一手拿汉堡，边吃边说，重吧？没事，你放地上呗，那包里有个桃罐头，我坐火车就爱吃个罐头。立立说，没事没事，也没多重。

她跟孙家宝原本不熟，同院不同班，老乡也不是老乡，几个班一起上大课，听点名听多了，知道有这么个人，上学期坐过一次前后排，传表格传材料，相视一笑，顶多是这样。那怎么突然熟到并肩站着候车的呢？就因为坐火车。快过年了，全城外地打工的人、外地学生都要买票回家。一个月前，女班长挨屋发火车票，立立端着盆洗漱回来，接了票一看"无座"两字，一屁股在床沿坐下了，盆湿漉漉地搁在枕头上。二十个小时车程，没有座位，怎么熬？班长坐到她身边，说，瞧你这运气，班里数你路远，还就你是站票，你咋就不多勾个备选呢？硬座没有，卧铺肯定有的噻！

她摇头，说，卧铺……贵嘛。

学校发的订票表格，最后一格是备选：无座、硬座、硬卧、软卧。如果同意备选一张硬卧，就有多花几百块钱的危险，她只勾了无座。学生火车票本来打五折，但卧铺的学票，只能减掉硬座的半价的钱数，像一种官方提醒：花着爸妈的血汗钱，还想躺回家，是不是太奢侈了？

　　车票搁在她大腿上，肉粉色，像豁开一个方方正正、露着嫩肉的伤口。班长叹气，说，咱班男生有人认识"黄牛"，我喊他们帮你弄一张卧铺吧？立立又摇头。班长简直要生气了，你心疼那点钱干么子嚷？你说你……

　　过夜的火车，即使坐硬座都很煎熬。硬座的硬，是个很妙的定语，不是座位硬，是人硬，不用多，坐上几个小时，腰板、膝盖、腿脚，就僵硬得跟棍棒似的。无座跟硬座一个价钱。硬卧比它们贵一百五十二块钱，那一夜她屁股的归属，值不值一百五十二块钱？

　　值不值得，她说了不算，因为钱是爸妈给的。叫起来是爸妈，实际是叔婶。爸妈给她说过一次：你也可以叫"那边"爸妈，但即使那时她才小学二年级，也懂得这种"可以"其实是"不可以"。她一直坚持叫"那边"大伯和大伯娘。前两个寒假她先坐短途火车到大伯夫妇做买卖的城市，住几天，再一块回老家。今年大伯夫妇的麻辣烫小店亏了钱，大伯又犯肾结石，一个月前就回了老家。这是她第一次自己面对春运。

　　填"备选"之前，她给爸妈打过电话。她爸妈一直在郑州陪读，陪她弟上武术学校。她说，爸，我学校没给订到座位票，我补订一个铺位票好不好？她爸很豪迈地说，年轻人，出力长力，补啥补？没得座位就没得座位，吃点苦也不坏，梅花香自苦寒来。再说那么大个火车，哪儿还坐不下个你。她不再说这事。她知道弟弟进武校交了好大一笔赞助费。

所以立立不想答班长那句话，为了掩饰这个不想，她把枕头上的盆拿下来，弯腰塞到床底。枕头湿漉漉的，像预先替她愁哭了。班长忽然想到什么，手在她大腿上一拍，我给你讲！你知道隔壁班的孙家宝吧？胸脯挺大、夏天老穿吊带背心上课那个。她跟你坐同一天同一趟车，订到了硬座——咱院的票是我给一张张分到各班的。

立立抬起头。班长的小肉手又在她腿上拍一巴掌，另一条腿上的票轻微震一下，方形伤口里的无形神经也跳一下。我男朋友老赵，跟孙家宝是老乡。他们老乡聚会上，我跟她聊过天。她人不错，你去跟她套套近乎，让她照顾照顾你，哪怕给你挤个椅子边边坐呢。而且她家近，夜里就下车，她下了，你不就能坐她的座位了吗？

孙家宝人白白的，敦敦实实的，油乎乎头发往后梳成一把抓，鼓脑门上总有个高光点，爱笑，嗓门敞。女生之间的友情要搭建起来，有时是很快的。瓜子话梅请请客，食堂里面对面吃吃饭、掏掏心窝子，再来杯珍珠奶茶一浇灌，第二天就能替对方在大课上答"到"，第三天两条胳膊就挽成麻花了，就亲亲热热逛后街饰品店去了。

这姑娘人还真不错，虽然明摆着詹立立有求于她，她也没摆起架子，死吃人家一口。立立请三次，她懂得请回去一次。她唯一不太好的地方，是嘴不好，有时话特冲，好像一块馒头给人塞嘴里，噎得人一愣，不知道该咽还是该吐。就比如现在等在候车队伍里，她一边吃薯条一边说，哎立立，车站这个麦当劳会不会是假冒的？我怎么觉得这薯条味儿不对呢？跟我以前吃的味儿不太一样。

薯条是詹立立请的。她心里叹气，孙家宝也真是的，这种话怎么能随便说？这么说，是嫌别人不会买？还是故意贬低薯条，就不用领情了呢？

她说，不会，肯定是真的，麦当劳哪有假冒的？他们不敢。

好在，随便说话的人也随便忘话，话说完就不是她的了，谁爱捡心里谁捡去。孙家宝低头叼住一根薯条尾巴，像拎出一根烟似的，揪出一整根，嘴唇抿啊抿，一寸寸把薯条吃进去，她常有这种无来由的娇憨小动作，自个儿逗自个儿开心，两眼净是宠着自个儿的笑，看着立立，把薯条盒往前一递，你也吃嘛。

立立说，不啦，我中午吃得多，现在还饱着。"请别人客"的东西，她从来一口不沾，送人情就得送个完完整整的，再"吃回来"一点？那不是她詹立立的作风。

她又瞄了一眼"格格"。小女孩正隔着人，眼巴巴地看孙家宝，一转身，扑在她妈大胯上，大声说，妈妈我要吃方便面我要吃方便面！她妈从身上撕她下来，一手按着五六个月的肚子，说，别闹，你看弟弟多乖，一点不闹，面等上车再吃，啊。立立想，原来肚里是弟弟，怪不得……她妈生弟弟之前之后，也对她好过一大阵，夸她"真会引"，新衣新鞋紧着买，摔碎暖瓶都不挨打。

一阵骚动，风吹树叶似的传过来，检票进站了。人们纷纷弯腰，把脚边的行李提上、背上、扛上、挑上。立立说，你吃你的，我给你推箱子。孙家宝嘴里呜呜，忽然小步跑到最近的垃圾筒处，将剩一半的薯条往里一抛，手势干脆漂亮，她跑回来一伸手，把挎包接过去。随人群蠕向前方，路过那个垃圾筒，立立把脸掉到另一边。

一过检票闸，人都跑起来，像被狮子撵得狂奔的角马群，好像上火车不是凭票，是凭赛跑名次，排前面才走得了，排后面的就要被丢下。脚步声和行李箱轮子摩擦地面的声音，在天桥甬道里混响成一片，立立的身子被后面超过的人撞得一晃一晃。她俩步伐越来越大,最后也跑起来,加入这莫名其妙亡命起来的队伍。孙家宝边跑边小声咯咯笑。

月台顶棚上的大灯亮得人心慌,孙家宝说,上次我坐这趟车回学校,车上有个列车员,老帅了,眼睛像刘烨,嘴像金城武,也不知道这次能不能碰上;罐头真够重的,上车咱先把它宰了吃;你知道车厢里最烦的是什么人?三种:打呼噜的,抱小孩的,脚臭还非要脱鞋的。但愿咱车厢里没有……

立立顾不上捧哏了,她的心越走越重,等一上车,她将正式成为无处可去的人。

上车一拐弯,一股热腾腾的肉味扑到脸上。她们随着前面的人挪两步,停下,再挪。孙家宝手里捏着票,像琢磨谜面一样念着座位号。谜底揭晓:她的座位在一排三连座的最里边,靠窗。

靠窗是最好的座位。下围棋讲究"金角银边草肚皮",搁在火车座位上也适用,靠窗位是金角,困乏了,一歪,连头带身子倚着壁板,舒舒服服,简直等于半个卧铺;靠走道边的座位,胜在方便清净,也有半边可以舒展身体手脚;中间的位置最差,两边都是人肉,那种软中带硬的挤迫,最让人心烦又疲劳。孙家宝拿到的本来是金角,但要再给立立挣扎出一条能坐的地方来，金角就不如银边了。

面对面六个位子，其余五人已经坐满，孙家宝把行李箱推到椅子下面，暂时站住，没进去坐。立立也把行李箱推到椅子下面，堵在过道里，拿后背顶住挤蹭和各种口音的牢骚话。孙家宝轮番把那五个人看了一轮，眼睛盯住对面一排最靠外的黝黑男人，甜甜地送个笑，叫道，大哥！咱俩换个位置好不咯？我是靠窗的，靠窗的舒服。

这是以己上驷，易彼下驷，没不成的道理。男人欣然说，行！起身坐过去了。五分钟之后立立才明白，孙家宝为什么跟对面人换，不跟自己这排换：这边两位，一个四十多岁脖子上一圈金项链的壮大汉子，一个胖妇；对面两位一男一女，看脸就知道是学生，清瘦，能腾出的地方多，而且是"自己人"，也好打商量。果然孙家宝一说"同学帮帮忙挤一下好不好"，靠窗的女生立即拎起座位上的帆布包放在腿上，两个屁股此起彼伏地一挪，半尺座椅就省出来了。

那块白布包裹的椅子面，像凭空长出的一块雪地，珍珠奶茶、薯条和立立巴心巴肺经营出的情谊，在这一刻终于有了实体化身。孙家宝一巴掌拍在上面，表功似的大声说：来吧，快坐！

立立不断说谢谢谢谢，脱掉羽绒服，把体积削掉一圈，

·如雪如山·

抱着衣服,把身子安排下去。正着坐比较吃力,她调一下坐姿,脸朝外,膝盖朝过道支出去,坐稳了,如释重负,这重负是她自己。现在,她也有了一个弥足珍贵的、肚脐高的视野,可以带着淡淡的优越感,跟等高的眼睛一起看站着的人了。

车里已经黑压压的,人还在上,像珍珠奶茶的黑圆子在吸管里一顿一顿地行军,应和不可抗拒的吸力。还不光是人,人都提着背着扛着挑着,犹如搬运饼渣的工蚁队伍,因此一个人往往要占两到三人的空间。一些无座的人挑中一个地方,手扶椅背,就站住不动了。过道里的人肉密度逐渐上升,汤变成粥,粥变成饭,最后稠得濒临凝固。离开车时间还剩四分钟,队伍还有小半截耷拉在外面,像嘴角挂的残粒,很有被一把抹掉的危险。一阵推搡出的波动,从门外拐着弯传进来,前面人吼"别挤了",外面的人焦躁地嚷"往里走"。玻璃窗蒙着一层毛毛雾气,靠窗的人挥手抹出个扇面,扇面上是一幅《徙民图》。

天南地北的口音议论:外搭还有十几来号咧,哪能上得来?上得来,莫麻搭!妈妈哟,这好多人挤到一堆儿,好吓人哦。明儿个就好了,后半夜过郑州,过完郑州车就半空了。

立立的腿从椅子边界探出一截,她频繁地起立,给人让道，浑身是生怕碍事的知趣。折腾一阵后，她干脆站着不坐了。孙家宝在后面扯她毛衣后襟，你快坐下，别动。

又要等一会儿，立立才明白为什么"别动"：火车上每个容得人的孔隙都不会被剩下，她不填，马上有人填。两分钟后，她收腿空出的地方楔进一个无座的男人，身子整个偎上来，胳膊肘支着椅子脊背，"思想者"一样手托腮帮，摆定舒舒服服一个姿势。她再想坐，坐不下，用膝头顶了一下，那人岿然不动，巴掌托着的嘴里冒出几句恶声恶气的话：他妈顶什么顶？我也没地儿挪动！你等会儿，等他妈人过完了！

她只好转身，不转，胸脯就送到人身上去了。她面向窗户，手撑小桌，把自己支在一个将要倾倒的站姿里，看窗上的扇面。扇面图里多了个人，一个穿藏青制服大衣的高个儿列车员。他做着很大的手势，让最后三四个实在挤不上去的人往另外的门走，又高举一根食指，指向拱廊顶上挂着的大钟，意思是就要开车了，快走。帽檐下的脸一转，让顶棚投下的灯光照住了。

所有的感情，事后都被认为是一见钟情，然而这时候立立只能看清他右脸：一条黑眉毛抵着太阳穴、一颗女性化的毛茸茸大眼，整个扇面为之一亮。他帮一个带俩孩子的妈提起红蓝条纹蛇皮袋，领她向另一车门跑去，跑出画幅边缘。开车十五分钟后，立立再次见到他，才看清左脸，把那个第一印象补全。

她先听见的，是车厢那头响起的声音：检票！请把车票身份证准备好。声音脆亮，抖擞得很。孙家宝说，哎呀，列车员来了，咱问问他有没有螺丝刀。她那个桃罐头折腾半天了，打不开，前后左右几个人都饶有兴致地拧了一遍，像凡人试拔亚瑟王的宝剑。

就这一刻钟里，前后左右几个人交换了你老家是哪、念书还是工作、耍朋友没有等等信息，连"思想者"都加入了。四个学生互报了学校院系。那两人对孙家宝说，我们去你学校听过讲座，你们食堂的菜真好吃。

孙家宝说，那你去的肯定是三食堂，我们大食堂和西苑食堂厨子，都是养猪场饲养员改行的，那菜炒的！肉都是大肥肉，一嘟噜一嘟噜跟葡萄似的。

妇人说，哎哟，你们这些娃娃，嘴巴刁哟！我在工地上做饭，哪顿菜里不见大肥肉，工人都要敲碗边、"嚼球毛"的。

跟孙家宝换座位的黑男人说，人家大学生，哪能跟农民工比？人家将来都是公务员，要坐小车，吃酒桌子的。

女学生说，我可不愿意当公务员，我想去云南大理开一家客栈。几个人笑开了,"思想者"说,放着人上人不当,开旅馆铺床叠被伺候人去?这话可别让你爸妈听到。

车中段有人高声说话,跟列车员争执起来了。人们都抻长了瞧,有些人急匆匆站起来,钻到人缝里,抢能看得更尽兴的位置。闷在火车里,每一场热闹都珍贵得很。只听一个男人说,我有票!补啥补?

列车员说,您买的车票的区间,是郑州到新乡,请您到列车长办公席,补上始发站到郑州的票价。男人说,那你就当我是从郑州上的咯!

远远近近响起笑声。列车员说,这不行,咱们客运有客运的规章制度,请您配合一下,主动补票。立立欠身看一眼,认出了帽檐下的大花眼。他的嗓音独特,亮堂堂的,好像喉咙里藏着个小灯泡。

逃票的人头往旁边一侧,表情烦躁,像被迫说出本想给对方留点面子的事。又不是我非要逃票!春运票不好买啊,票还不是让你们铁路上的人倒卖给黄牛了!我们也没办法。你们又不差我这几个钱,你们铁路赚我们老百姓的钱还不够多?车上盒饭卖那么贵,讲理吗?还有,我问你,无座的票凭啥跟座位票一个价?!公平吗?周围有起哄的人也纷纷附和。年轻的列车员被孤立了。此人口口声声"我们",想把舆论煽动起来，躲到"我们老百姓"背后去。

列车员声音稳稳地说，票价是铁道部定的，有意见您可以打电话质询，但是要说公平，别的旅客都是规规矩矩买全价票，您只花一站的票钱，想跟别人坐一样的区段，这样对别人公平吗？

这一招真高明，反过来把他孤立于人民群众，立立在心里鼓掌。四周静了，逃票人语塞，他身边一个老乡重重地"嗨"了一声：没几个钱，莫丢人咧！快快，我帮你补上算尿！列车员同志，补多少钱？说着就歪身掏裤兜。

两人厮打起来。逃票人说，哥，我又没说不补，你快收咧，行啦我自个儿补去行了吧。列车员说，非常感谢您对我们工作的配合，请到十六号车厢列车长办公席办理手续，待会儿我再来查验。

那人走之前，嘴上还要找点便宜回来，说，你这小子嘴头挺行啊，真是母牛不生崽——牛×坏了！

人们大笑，对这场热闹非常满意，有波折，有高潮，最后还抖响个荤香的包袱。列车员转向下一个人，脸色平静地说，请出示车票身份证。

人们陆续收回腰身和目光，意犹未尽，议论起自己听过的逃票成功案例。孙家宝趴到立立耳边说，就是他！立立说，谁？孙家宝说，你记不记得我跟你说，这趟车上有个特帅的列车员，眼睛像刘烨嘴像金城武？就是他。我说得没错吧？像不像？

那人走得越来越近。孙家宝她们把学生证压在车票上，握在手中，等着，红底烫金的学校名字，跟一块块霓虹灯板似的，一下闪进四周围人的眼里。高考苦了一番，为的什么？不光为了四年后院长把学位帽的穗子往边上一拨、递来的那一张文凭，也为了眼下这种跟"普通人"分隔开来、扬眉吐气的时刻。这种时刻不多，得珍惜。四周围的人斜睨着，脸上含笑，表情是有点羡慕，有点轻蔑，有点同情——就让娃娃显摆一下吧，当大学生也就能风光这几年，上了社会还不都是灰头土脸打工仔。

列车员挤过来，在两排座椅中间站定，从伸出的手里挑了一只，接过票和身份证。立立仰头盯着，帽檐下的图景终于看清了，两只眼睛两潭湖，睫毛是围湖栽种的葱郁草木，鼻子隔在中央，宽宽一道山梁，还有一颗圆溜溜、肉腾腾的灰痣，卧在眉丛里。她听家里爱给人看相的舅姥爷说，那叫"草里藏珠"。这副好面孔，该搁在质地更好的扇面上，出没在这乌糟糟车厢里，有点浪费了。但怎样算"不浪费"呢？她也想不出。

他察觉到她的凝视，眼睫毛一挑，眼珠朝她瞟一下，垂下眼皮，好像帘子掀开，里面有个脸蛋一闪，又不见了。

他先查对面那排的人，一言不发，查到立立她们这排，依次看了里头两人的学生证和票，说，上个车厢你们学校的同学特别多。还学生证时叮嘱，你俩的票是南站，记着南站跟北站不一样，先到的是北站，别下错了。

人们都发现了，这个列车员跟学生有股不一样的客气，总要和颜悦色地唠两句。他拿起孙家宝的学生证，说，好学校，我们系统的副总就是你们学校毕业的。孙家宝说，我知道，礼堂墙上荣誉校友照片有他。帅哥，我这站几点下车啊？

列车员说，正点是凌晨两点五十到站，还有四个小时。

孙家宝说，车晚点没有？

刚才待避特快，停了十七分钟，不过再过几站能追回来。好了，证件收好哦。

立立把学生证和票递上去，她有种错觉，他是故意把她留到最后一个，像那种心数很多的小孩，把预估最有趣的礼物盒留到最后拆。翻开学生证，头一页有一寸照，他的目光在照片和人脸上折返跑了几趟，很严谨地验明正身似的，她又想：不会是借对照片的机会看我吧？他再翻一页，念道，生命科学学院，你们这学院都学什么啊？立立说，就学"生命"。

"生命"能学四年？

怎么不能？植物动物微生物，细胞生物，分子生物，能学一辈子。

孙家宝说，我也是生科院的，你刚才怎么不问我？

列车员不抬头地一笑，那页上就算印满五号字也该看完了，幸好他在荒谬边缘合起学生证，连票还过来。詹立立是吧？这名字真不错。立是独立的意思？

不是，我爷从《论语》里给取的，"夫仁者，已欲立而立人"。

孙家宝说，嗨，帅哥，能不能帮个忙？

为旅客服务是我们的义务，请问您需要什么？

我有个罐头打不开，你有没有工具？

让我看看。

孙家宝兴冲冲从桌上捧起桃罐头给他。他的手很大，一下把罐头拿小了，几个长长指头捻着瓶肚子，在手心里转一圈。立立心里替那个罐头觉得舒服。孙家宝说，大伙都拧不开，是不是需要螺丝刀？他说，这是旅行装罐头，不用刀。

他另一只手罩到盖子上，两手反着使劲，没开。他甩着手说，得找东西垫垫，摩擦力不够。立立的手一动，摸摸脖子上垂下的棉麻围巾，没说话。他的眼光立即扫过来，同学，你的围巾借我用用？

手底下垫着围巾，他又使了一回劲，罐头盖子"咯"响一声，孙家宝欣然说，开了开了！哎呀帅哥你好厉害。他把围巾递给她，罐头放回桌上，说，我们班组搞掰手腕大赛，我永远第一，外号大力水手。好！很高兴为您服务，请您留意广播里的到站信息。

前一句是冲她说的，后一句冲孙家宝，于是立立又有一种亲疏有别的错觉……这些无法验证对错的猜想，像猫叨乱的毛线，留给她坐在半个屁股宽的座位上慢慢清理。被那只手摸过的围巾再戴回来，成了活物似的，又像那手的无形的一部分还留在围巾上，风吹草动地搭着脖子。

孙家宝伏在她背上，小声说，好帅耶，是吧？咱院的男生谁要长这么张脸，绝对是院草了！我绝对倒追。

她含糊说，他眼睛还行，大花眼。

大花眼什么意思？

我们那儿管大双眼皮叫大花眼。男人长这种眼干吗呢？简直浪费。她又违心地找缺点，说，不过他脸太瘦太尖了，还有点驼背。

我就爱看小尖脸。哎，他是不是有点喜欢你，跟你唠那么多句!

怎么可能？他们列车员每天还不得见一万个人，说一万句话？人脸估计在他们眼里都是马赛克……那他还给你开罐头呢，算不算喜欢你？

孙家宝说,对,罐头！来,你用我的叉子吃,好不好？……

开车一小时之后，人们已经开始各为彼此的娱乐，聊天、打扑克、吃瓜子、看书报杂志、戴耳机听歌、织毛活儿，还有女人端着竹篾绷子绣花。车厢宛如一个狭隘与伧俗的移动展览馆，能听到所有热门的偏见、女演员的风月新闻……有些人只是呆坐，两眼半开半闭，沉浸在混沌中。立立也是呆坐者，她其实带了书，在行李箱里，但她不想拿，她预感到跟那个列车员"还没完"。雨将落未落,悬念像雨滴悬在半空，她只想把悬念当一颗话梅，尽情地咂吮，滋味无穷。

二十年后拥有智能手机的人们，再也不会呆坐，再也不会无事可做，一部手机等于一个影院加游戏厅再加无数难以名状的啥啥啥。里头全是麻辣火锅，中辣、巨辣、变态辣，清汤寡水的、粗粮小菜的，早就倒闭了。人们愉悦地上缴全副精神和注意力，交给手机："来！刺激我！震惊我！"就像把一整摊肉体交给推拿师，自己不用动，别人揉一把，惊动一下，浑身揉，浑身心惊肉跳。在事和事的缝隙里，他们等不及地跳进手机屏幕。鲸每隔一阵浮出海面透气，他们每隔一阵需要一猛子扎进手机里透气。所有人都有一张手机照亮的脸，千人一面。他们永不会无聊。他们醉醺醺地，享受这目不暇接的无聊。

立立背后开了斗地主，"对子""四带二"地红火起来，几个无座的人站在椅子边看歪头胡。一局完了，孙家宝像在饭桌上让菜一样，转头说，立立，你玩一把！

她说，我不会。

孙家宝反倒更来劲，不会我教给你！你抓牌，我教你怎么看。

她笑道，我可笨了，你可教不会！你快玩吧，我打水去。

她起身，"思想者"刚往前拱一点，孙家宝麻利地一搬屁股占住空，笑道，大叔，别顶呀！让人还以为你欺负小姑娘呢。好男不跟女斗，你说嘞？她两手扑克洗得啪啪响，响得跟打耳光似的。"思想者"也笑了，哎哟，这妹子嘴巴贼厉害，你小心将来嫁不出去哦。

立立拿了孙家宝的粉红色"Hello Kitty"杯、自己的白保温杯，又跟里面两人说，我帮你们打水吧，你们出来不方便。这是对人家替她省座位的报答，那两人道了谢，递出杯子。她抱着四只水具刚要走，对面的金项链男人冷不丁手一伸，往她胳膊弯里放了个猪肝色保温杯，他若无其事地说，大学生，学雷锋咯！她说，哦，行吧。男人朝孙家宝说，美女，发牌发牌。

她穿人墙而出，艰难钻出好几步，一团迟到的怒气才缓缓成形。一部分气别人，更多的是气自己：凭什么让人随随便便就使唤了，就占便宜了呢？你为什么总这么好说话呢？……

她用软绵绵的嘟囔"对不起让一下"开路，一点点往前钻探，各种口音的抱怨如碎石飞溅，开凿出的缝隙，在身后迅速闭合。有些区域立着的人少，坐着躺着的人多。过道的地板根本看不见，横躺的人，脑袋和小腿伸到两边座椅下，只留一段腔子，丢在行李和鞋子之间，死了一样任谁踩也不动，为了回家人不得不跟自己的肉体断绝了关系！

她靠鞋尖连拨带撬，东一跨西一跳地插针，跟个跳棋似的往前走。在这样谁都拿自己不当人、当样东西的氛围里，很容易失去对肉体的尊重。她开始还不好意思，像个不会下棋的人，犹豫半天，哆里哆嗦走一步，但很快脚尖果断起来，狠起来。就这样不知挨了多少胳膊肘，感觉已经走了一半西天取经的路，车厢连接处的茶水炉还远得像凌霄宝殿。

差几步路的时候，她停在两个摞起来的蛇皮袋旁边歇脚，理一理怀里东倒西歪的水杯。前面一片黑压压之中，忽有一张脸转过来，像明月从乌云后面露出。

她毫无准备地接住一个微笑，又完全是下意识地笑回去。

他飞快地笑完，转头去敲厕所的白铁门。咚咚咚。旅客同志，请赶紧出来，车还有五分钟到站，厕所已经停止使用了。周围人看着，等着纠纷。里面没声音。他再敲，咚咚咚咚，声音严厉了。旅客同志，请不要在厕所抽烟！您再不出来我就用钥匙开门了！

三秒钟之后，刺啦一声，冲水的声音，啪嗒一声，门上的红块块旋成绿块块，门开了。一个穿黑毛领皮夹克的男人跨出来，大声说，×你妈，谁抽烟了？老子拉屎！还"用钥匙开门"，你开个试试，你侵犯我隐私了懂吗？哦，到站就不让人拉屎？你们火车上盖厕所是当饭馆用的？对旅客这态度，我他妈投诉你去，你工号多少？

门是冲立立这方向开的，这个方向的人都能看到门里还没散去的烟雾。然而没人替列车员说话。有的时候维持纪律的人容易陷入孤立，因为大家认为有的纪律发明出来是让人吃"亏"的，至少也是个招人烦的事，因此有硬脖子的顶一顶"纪律"，群众喜闻乐见。

列车员并不回嘴，把门拽上，用三角形钥匙锁起。皮夹克男人在他肩膀上推一巴掌，问你呢！工号多少？叫什么名字？

就像自己也被推了一把似的，她在几步之外开口了，大叔，你确实抽烟了呀，你看那烟气儿都还在呢，人家又没说错！

那副不善的目光立即扫过来，她差点扛不住低下头去。这种违反本性的对抗，令她整个肺腑都颤抖了，但又不完全因为恐惧。

列车员朝她投去重重一眼。皮夹克男人轻蔑地说，爷们儿说话，你插什么嘴，滚一边去。这时广播响起：戈州站马上就要到了……堵在过道处的人们纷纷站起来，背包的背包，提行李的提行李，往车门口走。皮夹克男人气势汹汹的身姿被撞散了几次，有人不客气地说，让路，让路！

列车员以一种娴熟的、有口无心的柔和语气说，我们工作有让您不满的地方，请多体谅，不下车的话，请您回到座位上吧。皮夹克男人哼出一句，傻×，转身走了。

她后背靠在壁板上，尽量贴得扁一点，让下车的人从身前过去。他走到车门口准备开车门，在人丛中间，又朝她笑笑，嘴角往下感慨地一捺，是对刚才那一遭的总结。不管笑成什么形状，那两条嘴唇都好看得不行。

她搂着杯子一直等,等车门打开。火车像闹肚子似的,急急排泄了一通,又狼吞虎咽了一通,门再关上,车再开动,等厕所前过道里重新挤满,等人们站定坐定,她才走向茶水炉。

茶水炉在乘务室旁边,炉子跟前空出了一小块地方,人们怕被烫着、溅着,挤得再难受。也不往前凑。她把怀里杯子一个个放在地上,再一个个拿起来装水。糊着水垢的龙头里,落下一道细流,比牙签粗不了多少。等的时候,她透过门上玻璃往小房间里看,墙上挂着藏青制服大衣,好像有个人在那儿垂头面壁;墙上固定着一截皮革椅子面,前面一个小桌。明亮的灯光,笼罩那一平方米多的地方,像那种有亭台楼阁的水晶镇纸。她用想象在里面摆上一个人,想象他在其中度过清醒、睡眠及其间的无数小时……水流砸出的调门尖起来,杯满了,她关了龙头,拧上盖子,换第二杯。

换到第三杯,觉得后面有人,回头,看见他端着一个方便面纸碗,朝她一笑,刚才谢谢你啊。

她不动声色地羞窘了一下。应该的。你们是不是经常遇到那种不讲理的人?

嗯,经常。春运嘛,也能理解,车里闷,不舒服,想抽根烟解乏。我们最怕旅客乱扔烟头。让暗访组查到一个烟头,就是一个A类违章，就得扣钱、考核，超过两个我就待岗了。你怎么打这么多水？你是骆驼啊，要喝进驼峰里去？

她说，这是我的、我同学的，还有另外几个人的。

他说，那几个人你认识？你老乡？

她说，不是，不认识。出门在外都不容易，帮个忙，也就是顺个手的事。我爸爱说，吃亏是福，女孩子在外面手脚勤快点，掉不了肉！

当然不是顺个手的事，他当然知道走过那条人肉过道有多难。他盯着她，两潭湖成了两盏射灯，像琢磨她似的，半天说，你可真……贤惠。

这词有点造次了，它指涉的是她未来作为女友、妻子的那部分。她嗓子一紧，低头看他手里的泡面，问道，这是你晚饭吗？

他说，不是。那边有个旅客的小孩闹着吃方便面，我看她妈妈怀着孕，走动太费劲，就让大伙把面传出来，我给她冲水。

她说，是不是一个小女孩，戴着还珠格格的发卡？他说，还真是，你怎么知道？

她笑而不答。这时最后一杯也打满了，她移开杯子。他说，帮我拿一下。她帮他捧住纸碗，脚下地板微微摇颤。

他从碗里摸出调料包，撕开，只倒一半，撕开固体油包，也只挤进去一半，枣红的几块落进去。剩下的，他一伸胳膊丢进垃圾口，制服袖子往后退一下，露出手腕上一道编织的红绳手链，公事公办的制服底下一点家常的东西，格外醒目。

她说，干吗只放一半？他说，小孩的肾还没发育完整，不能给她吃那么咸。

回程时她耳边总回响着"你可真……"，那个刹车抖掉的还有什么词？手链多半出自女人的手。她那个初三念了两次、闹着上武校又嫌苦、闹着退学的弟弟，就因为一管鼻子还蛮俊气，身上就总冒出些女里女气的零碎。那条手链背后又有几个人？这些念头像麻醉剂似的抓牢注意力，让她几乎毫无痛苦地原路返回。

座位周围的人换了一小半，"思想者"的位置，现在是个头发染成黄色的干瘦年轻人，趴在椅子脊梁上闭眼睡了。对面那三人里，黝黑男人走了，换了一个眉毛文成红褐色的中年女人，染红指甲的手里捏着牌，地主还在斗。立立把怀里杯子一个个放在小桌上，怕打扰大伙的牌兴，放得很轻，杯底触桌面时，用小拇指垫一下。人们从牌面上抬眼说谢谢。

属于她的半尺再次挪出来，她坐下，这次的黄毛被她一碰，就知趣地闪开一块地方，毕竟都是年轻人，脸皮都还没厚起来，有互相体谅的默契。她摆好双腿，再从行李箱上拖来羽绒服当抱枕搂在怀里。掏出手表看一眼，十一点二十。一来一回四十五分钟，一节课的长度。

这个时间，眼皮像缺油的合页，拉开关拢都费劲了。立立问孙家宝，你不睡？还三个小时就下车了。孙家宝说，就睡！等我打完这把。

坚持打扑克的人不多了，车厢里安静下来，人们以千奇百怪的姿势睡去，交臂叠股，相与枕藉。这里一点点的亲密，换到任何别的地方，都要惹起"耍流氓"的叫嚷和纠纷的。但这时候，少女的粉脸贴着大汉的发黑的脚心，妇人当着丈夫的面公然倚在别人大腿上。双人座上的夫妻情侣抱得像阴阳鱼，头顶着彼此肚子。为了一点点舒适和支撑力，有人腿架在桌板上，有人脚丫高举到壁板上，有人把脚趾塞到别人屁股底下。大部分睡脸上都有个黑乎乎的嘴窟窿，远一看，像不约而同的呼救。

天花板上的灯睁着不倦的眼，洒下白光，所有面孔白惨惨的。睡眠真好啊！睡眠是如此慷慨、如此招之即来的救主。囚徒的梦也跟自由人一样香甜，不管在泰坦尼克上是头等二等三等，只要爬上睡眠的救生筏，众生就平等了。

立立头靠着椅背，分配好脊椎和几根大骨头的受力，静下来，合了眼。她略想了一下被父亲否决的卧铺什么样。能有一个把腰腿放展的平面，那得舒服成啥样哦？

人肉在饱腹中发酵，火车精神抖擞，呜呜飞奔，挑破黑夜的针脚。她嘴角溢一点口水，梦见了棉拖鞋和红豆粥。

当然不可能睡得多称心，她约莫二十来分钟醒一次，茫然四顾一次。进站出站，下车上车，人挤出去上厕所再挤回去，她都在断成一截一截的睡眠之间知觉了。

某一次醒来，后背多了热乎乎的重量，还有一串串小呼噜，震动和声音从皮肉里传来，她知道是孙家宝。

又一次，肩头有异物，她扭头，只见椅子背上骑了个人，身后倚着一个铺盖卷，双手猩猩一样向上抓住行李架，一条腿盘起，脚尖踢着趴在椅背上的黄毛的头顶，一只脚垂下来，刚好踩到她肩头。她拍拍那条腿，那人惺忪地睁眼，挪了脚。淡淡的脚味儿里她又睡着了。夜愈发深。里头两个学生下了车，新来的一对中年夫妻抱着婴儿。偶尔发作起来的婴啼也只让她醒了一次。

……醒醒！<u>立立</u>，我要下车了。

她迅速挺直后背，睁开眼，吸一口气，转过身来，只见孙家宝站在她眼前，已经武装好了外套围巾背包，鼓脑门上的高光点特别亮，行李箱的铁把手拽起来，像剑从鞘里拔出一半，蓄势待发的样子。

立立说，你到站了？孙家宝说，嗯，剩下这袋零食你吃吧，你路还长呢。拜拜，亲爱的，咱开学见！她心里一阵激动，一阵留恋，说，大半夜的你小心点，东西都带齐了？

没事，我爸开车来接我。你也小心点！

这站也是大站，过道里站起不少人。列车慢下来，时而抖动一下，打嗝似的。孙家宝垂头跟她耳语：要再遇见那个列车员，你问问他叫什么名字。

孙家宝随着人流一离开，她立刻坐正了身子，后背顶住椅背，使一下劲，让皮肉最大面积地贴上去，感受那个珍贵的硬面。她感到座椅温柔地说，累了吧？现在你是有座的人了。来！你只管倚着我，靠着我，把你那一百多斤交给我，有我保护你呢，有我撑着呢，脑袋往后靠。总算盼到了，就好好睡吧！宽宽绰绰地睡！

她把后脑勺端端正正地放倒，一种"有所托"的轻松。唯一的顾虑是，这么睡觉肯定会张嘴，丑，万一那个列车员路过看见……还没等车再次开动，她就仰着脸睡过去。

后来她被硬物扎醒了一次。转头见一个穿蓝布棉袄的老人站在旁边，手里横着一根扁担，嘴里念叨"对不住对不住"。人的屁股是个圆弧，跟座位的直角不能完全贴合，总有个隙，扁担头就打算钻那个空子。立立往前让让，让棍子进来。那边座位的两人㩳着睡出了上下铺，别说扁担，枪杆子捅都不理会的样子。老人架好扁担，就坐下去，坐在中间，像巫师坐在扫把棍上。

下一次是被鸡叫惊醒。探头找一圈，声音发自对面椅下的麻袋，麻袋口伸出一对捆住的蜡黄鸡爪子。大过年的，一只公鸡的前途有很多种可能：白斩鸡、盐焗鸡、三杯鸡、栗子焖鸡、麻辣鸡丁……凌晨四点，这道未来的年夜菜挣扎着司晨，像它头顶人类爱说的"站好最后一班岗"。那扭曲断续的啼声，与其说是打鸣，不如说是哭号，但它不管，反正它全心全意了，尽职尽责了。那对爪子，使劲使得阵阵痉挛，趾尖直戳戳的，像要抓点什么似的张着。

睡回去之前，立立怜惜地盯着鸡爪看了会儿。大伙都睡得可香了。这么刺耳的声音，都叫不醒这铁屋子里的人。

再下次她醒过来，是有人吆喝"脚抬一抬、垃圾扔一下"。她一激灵，手先找嘴角，擦口水。眼前的人稀疏了不少，椅背骑手和黄毛都不见了，上一站下了不少人，也有人熬不住，去花钱补了卧铺。其实声音还离得远呢，她镇定了点，嘴角清完了再找眼角，往外揉眼屎。耳朵注意听着：请您把瓜子皮放在废物盘里，不要随地乱扔。一个女人的嗓门说，哎哟，小伙子，扔地下怎么啦？你们不就干这个的吗？我不扔你们哪有活干？

等他过来，她已经能露出一张醒足了的笑脸。他低头用大扫帚把膝盖高的一堆垃圾往前推，清完一段地界，往前推一截，抬头用眼神跟她打招呼，眉毛里的小珠子一跳。

她也深深一眨眼，招呼回去。距离上次见面，感觉已经好几个月了。

她说，这么多？他说，是，过完一宿，能扫出六七大袋子。这位旅客您好，腿让一让，我扫扫椅子底下。你同学下车啦？

嗯，下了。

你什么时候下？

我到终点站，明天下午四点才下呢。

他笑。现在已经是"明天"了。他眼里居然没什么倦意，目光还挺有力气。那个笑就像那个小房间一样，密封起一种此地罕见的清洁、明净。

她说，熬了一夜，你们不困吗？他说，习惯了，上一站上来了添乘的领导，我被拎过去，口头考了一堆业务问题。刚考完，这会儿老精神了！又是一笑，嘴唇翘成一个新样子的好看。

她说，你们也要考试啊？他说，哦，你以为就大学生才考试？我们各种考核绝不比你们少，而且考挂了后果更严重。

有人把八宝粥罐子扔到垃圾堆上，罐口一歪，剩的汤水泼到他鞋上。她快速抽了张手帕纸，是一整张，她自己从来都半张半张撕着用，说，你擦擦。

他说，不用不用，我都是全扫完再统一擦。但还是接了纸，抬脚抹了几下，说，谢谢你啊，詹立立同学。她说，不客气。

他丢了纸团，左边眼皮飞快一挤，嘴角肌肉起了微笑的涟漪，用喉咙后半截低声说：贤惠！接着弓下腰，像犁地似的，推着垃圾走了。

她放松下来，往窗外看看，还是一片撕不开捋不动的黑。黑得绝望。这一夜真长啊，生生死死地睡了好多年，一夜还没过完。

公鸡已经下车了，代替它给车厢添热闹的是身边夫妇的孩子。孩子唉唉啊啊地哼唧，母亲哦哦呜呜地拍哄，丈夫趴在小桌上睡，偶尔转头用乡音抱怨几句。

对面让立立打过水的金项链男人也醒了，慢悠悠剥茶叶蛋，剥出大理石纹路的一颗，小口吃。黑裤子上掉落金屑似的一点点，他都一点点捉起来吃了。

立立打开孙家宝留下的半袋盐津葡萄，捏出两粒放嘴里。那酸咸很醒瞌睡。另一处一直醒着的器官，是膀胱。其实她一小时前就憋得胀痛，只是心里总说，再等等！……现在她明白"心里"是怕错过他。

她把羽绒服放下，起身，拖着肿得胖了一圈的腿脚，再次钻进人丛。车厢里的味道很浓，是"人"味儿，又不完全是，是十几吨人肉在钢铁胃口里消化过的气味。椅子上过道上，人们处于半液态半固态之间，她不得不一路把人弄醒。

再回来，她座位上坐了个人，一个宽肩大膀子的男人，驼色毛背心，叉开两腿，两手手心朝上搁在大腿上，睡得鼻翼一扇一扇。她的羽绒服被抛在小桌上搭着。

火车上常有这种，趁别人上厕所，蹭着坐一会儿的人。她走过去，犹豫"拍"还是"戳"，最后选择拍了一下他肩膀。没醒，只好再加重拍两下。那男人猛一抖动，睁了眼。她腼腆地笑一下，以为那就够了。

那男人却不笑，木着脸看她。她说，大叔，请让让。

为啥？

这是我的座位。

你的座？你票呢？我看看。

她说，我自己的票是无座，不过这个座位是我同学的，她让给我了。

那你同学咧？

我同学下车了。

她下车了,这座就谁坐了归谁,你说对不对?

立立怔住。她提前怕起来,心口滚过一丝寒气。前半夜的"旧人"只剩那个戴金项链的男人,她投出最诚挚的求助目光,软着声说,大叔,求你了,求你了,你给我做个证明,是不是我同学把座位让给我了?刚才我是不是一直坐这里?

那人低头从塑料兜里又拿出一颗蛋,转着圈在桌沿上磕蛋壳,不紧不慢地看她一眼,是你同学的没错,可人家说得也没错,你同学走了,那就是没主的座,你是站票嘛。你们大学生,读过书,讲道理的,对不对?许你坐,不许人家坐?没这个理嘛。

毛背心男人点一下头,哎,大哥这句话公道。

立立说,不是!她鼻子酸胀了。我就去上个厕所,我放了件衣服占着座的。

你衣服呢?……哦,在这儿?那我没看见,反正我过来的时候,这座空着。

紧里面抱孩子的妈嘟囔,哎呀,欺负人家小姑娘……

毛背心男人胳膊叠在胸口,头往后仰,抬高的下巴让他有了一副坐在自家藤椅上的主人翁姿态。他和蔼地说,你要能等呢,我中午两点下车,我下车了,这座还归你。你要不愿意等呢，赶紧再去找个座吧。他很耐心地授人以渔：我教给你啊，你去挨个人问，问那些人，您哪站下车啊，人家要是说，我下站就下，那你就站在旁边等着，等人家下了，你不就能坐了嘛。快，快去吧！他像打发一个烦人的孩子一样叹口气，闭上眼了。

立立呆站了一会儿。没人看她，母亲注视婴儿；睡的人继续睡；"金项链"吃茶叶蛋吃得打噎，拧开保温杯喝一口水——那是立立帮他打的水；毛背心男人嘴巴微张，快睡着了。

她低下头，拖起行李箱，手臂上挂着羽绒服，走了。

车上还是满当当的，她只能提着箱子走。地早被圈完，洗手池上都坐了三个。被她惊醒的人催促：快过！快过！她被催得停不下脚，只能不断地"过"。走过一个车厢，又走过一个车厢，终于在车厢连接处看到稀疏的一块，几个人坐在蛇皮袋和塑料桶中间，揣着手，垂头打盹。

她摇醒其中一个，问，这是您的桶吗？……您把两个桶摞一起，行不行？……谢谢谢谢，您不用动，我来我来。

一个桶的空间，放个箱子，还剩一小半，立立慢慢坐下，尽量蜷紧腿。坐了半分钟，她就知道为什么这里人少了，因为冷。风从数不清的方向呼呼吹来，她穿上羽绒服，拉链拽到头，趴在箱子上。这里没灯，比车厢里黑，一个角落里有咔嗒咔嗒的声音，回头看，一个坐在睡着父母身边的小孩，聚精会神地扭动魔方，置流到嘴唇的鼻涕于不顾。

对孩子来说，贫穷是一桩游戏。他们刚来到人生之中，就像旅行者初到某地，疮痍也被新鲜感美化成风景。即使一无所有之际，他们还有自己，肉体和五感都是玩具。

她把眼皮压在手臂上，安慰自己，只要闭上眼，黑跟黑也一律平等。像刚才那样睡睡醒醒，过了一段不知长短的时间。她没掏表，想把看时间留成一项盼头。后背疼了，就换姿势，最后她发现，跪坐着，屁股歪在一个脚跟上最得劲。

以这个姿势，她睡得最长久。再醒过来是因为手被踩了一脚，她"哎"一声，猛地直起身子，疼得心突突跳。眼前都是腿，人们正准备下车。男孩被父亲拽着胳膊走，手还挣扎着去拧魔方。她刚才睡松散了，手耷拉下来，伸到过道上去了。

手背上半个水波纹似的鞋印，两个指甲紫红。她用另一个手的手心揉掉鞋印，捧起手来，吻了一下，再吻一下，手以为有人来慰问，还有软软的嘴唇来哄，不好意思了，就疼得轻了。

她侧过身坐着，横起胳膊肘，拿那个尖骨头冲外，有腿凑过来，就泄愤似的恶意一捣。想来是疼的，但那些腿竟都顺着她的劲儿退避了，上面的嘴也都不说什么。

这一夜的种种，才是真正的生命科学。要恶，要稳准狠，才能不吃亏，不受罪，才能有地盘，有座位。火车是一座上大课的阶梯教室，一切"为人处世"的道理都在这儿吃一堑长一智，一切薄脸皮都迅速厚起来，有些是真厚，有些是挨了掌掴后的肿。

车再开动，推小车卖饭的女列车员出来了，走走停停，一路吆喝：吃早餐了，热稀饭热包子有需要的吗？刚出锅的热包子。

她原计划的早餐饼干在箱子里，但她狠心买了个包子吃。两只手都裹上去，手指把包子全身爬个遍，贪婪地吸收那点热力，毕竟那是它唯一的优点。

吃完正喝水，听到几米外有人说，这位旅客请让让。她埋下头，希望过道里的光再暗一点。然而他在她眼前停下，诧道，同学，你怎么在这儿？

她只好抬起头，一笑，感觉笑得面目全非。我去趟卫生间，座位就让人给占了。

他两个袖子挽着，露出手腕上一根细红绳，手里提个铝水壶，表情并不意外，点点头。你还是没经验。

她说，是啊，我第一次自己坐春运的车。

他说，要不然这样……后面厕所方向有人喊：嘿，水呢？他回头应道，来了！转身大步走了。

一走走了好半天，"这样"是"怎样"，四十分钟之后才接上。这时她已经用纸巾蘸着保温杯里的水，把脸擦了擦，又蘸湿另一张纸，把牙齿也擦了擦。他用"请出示车票"的语气，淡淡说道，你过来，跟我来。走出两步，他回头一看，又说，箱子拉上啊。

她跟在他身后，穿过晨光充盈的车厢，原来天已经这么亮了。睡得气色一新的人们都起来了，吃泡面，吃红皮火腿肠，嗑瓜子，望风景，聊天，打扑克，昨夜那幅凄惨的"地狱百鬼图"宛如幻觉。地上的人自动直起来，给列车员让路，他走得很顺，很快。

她想起连一句"去哪"都没问，又想，反正去哪都比刚才的地方强，不可能更坏了。

最后他停在乘务室门前，从腰间卸下钥匙，打开门，说，进来吧，箱子搁外面。又在她背后说，嗨！坐下呀，就是让你来坐的。

她慢慢转过身，怕坐空了似的用屁股谨慎地找椅子面，坐下了，只觉得四面墙壁压迫而来。这空间比外面看起来还小，门口的他显得非常高，光都挡住了，她仰头说，那你怎么坐？

他说，我不坐，我还得去搞车体卫生。应该是半小时签一次厕所，我已经落一次了。你放心待着吧，詹立立同学。哦，对了……他探身把墙上的制服大衣摘下来，展开，给她往背后一盖。你披上我的衣服，省得外面人看一个穿便服的人坐这里，探头探脑的。

衣服很重，像个人扑在身后，袖子从肩头垂下，衣领子硬硬的，一扭头，腮帮上的肉被戳得浮起来。她说，好。

他又从桌上文件夹里抽出一张纸。这是时刻表，你就假装在背时刻表！说完哧地笑一声。她看一眼时刻表，右上角有几个潦草的字，指着问，这是你名字？

想问我的名字，直接问就行。我叫左一夏，上下左右的左，不顾一切的一，春夏秋冬的夏。说完他目光在四壁依次打个转，从她眼里看来，仿佛是默默地托付，托这屋子照料她。最后他低下头，弯曲食指在桌面笃笃敲两下，代替一句结束语，转身走出去，从外面关了门。

又等了一阵，她才把腰背软下来，品尝心里的窃喜。天，竟然！……竟然这样稀里糊涂地坐了"包厢"！祸兮福之所倚，苦尽甘来！这种甜蜜类似在黑夜森林里苦熬一夜，忽然见到一座亮晶晶小房子,墙是奶油饼干,窗玻璃是透明的糖。

她一点点往后靠,后背还不太敢放松,两腿在桌下伸开,心里盘算等开学了,再见到孙家宝,该怎么讲这件事,说出他的名字,又不暴露炫耀的心思。

刚才他给她披大衣时,没注意她还穿着羽绒服。这会儿她自己折腾,先都卸了,再把大衣重披上。这么近,能嗅到那种很久不洗的气味。这制服自打发下来,不知道经过水没有?!她想起她妈常说,世上没有香男人,尤其单身汉;男人都跟淹死鬼投胎似的,跟水有仇。

火车噌噌往前跑,窗外太阳不高不低,像一颗情有独钟的眼珠,死死盯着火车看。她拉掉颈上戴了一夜的围巾,挨皮肉的一段是热的,不挨的部分是凉的,它缓缓爬下来,像条蛇游进手里。围巾外套放哪呢?挂着当然不行,太显眼了,放桌上也不好,太添乱,太不识相,最后还是搂在怀里。

上午慢腾腾地过,人们从门外过,都往里看。开始她有点羞涩,后来逐渐感到享受特权的愉快,就挨个看回去,再后来她故意把大衣褪掉,让人去猜为什么一个穿便服的人能坐在乘务室里。黑沉沉人流里,出现一朵大粉牡丹花,下面一张小脸,手指搁在因惊讶而微张的嘴唇上,她朝小女孩一笑,抬起手摇摇。

偶尔他也经过门外,透过玻璃递个眼神给她。昨天晚上她那么盼着见到他,跟他说话,现在却盼望他一直这么忙,忙到她下车。

但他终于回来了,开门进来。她慌忙站起身,他不耐烦地皱眉毛,哎呀!你坐嘛!我又不是老师,要点你名回答问题。说完他自己笑了。

虽然不让她起来,但他也不出去,只站着,盯住地面想事情,好像等着地面长蘑菇一样长出椅子来,两手慢慢把挽上去的制服袖子抹下来,袖口边一点点扑打平,红绳盖住了,又掉出来一点。

她说,那咱一起坐吧?你们这椅子比外面的宽好多。他说,行,你不怕挤就行。

宽归宽,坐两个成年人还是欠点,他坐外边,身子斜出去,两腿分得很开支撑体重,跟此前她坐的姿势差不多。近处看,赏心悦目的变得有点恐怖,挨着她的是他左半脸,眉里那颗小小的灰珠子,简直呼之欲出,下一秒就要像果子似的掉下来,掉到她怀里了。

不能干坐着,她生怕冷场,主动找话题,问,你们在车上都忙什么啊?他说,就你见的那些活呗,调整行李架、安全宣传、乘降组织、客伤卡控、卫生清理、查验票证。

又问，你们休息是怎么休息？他说，上几天班歇几天，上四休四。

又说，你这间乘务室真整洁，是要求这样吗？他说，对，是要求，不能放私人物品，只能放一个洗漱用品盒、一个饭盒、一个水杯。连药瓶、茶叶都不能放。有暗访组的人专门检查这个。

他有问必答，但不发问，答完就闭嘴，嘴角有点笑意，两手支在膝上，好像故意看她到底能提出多少话题。

眼看问答成了记者采访，她也想不出别的问题了，就给他讲家里的事。不是她自己的事，是家人常给她这一辈小孩讲的，两个关于火车的故事，两个历险记。

第一个历险记的主角是她姥姥。她大姨调动工作到新疆，在那里结婚，怀孕。她姥姥坐了六天七夜的绿皮火车，过去照顾女儿。伺候月子，带奶娃。娃娃过完百天，她大姨说，妈，你把孩子捎回老家吧。她姥姥又坐了六天七夜的绿皮火车，抱着外孙回去。回程跟去时不一样，车里闷热，婴儿贴着大人皮肉更热，哭得哇哇的。她姥姥把孩子放在座位上，自己坐在地上给他扇扇子。该喂奶的时候，央人帮忙打点开水，用铝饭盒沏奶粉。带着孩子不好便溺，她姥姥就几乎不吃不喝。饶是如此，垂头打盹的工夫，孩子还是丢了。她姥姥把半火车的人都哭起来找孩子,终于在下一站停靠之前,找到了。孩子已经被灌了一点酒,睡得死死的,所以不哭。偷孩子的是个农妇,当场下跪,哭着说自己十年生不出娃,快被丈夫揍死了,这趟本来是打算坐车去上海,看看小洋楼就跳江自杀,见着个大胖小子,心里一爱,就犯了糊涂……那酒呢?酒是预备喝了壮胆的,不然怕自己舍不得死。她姥姥跟乘警说,算了,同志,也怪我自己没看好。带娃的人,咋敢睡死了呢。都不容易,莫拘她了。又问那女人,大侄女,你回去的车票钱够吗?不够我给你。

第二个故事的主角是她堂姑,也就是她爸的堂姐。一九六六年,她堂姑上中学,十五岁,正跟同班一个男生偷偷谈恋爱,俩人好得山盟海誓。全国中学生搞"大串联",那人喊她堂姑一起去北京,说他们坐火车不要票,可以看完天安门,再一起下苏杭玩玩。她堂姑动心了。两人跟着别的搞串联的同学,在车站申请了车票,上了去北京的车,在火车上待了五天。第三天,一车的人都没吃的没喝的,有的女孩子渴得直哭。车里闷热,她堂姑中了暑,差点晕过去,被几个男生举到行李架上躺着。夜里火车停在一个小站,各学校都派人下去找吃喝。她堂姑学校的人从老乡家里"借"来了一堆橘子,回到车上,十几个人分。她堂姑的男朋友说,她睡着了，她那份给我吧，我帮她拿着，等她醒了给她。她堂姑从行李架上往下看，看到那男生背过身，把那份橘子塞进嘴里。回来之后，她堂姑再也不吃橘子，也不再谈朋友。拖到四十，才被家里逼着，跟一个离过婚的厨子结了婚。

她讲得嘴都干了，讲完，见他不出声，心忽然虚得慌。幸好他终于评论了，说，你姥姥人真好。你堂姑姑啊，要让我说，有点"各色"。她说，嗯，是有点。他说，女人性格那么……那么烈，对自己也没好处。她后来真的一口橘子也不吃？

嗯，不吃。

那，橙子吃不吃？柚子吃不吃？橘子味芬达也不喝？

她模糊地笑一声，有点不悦，以及失望。这种以一辈子为主题的故事，聆听者即使出于道义和礼貌，也该给出一些沉痛的感慨，提这样半开玩笑的问题就过于轻佻了。

他察觉到她的不悦，起初似乎打算沉默一阵算数，但出于好胜心，或是别的心思，开口解释：我是觉得，人生在世，哪可能什么都合心意？受了点挫折就伤心，就决裂，哪能决裂得过来？比如我吧……他像激动了似的转过身，差点跟她脸挨脸。我本来打算念表演的，中戏、上戏、北影，都去考了，离家出走去考的。复试通知书都拿到了，但是怎么样呢？

家里不同意，我爷我爸都是铁路局的，他们想要"铁三代"。我一提上电影学院，我妈就躺炕上不起，一躺一天，拿枕巾擦眼泪擤鼻涕，脸色煞白，跟活不了似的——她有心脏病，室间隔缺损。我爸，跟我说着说着，就能一耳光扇过来。嗨，最后我老老实实干了客运，他们总算舒坦了。我呢，一天天熬得想卧轨。刷厕所有多恶心，你都想象不到，有人能把屎喷到墙上去，有人能拉出跟蹲坑平齐的一池子……哎呀，对不起，不该跟你一个女孩子说这些。

她说，不不，我愿意听，你说得对，是不可能什么都称心，不过委屈的尽头是福气，你放心……

放心什么呢，她又说不出了。他苦笑，眉毛往上一跳，表达获得知己的小小振奋，灰痣一闪。如他所愿，她打量他的目光变得柔和而复杂。一个人有恨，有痛苦，有夭折的梦，就显得深刻了，此前或有轻狂，也是佯狂抒愤。同时她又觉得惭愧，他如此"交底"，亮出见骨的伤口，而她连自己是过继女儿这事都没说。好在，时间还有……

他看看手表，站起身说，你坐着，我去餐车吃个饭。你饿吗？

她说，你不用管我，我有吃的。他点点头，也不多问，从架子上抽出个旧饭盒，走了。

这种态度让她放了心：他也没"那么"热络，还没有殷勤到给她张罗饭。估计他这样帮过很多人，反正乘务室他坐不住，不如做做善事，选个最合眼缘的、最可怜巴巴的无座的人来坐。有善意，但有限。唯其有限，反而让人释怀。

她推门出去，放倒行李箱，拉开拉链，掀开盖子，取出一个纸碗方便面，到茶水炉里冲了开水。泡面那种虚张声势的香味，本来可供好好咂摸，但她心里有事，面还没软，就嚼蜡似的吃进去了。

肚子一饱，困劲就拱上来，身子乏得一阵阵要蒸发似的。她用围巾垫着手，趴在小桌上，几次呼吸间就睡着了。睡得黑沉黑沉，直到一声门响，她猛地直起身，眼珠因为压得充血，一时看不清，只见他高瘦驼背的影子进来，说，不好意思，吵醒你了，睡吧睡吧。

她依言把头搁回小臂上，这次让开眼睛的位置，只压住额头。模糊感觉到身侧被轻轻挨碰着，知道他坐了下来。

但她继续做梦，梦像扯不下来的围巾，把她通身缠住。已经是吃年夜饭的时候，一张奇大无比的圆桌，桌边坐着她爸妈、她大伯大伯娘、戴还珠格格发卡的小女孩与她怀孕的母亲、孙家宝、"思想者"、金项链男人，还有姓左的列车员，桌上中央一盆红光夺目的荤菜，是一只奇大无比的整鸡。她想吃鸡翅,特别特别想,只忍着不开口,她爸妈小声说,对了,女娃娃就得腼腆点,吃亏是福。孙家宝却劈手抢了一只鸡腿,那小女孩说,妈我也要吃鸡腿!她大伯娘夹了一筷子,悄悄从桌下塞过来,放在她腿上,一团热乎乎,她低头一看,竟是蜡黄的鸡爪子,几个趾像要抓什么东西似的张着……

她醒来,腿上热乎乎的,还在。她瓷住了,一动不动,视野渐渐清晰,梦里的是鸡爪,现实中的是人手。还在动。

那只大手,伸到她腿上堆的羽绒服下面,正摸她的腿。五个指头以温和的节奏,一紧一松,松的时候手掌揉动,压进肉里。紧的时候指尖陷下去,把肉稍微揪起。像有经验的主妇搋面,知道力量才是最顶用的酵母,不慌不忙,专心致志,一下,一下。每一下,都是一句不容置疑的祈使句。

那手指又长又有劲,一张,一收,一旋,罐头就都开了,没有哪只罐头是它拧不开的,也没有哪个大腿是它拧不过的。

搋完一块,那手爱惜地轻轻摩挲两下,又换一块,让刚才吃足力道的面团自己饧一会儿。这次它选的地方更靠里,布料底下是更松软,也更敏感的一块。平时她自己的手碰到那块,都会酥那么一小下。那手指一使劲,就有一条针那么细的小蛇,噌地从后背蹿到头皮上。

但她仍然瓷着,一动不动。瞪圆的双眼悬在半空,人也悬在半空。震惊造成的麻醉状态过了,她脑子里净是雪花,电视没信号那种雪花。

雪花底下还剩一点点信号,仿佛远方传来的缥缈声音说:他是喜欢我的,太喜欢我了。他喜欢我所以才摸我,他以为我肯定会乐意,他心里想的是提前摸他未来的女朋友……可另一种无声的噪音越来越响,那是屈辱与气愤的叫嚷。

她想要一跃而起,想要破口大骂,甚至提前为那些幻觉张嘴喘起来。

悬在半空的那个自己却两手齐出,把脑袋死死摁住,摁在折起的小臂上。

……你要想明白了,如果撕破脸,就得走!走出这个明亮舒适的地方,走回无所依靠、无可归属的浊臭里,重新用两只刚消肿的脚站着,痛苦地站着……人的灵魂要学会跟肉体断绝关系,这是生命科学的新考点。懂了吗?想通了吗?

……换吧,值得。

她的呼吸慢慢平息下去,心想,这倒不错,家里可以传下去的火车的故事,又多一个了。

二十年后她给别人讲这故事的时候,总会嘴角往下撇着笑,说:老娘卖半条腿,换个包厢软座,值了。再说,隔着牛仔裤秋裤,他个傻×能摸出啥来?……

那时她已经跟好多人"换"过了好多次，有的值得，有的不值得。她将为自己能笑得出来而欣慰，而悲哀，而前仰后合。

而此刻，在冬日的火车上，詹立立一动不动，唯一动的是她的眼睛。她啪嗒一声关闭眼皮，犹如一个冷酷的旁观者，看着窗外一桩唯她可见的暴行，啪嗒一声拉拢了窗帘。

她平静的后背和肩膀，掩护着一切。

门外走过的人，看到两个人并肩趴在桌上午睡，共披一件大衣，就跟同伴说，你看列车员也真不容易，家属也没座位，跟着一起挤乘务室。

……就当免费按摩！要是什么都不想，还觉得有点舒服呢，说不定还能睡一会儿。她跟自己这么说。但喉咙里仿佛炸开一个冰凉的催泪弹。眼珠发热发胀，有沉重的两颗水珠冷却成形，一跃而出，坠落下去，从黑暗跳向黑暗。

地上的血

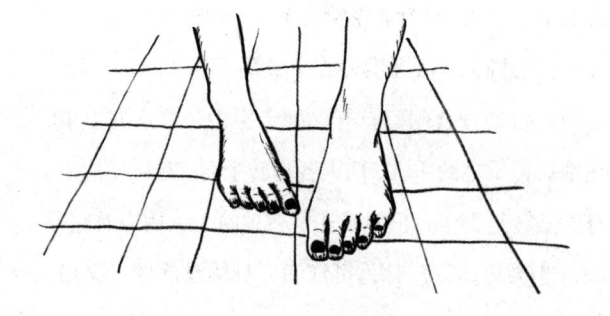

第一眼没看到继父，粒粒心头一松，像发现考卷第一题里没出现复习盲点。母亲王嫦娥的新丈夫才半年新，她还没能自在地跟他近距离谈笑。

她推着行李箱，走到车站出口，看到几步外母亲独自站着，挥手。每次从工作的城市回乡，感觉既像要进考场考试，又像要面对一张等她批改评分的试卷。她草草朝母亲笑一下，就眨眨眼，把目光焦距打散。长久分离之后，猛见面的第一眼，最难受。母亲双手插在外套兜里，有点驼背，穿着浅紫上衣，灯芯绒白裤子。陌生感强迫她以评卷人的目光承认那是个瘦削的半老女人，美貌丰饶所剩无几。她低头推行李箱，把车票按在扫描桩上，咬牙熬过心中酸楚。

滴一声，自动开合闸门打开。她走出去，母亲迎上来，伸手搁在她扶箱子把的手上，两人各自转个身，并肩往前走。母亲的身子是转过去了，但眼睛还留在她脸上，用力看完长长的一眼，才笑道，行！脸色挺红润，身体没问题。又说，你杨叔去超市买鱼了,晚上他做饭,他烧鱼好吃。

她九个月没回家了,反正理由要找,总会有。确实太久了,她和母亲在电话里说着说着,两人都小心起来,都觉得自己是做错事应该心虚的那个。现在真的见面,感觉像一咬牙跨到冷水喷头下面,倒也没那么糟糕。

母亲把箱子拉到自己外侧,用靠外那只手抓着,一只手插进粒粒的胳膊和身体之间,顺着小臂滑下去,五指插进她五指之间,像要好的中学生牵手逛街似的,十指紧扣。

她们站在通往地下的通道里,排队等出租车,她把手指退出来一点,拇指摩挲母亲的几个指尖,摸到干枯发硬的皮肤和指甲。她用自己的手把母亲的手举到眼前,抖动两下,以谴责的语气说,你看看!我给你寄的马油护手霜都白寄了!不是跟你说,一到秋冬就每天抹吗?你都抹哪儿啦?

有很多人怯于亲昵,就用埋怨代替亲昵。母亲笑道,我在抹呀,可是总在厨房里干活,手总要沾水,又不能洗一次手抹一次护手霜。

粒粒说,"总在厨房里"是怎么回事?杨叔拿你当灶火丫头使唤啦?那我可得跟他说道说道。她特意把这句说得更像玩笑话,搅拌上一点技艺生疏的娇嗔。母亲的笑却没了,低声道,别这么说他……你杨叔对我挺好,绝对比你爸好。

轮到她们了，穿荧光背心的人打手势让她们上后面一辆出租车。母亲坐定后说出地址。那个地址粒粒知道，它曾以文字方式出现在她手机里，"我们刚买了新房子，地址是……"，并送上了她的祝福，"祝贺你，妈妈，开始新生活吧，为你自豪，为你高兴"。

车外故乡已入深秋，下午的天空不明不暗，灰色穹隆边缘一圈玫瑰色的光，街边建筑物大多与记忆中无异，只是旧了一层，像用久了的家具，不够体面，但有种亲切劲儿，让人不忍心嫌弃。司机把车开得很快，转弯处她身子歪倒，倚靠在母亲身体侧面，特意多靠一会儿，再慢慢直起身子。她几乎不说话。司机是家乡常见的那种爱用闲聊让耳朵忙碌的人，他用纯粹的乡音跟母亲聊天，评论到某个本地刚落马的腐败高官，用了一个方言词，"不够揍"。

母亲点着头，又把那词重复一遍，表示称赞这词用得切。她一下没听懂，思绪一顿，去回忆那个词的意思。其实每次回家，都是从坐上火车那一刻开始的，像彩排，或模拟考，满车厢共享终点站的人也共享籍贯与口音，人们互相打招呼，打听居住地和出行事由，口音以彼此为酵母，痛快淋漓地膨胀。大部分乡音像不体面的内衣，在腰间皮筋上印一圈牌子拼音。在她工作的城市，人人都把口音藏得严实，像用漱口水和口香糖掩藏口气。

每次她回到这样乡音肆虐的空间，都有奇异的感觉，仿佛清晨出去跑步之后，又回到光线昏暗、空气热浊不新鲜的卧室，一阵不适，一阵无法抗拒的亲切。她也想以乡音说话，又怕生疏了，弄得不伦不类。

继父杨器和他那一口教师水准的普通话在防盗门后等她，她们走到倒数第三级楼梯时，门忽然开了，准得像蓄谋的埋伏。继父笑得很焕发，像所有沉溺家庭生活的男人一样，穿着手织毛裤和毛背心，毛裤膝盖处撑出两个鼓包，他搓着手说，粒粒，欢迎回家！

她说，杨叔好。一瞬间，她有个很舒服的错觉：她们是来走亲戚的客人，坐一会儿就能走了。但母亲说，老杨，快来提箱子呀。

跟继父说话，母亲会把带点乡音的口音换成普通话。这个习惯是他们谈对象时确立的。很多事和印象一旦成形、固定，就很难改动。你第一次见到某人，他戴着眼镜，日后再见面，如果他不戴眼镜，你就会怎么看怎么别扭，替他觉得眼睛四周空得奇怪。母亲第一次见杨器，被他带得不由自主全程讲了普通话，此后她就必须给口音戴着矫正套了。

粒粒走进屋里。这就是新夫妇卖掉各自原住处，合资买的新家，两室一厅，墙上挂着两轴灰绫子裱糊的字画，铁艺吊灯里灯泡都是新的，一点阴翳也无，一切晶亮洁净，有种振奋而美好的意图。继父把箱子提进来，贴墙放好，笑道，粒粒，觉得我跟你母亲布置得怎么样？他的银发在吊灯的稻黄色光里闪动。

继父绝不是故事里的反派，相反，他像是电影里无可挑剔到只能不幸横死的正派配角。工作上，他在市重点中学当了三十年历史教师，奖状拿了一尺高；私生活方面，他伺候糖尿病妻子八年，是任劳任怨的模范丈夫，妻子去世，他又做了七年洁身自好的模范鳏夫，直到独生子臻儒大学毕业工作才再婚，任谁也挑不出一点毛病。

他不抽烟，偶尔喝点自泡的枸杞江米酒，五官规矩无奇，并不比真实年龄显老，唯独头发颜色跑在了前面，是全白的，没一根杂色，纯得像棉桃、雪、银丝面、鹅绒、白龙马。白发是衰竭的象征，是"坏"的，但一切坏达到一定纯度便有了审美上的意义。银发加上他长年在温室似的学校里养出一种宁静谦和的神情，就成了仙气。

奇特的发色，让他成了学校里不大不小的明星。有领导来视察，要做公开课，杨老师总会代表历史组出战。粒粒也曾坐在公开课的教室里，照安排好的次序举手，让杨器点她名字，站起来回答一九三三年罗斯福新政的三大内容。

一年前，母亲经人介绍，跟比她大两岁的杨器开始谈对象。粒粒第一次见他时还叫"杨老师"。他笑道，你都毕业十年了，以后叫杨叔就行。母亲带笑瞥了他一眼。她便知道，他们已对"以后"达成了默契。

普通人身上，只要有一点超出平均水平的特质，足以让他的伴侣尝到虚荣的快乐。母亲第一次带他参加家族聚餐，亲戚都夸：哎呀，杨老师这头发，跟他的名字似的，倍儿洋气！中央台以前有个白头发主持人，主持科教栏目的，叫嘛来着？杨老师比那人气质还好。

很快，他们面对她讲述事情时称对方为"你杨叔""你母亲"，以孩子身份为基点的叫法，让她能在一切缺席的事件里在场，句句是一家三口，句句是团圆。还有，操方言的乡人一般说"你妈妈"，杨器只说"你母亲"。这拗口的书面语配上他的普通话和一顶白发，居然毫不别扭。

杨器说，粒粒，跟你母亲去熟悉一下新家吧。我做饭！今天给你们露一手，油爆大虾、酱焖鲤鱼，怎么样？

他跨着在课桌椅之间款行的步幅进了厨房，毛裤膝盖上两个鼓包，让每一步都像半跪。母亲转头朝粒粒一笑，那种闺蜜之间有悄悄话要说的笑。她心中一阵轻微慌乱，转身走进书房，大声说，妈，你们这屋子真不错！朝向也好，房型也好。

　　书房里一半东西属于杨器原来的家，一半是新买的，没有一件是她原先家里的。长长的枣红色木案，上面摆放笔墨纸砚，杨老师幼承家学，爱好书法。书柜里装得满当当，好多书横放在竖排书的头顶，皮沙发的扶手上也堆着一小摞书，有一种真正的读书人的凌乱，模样气氛都是很好的。

　　母亲拍拍黑沉油亮的书柜，说，他在家具城看中这个复古胡桃木书柜，喜欢又嫌贵，舍不得买。我说，我来花这个钱，就当是给你的结婚礼物。都这个岁数了，还会买第二次吗？千金难买心头爱，是不是？

　　粒粒不得不鉴赏一番，把柜门拉开又关上，说，是好看，真好看。妈，你要是爱上什么东西，可也别心疼钱。那咱家那个老书柜呢？

　　母亲说，我送给你姨了。她说她客厅里一直缺个柜子放东西，我就雇车给她拉去了，跟她说，要是不爱用，卖给收废品的也行。

　　她立刻就判定这话不真，后面半句是防着粒粒去看姨母时查问。她们肯定也串好了词：对，你妈妈给我送来了，可是啊，搁那儿看了几天，我还是不爱，就让收废品的拆掉拿走了……那个老书柜是她父亲——跟她母亲离婚四年的父亲——手工做的。

她很想跟母亲说，不要紧，就算你告诉我你把他留下的所有东西都烧掉，我也不会觉得你心狠，真的，没事。我不是八岁就劝你离婚了吗？我不是一直陪你骂他"坑地长大的混蛋"吗？

粒粒的母亲喜欢用地域及其历史沿革解释人的品行。她把城市划成几个大区，在其上插满了小旗帜一样的标签：第一等地区是北区，那里曾是租界地，至今留有各国洋人的小洋楼、花园别墅、外墙钉方块铜牌的故居，那里的人最有派头，有审美，斯文。第二等是东区，那里集中了全市最好、历史最悠久的大学，该处居民有文化，素质高，不野蛮。南区算是不好不赖，建有多座江浙会馆，几代江浙籍人聚居在那，"南蛮子"会算计人，但人不坏。最糟糕的地带是西区，新中国成立前，西区遍布妓院赌场，黑帮横行，是流氓混混的培养皿。

她坚持从听来的故事里撷取素材，来丰满这部地域歧视词典的例句和词条。比如邻居家女儿新婚三月，遭遇家暴，被女婿打得一只眼视网膜脱落，她会先打听那女婿是哪的人，听说是西区的,结论便是:怪不得,那地方人野着呢。又比如本城某歌唱家成了大名,上春晚了,到金色大厅开音乐会了,她感叹道,人家在北区生,北区长大,她爷爷是留过洋的,那里人普遍水平都高。

而她最颠扑不破的论据,是粒粒的父亲。他生于即使在西区也最差劲的地带——"坑地",当年政府填平一块坑地,建起廉价房,让最穷、最赖的人去住。粒粒小时常听母亲纠正父亲的一些口音,比如,粒粒你听,你爸念"脚"是"交",难听吧?你可别学。被丈夫气得落泪,她会在背后愤愤地说:混蛋!不愧是那个下三滥地界生人,坑地长大的混蛋!

粒粒曾认为这个分类法不科学,把它当成需要善意容忍的父母的局限。但成年后她逐渐觉得,能用这样简单的方式解释心中疑难,是种天真的福气。他为什么这样对我?因为他性格不好。他为什么性格不好?因为他出身在民风不好的地区。好了,那就没办法了,没得可怪了,要是能选,谁会选择投胎到下三滥地界呢?

杨器杨老师生于光明正确的东区,其父是新中国成立初始考入清华大学的大学生,于校际联谊中结识就读于北京医学院的其母,日后回乡,一个当高校教师,一个当妇产医院医生。用介绍人的话说:难得的书香门第,嫂子你不是反复嘱咐，要找个读书人家的吗？这个杨老师就是，又规矩又有派头，没挑儿了！粒粒知道，母亲一听到这家世就默许了一半。

杨老师的好厨艺则是意外之喜。粒粒参观两个卧室的时候，房间里飘起混合着料酒、糖、醋等等佐料的烹鱼香气，还有油炸东西发出的嗞嗞声，这种气氛让她松弛了一点。母亲说，次卧是专门给你和臻儒回来用的。她问，那个，杨臻儒回来住过吗？母亲说，还没有，他也说忙。哎呀，你们年轻人要搞事业嘛，我们特别理解。

次卧里的家具都是欧式的，木床头和衣柜边缘堆起翻着波浪的描金白玫瑰，精致又不够精致，显出大而无当的粗俗。她连声说，哎，好看，真阔气，真洋气。母亲又打开衣柜门，指点着说，这些纯棉床单被罩枕套，也都是新新儿的，你一套，臻儒一套，怎么样？算是几星酒店的待遇？

她说，四星，起码四星。

杨器在屋外说，你们的会开完了没哇？鄙人的菜可以上桌了吗？

餐具也是成套的，酒杯里倒好了枸杞江米酒，乌木筷子斜放在白瓷筷架的凹陷中，油爆大虾、酱焖鲤鱼、蚝油生菜和炸藕盒都勾了芡，亮晶晶地在灯下等待赞美。不赞美简直没天理，她赞美得卖力极了，平均吃三口配一句夸，形式多样，包括嗯嗯点头感叹，包括真诚地询问做法。杨器还原成耐心称职的老师，款款讲解怎么选鱼选虾，怎么杀，怎么用汁腌。母亲负责做适当的插叙。他们把这顿饭吃成了一堂演出来的公开课，热烈愉悦得不真实。

由于前半程的好气氛可以沿用，后半程安静一点，也不至于尴尬，大家的话就少了些。粒粒选了一些别的话题，如墙上条幅。她被告知，那边和那边的两幅字，出自她继爷爷、继奶奶之手，客厅这幅是杨老师的世交好友专为他二婚写的。

母亲说，妈考考你，看你认不认得这写的是什么？她扬起手里筷子，指向最近的一幅字。

粒粒笑一下，鼻孔里喷出一股气，以开玩笑的语气说，哎呀，妈，吃饭吧，杨老师都没考我，你考我干什么？

杨器说，就是！老唐那笔草书，跟鬼画符似的，认它干什么？嫦娥，虾还剩两只，你跟粒粒一人一只，处理掉吧。他揿起虾，放进她碗里。

母亲却不放弃，她不理会虾，反倒把筷子搁下了——认真地搁在筷子架上——双肘支在桌面上，身子往前倾，神情十分认真地说，我认不出，但粒粒肯定认得出，对吧粒粒？你小学时不是送你上过一整年书法班吗，后来你也一直自己没断了练字,是不是?

粒粒隔着饭桌看着母亲,她觉得饭厅的灯光并不好,照下来显得母亲颧骨高,眼窝塌,嘴角两边拖下来的纹路太明显。她慢慢转头,看着墙上的字,念道,金屋春浓,苑上梅花二度。琼楼夜永,房中琴瑟重调。贺杨兄续弦之喜,愚弟唐志龙。

母亲低声给她喝了声彩,呵,一字不错!怎么样老杨,我女儿水平不次吧?够配得上你们家吧?

粒粒胃里一阵拧绞,脸颊被冲上来的血涨得又痒又麻。杨器笑道,瞧你说的什么话!什么配不配得上?粒粒又懂事,又上进,我这辈子就是遗憾只有儿子,没有这样的女儿。

她本想说,我现在就是你的女儿,名义上。但她忙于消化母亲的行为,一时说不出话。她了解她,理解她,谅解她,但还是需要缩紧身子低下头,像挨了一拳的人,弯腰等待最尖锐的那阵疼痛过去。

粒粒的母亲王嫦娥是个头脑简单、性情温和的女人,她自知不聪明,常在讲述往昔时,认命地总结说,你瞧你妈那时候多傻。粒粒常答以怜惜的一句:"那时候"傻?你现在也不太聪明。母亲便笑起来,傻也不要紧,我能生出一个聪明闺女。

她毕生做得最不明智的傻事,是选择丈夫。当时粒粒的父亲跟朋友同时追求王嫦娥,听说王嫦娥答应了那人的求婚,他在一个雨夜从外地连夜赶回,冲到她家中,湿淋淋地跪地大哭。她心软得不能自持,立即决定推翻之前的婚约,嫁给他。

其实从这个故事,也能看出粒粒父亲的性格:软弱、冲动、情绪化,血一上头就不管不顾。青年时代,这些缺点都笼罩在玫瑰色的雾气里,当一张脸微笑时,你想不到它发怒时的样子。公平来说,父亲不是没有可亲的时候,他手巧,新婚后自己打造了书柜、床头柜、衣柜,都按当时最流行的样式做。他爱琢磨琐事,嬉笑时甚至显出一点浪漫的天赋,比如他曾叫粒粒母亲:哎呀,我的"八减一"。

但用他自己的话说,他跟钱没缘分。他学历不高,是国营装备制造厂的电焊工,单位效益差,工资低,他试过很多"致富之路",繁殖热带鱼,倒卖皮夹克、烟酒,开出租车,炒股……一再赔钱,让他长年沉浸在怀才不遇的愤懑中,并时常转化为对妻子的抱怨。他还想出国劳务,被粒粒母亲死乞白赖地制止。她攥住积蓄,不给他拿去交中介费,她怕像他这样莽撞的人会客死异乡。日后他曾一边砸东西,一边恼怒地向她吼叫：是你不让我腾飞！是你误了我的前途！

他打过妻子，两次。当然也打过粒粒，次数多得数不清了。

粒粒并不是上大学期间唯一一个放假回家发现父母离了婚的人。很多父母把儿女出远门上大学作为人生分界线，往后就可以痛快点，为自己活一活了。粒粒的父母多坚持了三年。最后一根稻草，是她奶奶家的老房拆迁，有了一笔钱，均分给三个儿女。粒粒父亲打算拿这笔钱跟朋友到湖南去做生意，再搏一回——这是他给自己喊的口号。母亲说，这次我就不耽误你腾飞了，咱俩不如离了吧。

粒粒大三那年寒假回来，惊见家里已经搬空了一半。父亲带走大部分存款，把房子留下给母亲。他暂时住在父母家。当晚粒粒跟父亲约在一间湘菜馆里吃了顿饭，父亲情绪激昂地给她讲自己的计划，毫无感伤之意。

他本来不怎么能吃辣，那天点了剁椒鱼头和农家小炒肉，辣得满脸通红，说，我正在锻炼吃辣的能力，过些天到了长沙那边，估计陪客户吃饭天天都得这么吃。粒粒，等你去看我的时候，我带你吃正宗的湘菜。

她笑道，好。但她知道，自己永远不会去找他。

他咳嗽着，转身叫服务员倒杯凉水过来。自始至终，他没有问她母亲，也没有问你在学校怎么样、谈没谈对象，这些家长的常规问题,他全部身心都被即将开始的新生活占满了。

饭后他们父女告别,粒粒坐公交车回家。母亲提前到公交站等她,两人一起走回去。她永远记得那个晚上的月亮,像一张恬静松弛的脸,又像一个神秘仙境的入口,浑圆,晶莹,悬挂在路尽头的正上方,仿佛她们并不是走向家门,而是要走进那个叫月亮的入口里去。母亲握着她的手,手指插进指缝里,十个手指缠绕得紧紧的。

至于继父杨器,她知道自己感激他,绝不讨厌他,当然不会恨他,但也不可能喜欢他、爱他。他和粒粒都没像志在弄哭观众的影视剧那样——继父挖空心思给继女买礼物,揣摩她的喜好,揍她的负心男友给她出气;继女则懂事体贴地帮继父搭配领带,学做他爱吃的菜,给他出谋划策如何讨好母亲。中间当然闹过大矛盾,女儿定然要负气吼一句"你不是我爸爸",但最后终将在暴雨或大雪中彼此找到,女儿发自内心地哭喊一声"爸爸",两人亲密无间地紧紧拥抱,赶来的母亲在后面几米处露出含泪的欣慰微笑……啊,天哪,那太累人了。

也许他们早十年、十五年成为父女,情况会大不一样。那时她还是母亲心头的要紧人物,她的不悦是算数的,而且他们必须朝夕相处,杨器想要搭建过得去的家庭关系,必须花心思莳育真正的融洽和接纳。如今他衰老疲惫，生命的热力所剩不多，得省着点用，耗费在取悦继女上，不太划算。而粒粒也早就习惯放弃"父亲"所能提供的东西。就像没必要给断臂维纳斯塑造手臂，有些空缺，留着比补上好。

不在一起生活，怎么都好办。在有限的共处中保持和颜悦色并不难，其余时间，只要不打扰对方生活就够了。也许未来会有一些事，一些瞬间，让她跟他的距离拉近一些……但那种前景对他们都没有吸引力。

杨器与母亲结婚前几个月，粒粒从外地回来一次，陪他们去完成婚前财产公证。从公证处大楼出来，三个人在路边站住，互相打量，各自露出含有感慨、憧憬、羞涩、如释重负等意味的微笑。

他们没办婚礼，只请来双方尚健在的父母，一起吃了顿饭。粒粒和杨器的儿子都没出席。粒粒的姥爷已去世，但杨器的前岳父岳母都到场了。他岳母眼眶发红地说，我这女婿可是打着灯笼难找，可怜我闺女走得早，没福气跟他过到头，嫦娥呀，便宜你喽！

后来母亲把他们到三亚旅行结婚的照片发过来。粒粒用手机一张张翻完，给母亲回电话。聊这聊那，差不多快挂电话的时候，她问：妈，你爱杨叔吗？

问出这句话时，她感觉自己又回到了哭着求母亲离婚的年纪——那年她八岁。

母亲的回答在意料之中：嗐，少年夫妻老来伴，到这个岁数，就是搭伙过日子，能过得和和睦睦，已经是好运气了，提什么爱不爱的！

那，他身上哪点让你决定跟他在一起？

这倒真有。跟你讲啊粒粒，我第二次和他出去看电影，看了一部美国片。片子演到一个地方，里面的人说了句话，那话挺平常的，可我觉得特别有意思，就笑了，听到旁边杨器也在笑。那句话，全影院的人都没笑，只有我跟他一起笑了出来。那时我就觉得，以后跟他过日子，应该过得下去，起码我们能笑到一起。也不知道我想得对不对？

粒粒说，妈，你想得对，非常非常对。你呀，总算聪明了一回。

半夜，粒粒从一个身陷沼泽的梦里醒过来。从梦境里跨进现实那恍惚的一刻，身体好像还被吸在一摊泥浆里。黑暗中，她伸手到身下摸了摸，摸到了真实的湿渍。

人的泥潭通常就是自己。她保持原状不动，伸开四肢，以自暴自弃的怠惰躺了一小会儿，直到又一股热流涌出。墙上的钟表显示：三点二十八。指针是夜光的，钟面背景印着一首楷体唐诗"劝君莫惜金缕衣，劝君惜取少年时。有花堪折直须折，莫待无花空折枝"，猜也猜得到，是母亲选的。

她把毯子掀到远远的地方，双手双脚支撑，架起臀部，再侧翻过去，跪在床上。床单像是中了一弹，洇开一圈蒲团大小的殷红。她从这张欧式大床上跳下来，把贴身睡单、床单、床罩、褥子一层层掀开，像是一层层打开俄罗斯套娃，血的影响力越来越小，犹如套娃的面目越来越模糊不清。在倒数第二层褥子上，被各类布料经纬拦截的血终于停下来。数一数，一共五条单子要洗，对女性来说，没有比这更狼狈的了。

粒粒的初潮发生在初二春天一堂体育课上。她觉得肚子疼，举手向老师请假去厕所。另一个女孩举手说也要去。她们走进操场一角的厕所，一人跨上一个坑位脱裤子。她脱下裤子，见到内裤上布满了赭色的斑斑点点，愣住了。旁边那个女孩说，你拉肚子？她烦闷地回了一句，不是！你不懂。

她早在书里得知这项女性身体的必然发展，并不意外，只是心疼那条新内裤，雪白底子印连叶红玫瑰的图案，放了好久，舍不得穿。但懊恼沮丧之余亦有兴奋。傍晚回家，她把母亲从厨房拉到卧室，关门，弯腰把校服裤子推到膝弯给她看。

母亲"哦"了一声，随即说，脱下来吧，我给你搓了，你自己也洗洗。她向左转身要去木头盆架上拿搪瓷盆,转到一半又缩手,转身到右边,要先开小衣柜,拿更换的衣服。她的双手抬在身前轻轻点动,做着种种无意义的抓取东西的动作。

粒粒光着两腿,等着她,母亲的无措反而让她轻松了,她笑道,妈,你慌什么呀?

她母亲也笑了,终于从行为失序里恢复过来,先兑了盆温水放在地上。粒粒骑着水盆清洗的时候,她走到她衣柜前,打开柜门,拉出柜子中间的抽屉,取出一袋包装成长方体的卫生巾,说,这包够你这次用了。

粒粒把新内裤提到大腿中间。母亲挨着她坐下,一手前一手后,把卫生巾平铺,贴到裤底,又把它整个抓在手心里握一下,握成水槽似的凹坑状,确保黏合稳妥,说,以后都这样自己弄,最后记住检查一下粘没粘牢。

在后来的年月中,每次她俯身给自己布置卫生巾,末了都会像母亲一样,握一下,每次眼前都会浮起那瘦白的手,手背上青玉似的筋,春日黄昏的小房间。

母亲出去把秽水折了。粒粒又说,可惜那条内裤,你过年时给我买的,才第一次穿。母亲说,没事,我看看能不能给洗掉。但她仍快快不乐。母亲说,咱们妇女这事啊,就像故意欺负人，搞恶作剧似的，哪天你穿了最贵的新裙子，最爱的白裤子,嘿,偏偏那天来啦！裙子裤子给你弄个一塌糊涂。准极了，我们好几个女同事都是，早晨穿着新裤子俏生生来上班，到处显摆一圈，结果干着活儿，后面就印出来了……

母亲又说，我第一次来这个，心里高兴得很。

她问，为什么？

因为我姑姑家那边的亲戚里，有个堂姐是天生"石女"，从小没有月经，长大了也不能生孩子。我第一次看到自己流血，松一口气，跟自己说，这下好了，我不是石女，我将来是能生小孩的。我从小喜欢小孩，尤其是小女孩，从小就盼着自己生一个。

那么，你从小就在盼着我当来你的孩子啦？

是啊。她们相视一笑，都感到对世界别无所求。

此后每月她们的交流里多了这一项，记住彼此的日期，给予叮嘱和关怀，比如别用冷水洗手洗脸，睡前沏杯红糖水端过去，腹痛时灌上热水袋，给她放在小腹上。每个月，母亲察看她泌出的血的颜色，说，嗯，颜色很浓，很好，身体没问题。饭桌上母亲会问，我说这星期有什么事落下了，你那个晚了两天吧？她说，昨天上体育课，我看还没来，就没请假，结果课上测验了八百米跑，跑完就觉得肚子坠着疼。

母亲说,那是累着了,以后要早跟我说,待会儿我煮个当归蛋给你吃,活血。

她们聊这些时,粒粒父亲会专注地盯着电视机或报纸,装作没听见,不置一词。这话题是已成年女儿的身体的虚拟延伸,一种禁忌,出于尊重和自尊,他不能让自己的言谈触碰到它。

有时粒粒会利用这一点。父亲和母亲起争执后,各自青着脸,一人驼背坐着,手撑着太阳穴一言不发,另一人手上摔摔打打,让噪音代替语言,表达愤怒和震慑。她会故意以这个话题打破平静,若无其事地跟母亲谈起最近一次经期的变化,新的胀痛感,长于预期的天数,等等。母亲不会拒绝,她会喘一口气,捋平跳过发际线的头发,换一副心平气和的调门,轻声回答她的疑问。她们总能越来越顺畅地聊下去,有时聊这个,有时聊别的,齐心协力地铸造一种多数派的轻蔑态度,直到整间屋子充满柔和的、令格格不入者难受的气氛,直到父亲起身推门离开。

就像持续不断地揉眼睛,揉出眼中沙粒,就像浪头坚决地把它不愿容纳的东西推到海岸上去。

血是红色印章,是细细红线。上天用红线一样的血把她捆扎成礼物,送到她母亲怀中。即使丈夫暴戾无能,令人痛苦，只要想到这件礼物，母亲就不去责怪命运。

她曾那么喜欢这个伴随痛楚的秘密，它只属于她和母亲，任何人都无法参与，无法分享。她当初就乘着这样的红色潮水，从肉体的罅隙中滑进世界，从母亲的盼望中跨入现实。某种程度上，我们活在与亲爱的人共享的部分里。那儿有一种光，让你认清所有最深处的东西，并滋养真正的快乐。

十五岁她上寄宿高中，开学那天母亲送她去搭校车，叹道，以后回家就是客了——这话她得要十年后才能明白。她在学校里受到嘲讽、排挤，过得非常不顺，拼尽全力想在傲慢、矫揉的女生群体里谋得一个席位，建立一个不卑不亢的印象，就在那过程中，她不知不觉把自己与旧生活撕开了。

同宿舍的密友分享经期及其他琐碎杂事，她独来独往，没有密友，不过课上忽然来潮，向同学借卫生巾总还是借得到。母亲给她做了个一步裙式样的棉垫，那几个夜里，裹在腰胯处，腰间有扣子，再加上系带，怎么翻身也不会脱落。住校三年她一次都没染过床单。

那块玫瑰图样的棉垫子，她一直带到离家乡二十小时车程的大学里。

直到读研究生，她和母亲仍近乎无所不谈，只是逐渐不再聊它。偶尔两人打电话时，她告诉母亲今晚没去自习室，因痛经在宿舍躺着，母亲问一句，血多不多？颜色浓不浓？得到肯定的答复，辄表示放心。

有一次，母亲在电话里跟她说昨天跟几个小学女同学聚会吃饭，谈起了更年期和停经。她说，原来那几个人都已经停经，有个人停了七八年，还不到四十岁，就一点也没了。我还一直有呢，没断。

粒粒说，对，你身体一向比同龄人好。

母亲用近乎撒娇的愉悦声音说，嗯，我觉得也是。说来奇怪啊，被这事累赘一辈子，年轻时真觉得，每月没这腰疼肚子疼的几天多好！现在又觉得，虽然麻烦，可要是真没了，不就不太像个女人了吗？

粒粒说，你不用担心这个，你是整条街最漂亮的女人，华北路赛西施。哎，没停经就是还有生育能力，你想不想再生个女儿陪你？

母亲说，我也想啊，问题是跟谁生呢？等你回来，帮妈去公园举牌子征婚好不好？……这是她离婚后两人常开的玩笑。

每次粒粒回家过寒暑假，一旦发现异样，会先到衣柜抽屉里找母亲的卫生巾来应急，再换衣服出门，去买自己合用的加长型。母亲用的型号越来越薄，越来越短小，她心知原因，再没跟母亲谈起。

在这个凌晨三点半,她把一件衬衣系在腰间作为遮挡,悄悄推门出屋,才想起那个老衣柜已经不在了,她不知道新家里卫生巾储蓄在哪。客厅里萦绕着隐隐的鱼腥味,冰箱、饭桌、餐椅等物品像是黑夜里背过身去、闭目不看的人,几小时前,她在此处做的取悦他人的努力宛如不曾存在,不曾奏效过。

她没法出门去买,也没法靠抽纸盒里的薄纸巾撑到天亮,只能去敲另一间卧室的门。手指蜷曲起来,指节叩到门板上,传出第一声,就像遥控器按亮电视一样,她眼前再次浮起那种画面:一蓬银丝像道人的拂尘似的乱纷纷散在枕头上,母亲的鼻尖搁在极近的地方,每次呼吸都令几根白发飘飞起来……

前几声迟缓而微弱,没得到反应,她不得不攥起拳,用拳头上突出的骨头尖砸门。终于门里传出惺忪的一声:粒粒?是继父的声音。

她说,杨叔,我找我妈有点事。妈?你来一下。

母亲的声音不够积极地跟上来:好,等等。

她退到小卧室里,关上门,叉开腿查看,双腿间叠在一起的纸巾快被血穿透了。她把那团带血的棉纸取出来,再找两张纸,叠好填下去。门开了,母亲在身后问,怎么了?

她不敢认真打量这个刚从她中学老师床上爬起来的女人。王嫦娥穿着成套米杏色丝绸睡衣，衣服下摆扎在裤腰里。粒粒的母亲岂是穿睡衣的人？那么多次，她半夜溜进父母的房间，从熟知的一侧钻进被窝，那里永远有一个滑腻的、赤裸的怀抱，每次都像获得意外惊喜似的搂抱她，让她翻来翻去找一个舒服的姿势。父亲和他带口臭的鼾声，都被母亲的身躯挡在远远的另一头。黑暗中，她能感受到母亲的身体，那种微微松弛、带有不薄不厚脂肪层的皮肤的滑嫩，还有香气，令人只想把鼻尖紧紧贴上去嗅了再嗅，直至融化其中。没有比那更美的印象了。天长日久后，这些回忆在与变质的现实的对比中，让人感到困扰、难以置信、如梦如幻……进来的不是母亲，是杨太太。

杨太太新镶了上排假牙，半夜起床没来得及戴，左边嘴唇上沿有一块塌陷，眼皮略肿，像不适应光线似的眯成缝，嘴唇苍白干燥，小声问，怎么回事？

有一瞬间她只想投入那个怀抱，但她知道那里的干瘪和骨头的触感只会刺痛她。她站着不动，小声说，妈，我月经提前来了，你的卫生巾呢？借我用一个。

母亲犹豫一下。我记得放在我那屋柜子里了，我去找一找。你等着。

她松一口气，目送母亲的背影出去，转身回到床前，移开枕头，把染血的床单拽下来，堆到脚边地上。月经过程的前十几个小时最难熬，她肩头酸沉，四肢困乏得难以抬动，膝头发软，双腿里像有丝丝缕缕的虫子来回窜。小腹痛如割刺，棉纸又要换了。母亲怎么还不回来？

她弯腰抱起床单，走进卫生间，关门，按下门钮中间的凸起。卫生间的灯光惨白，她放下马桶圈，坐下，小便了一次，扯下两格纸，手绕到后面擦拭，想把纸丢进废纸桶时，发现废纸桶放在左手边。杨器是左撇子，这样放显然是为了方便他。她不得不用左手把废纸桶拉到眼前，右手把带血的纸投进去，再把桶推回原位。母亲还在找，是什么拖住她了？杨器当然会问。但愿母亲别解释太多。

她又垫了几张纸，站起身，选一个最旧的塑料盆，放到洗手台的水龙头下。刚才忘嘱咐母亲了，不要告诉他详情，模糊带过的法子多得很。想到关于自己最隐私的消息正进入那男人的耳朵，她手臂上起了一片粟粒。哗，水从水龙头里汹涌而出，击打在盆底。她低头反复抚平那些小疙瘩，想起朋友们经常叫她——"粒粒皆辛苦"。

水声里忽然出现一个关门的声音，砰。她关上水龙头。谁出去了？将近凌晨四点，出去干什么？继父被吵醒了，睡不着,去晨练?……卫生间门的刻花玻璃上映出睡衣的杏色,母亲在外面说,粒粒,开门。

她拧开门钮,让母亲进来。母亲双手都是空的。粒粒望着她,嘴巴微微张开,等她的解释。母亲说,我这儿没有卫生巾。

怎么会没有?你不是一直备着吗?

母亲脸上有一种阴沉的平静。她像一个被拎到讲台上当众陈述罪状的小学生一样小声说,粒粒,我停经了,半年前就停了。

粒粒没反应过来"婷菁"是什么意思,无意识地从鼻子里"嗯"了一声表示疑问。接着她胸口一酸,说道,也好,这下我不用担心你跟杨叔再生一个小孩了。

话一出口她就后悔了。母亲没对这句话做什么反应,只说,我让你杨叔去给你买卫生巾了,路口有个24小时便利店。

她震惊得无以复加,吸一口气,一对眼泪急速地抛落下来。

母亲张开嘴巴,彻底蒙了的样子,啊?你哭什么?

她呜咽道,妈,你怎么能这样?你怎么能这样?你怎么能让他……

母亲惶惶不安地把两手放在身前,攥了又攥,用委屈的声调喃喃道，怎么了呀？"这样"是什么样？这是什么大事吗？虽然不是亲的，可杨器怎么也算是你爸，让他买一次卫生巾没什么犯忌讳的吧？他一个老爷们都不觉得有什么不好，你顾忌什么？……

她不回答，只是双手捂住脸，呜呜地哭，夹杂着猛烈的吸气、抽噎和哆嗦，哭声扭曲，是那种无辜承受了伤害、心碎了的人的声音。

母亲还在说话。她感到母亲的两手握住她肩膀，轻轻摇晃。她想说，你不明白。我的血里有一半红色是你给的，我的血是你的血。这件事只属于我和你，只容许我和你。现在你把它毁了。当你给予的时候你不明白，现在你毁掉它的时候，仍然不明白。

血流得更加奋勇，欢快，它们像山脉深处的岩浆一样，灼热地涌出，顺着大腿滑下来。

凌晨这场波澜很快平复了。杨器买回卫生巾，交给王嫦娥，回屋继续睡。粒粒想洗床单，王嫦娥坚持说，妈给你洗！终于把粒粒打发回去睡。王嫦娥洗净几条被褥上的血，晾起来。回卧室之前，她坐下小便，用右手扯纸，擦拭自己，再把纸传到左手，扔进左手边的废纸桶，站起来，按下冲水按钮。她在马桶蓄水的嘶嘶声里往外走,眼角余光看到什么,又转身回来。白瓷砖地上,洗手池和抽水马桶中间的阴影里,有个红点。

是一滴血。

王嫦娥蹲下来,凝视那滴血。血已干涸,大概一粒红豆大小,表面形成一个微微凸起的弧面,闪着一点光。要很浓的血才能凝出弧度来。她在心里说,血很浓,很好,身体没问题。血滴形状圆极了,比画出来的还圆。粒粒小时,王嫦娥有时用口红在她脑门上点个红点,就是这样一个鲜红的圆。

她伸出一根手指摸了摸,血的光滑表面上,隐约印了指纹的纹路。

回到卧室,枕头上那颗白头发着稳定的鼾声。她一直没再睡着。

早晨七点钟,杨器起床,操持了一顿丰盛得有点过分的早餐。和谐的早餐后,粒粒收拾了行李出门。杨器照例穿着手织毛裤送到门口,粒粒走下一段楼梯,仰头挥手说,爸,再见。

王嫦娥替粒粒推着行李箱走到小区外,等出租车。送别到了末尾,人们都会不由自主地盼望着离散。在关于早饭和天气的无意义闲话中间,她突兀地插了一句,粒粒,你不生妈的气吧？

粒粒的眼睛和面孔就像无风的海洋，她轻松地反问道，我为什么要生你的气？

王嫦娥说，我不知道，我就是觉得……

别瞎想了，没有！咱们俩是一体的，你就是我，我就是你，我会生自己的气吗？不会的。粒粒探过身来，抱住了她。王嫦娥也抬起手臂，抱住女儿，那个身体隔着衣服，饱满，结实，骨肉匀称，跟她年轻时一模一样。粒粒在她怀里轻轻挣扎，推开她，车来了，我走啦，妈。

王嫦娥回到家，发现客厅地板湿漉漉的，落地音箱里放着《锁麟囊》。杨器在客厅一边擦地，一边用假嗓子跟着哼唱：他教我，收余恨，免娇嗔，且自新，改性情。休恋逝水，苦海回身，早悟兰因。

她忽然一个箭步冲进卫生间，瓷砖地还没干，闪着湿润的光泽。那滴血不见了。她心里号叫一声，一种丢失重要东西的钝痛在体内一搅，眼泪像热血似的，充满了眼眶。

泳客

一

游泳馆在一排红砖房后面,外表是个带方窗的灰色水泥方盒,跟人行道隔一道铁栅栏。紧靠栅栏有一排花床子,花床里杂植丁香、蜀葵、连翘、玉簪、石榴树,每种植物平时都长着颜色一样的叶,绿成一片,不太好认,到各自的花期,它们擎出红花、白花、黄花,向人宣告:瞧见没?我会开花,看见花你们总该认出我了吧?带花的绿条,从栅栏的宽缝里探出来,斜逸一枝,好像探头看热闹,看得入神了,久久不缩回身子。

楼身上没有字,没有那么三个立体字"游泳馆",没有。沿着栅栏走,有个门,馆开放时门打开,没人看门。走进去,迎面有个玻璃门,门两侧停着十几辆自行车,更像是工作单位的样子。这时仔细听,能听见带回声的呼叫声、哨声,还有物体落水的扑通声,一声连一声,仿佛里边有个巨大的饺子锅，一些巨人正往里下秤砣馅儿的饺子。

推开门往里走，一股氯水味飘过来，氯水味就像蛋糕店的奶香味，爱这口儿的人，一闻到这味儿心就痒了。右侧墙角常年放着一个三角立牌，木板做的，白底黑字：游泳馆。那字蚕头燕尾，一笔漂亮的曹全碑。但牌子给谁看呢？进来的人自然知道这是游泳馆，再告诉人家一遍，纯属多余。没进来的人看不见牌子，又怎么知道这是游泳馆？

再往里走，是卖泳票的柜台，两个女人坐在里头，一个年轻些，一个老一些。年轻些的，人喊她小金，将近四十岁模样，头发自来卷，扎双辫，两耳朵后面两个蜷成球形的辫子，皮肤黑，眼睛大，黑眼珠不太大，偶尔一瞪眼，四下露白，有点凶相。她坐在柜台前一个木椅子上。老一些的，小金称呼她袁大姐。袁大姐四十多岁，理着一头郎平式的短发，前额一点稀疏刘海，皮肤白，眼睛小，眼角向上微微挑起，有点媚气。她坐在一把藤摇椅上，离柜台远，坐镇后方的样子。她身上有两样总是不变，一是总穿运动服，胳膊和大腿侧面带白线的运动服，二是总在嗑瓜子。她不怎么干活，什么时候去，都只见她在嗑瓜子，有时嗑西瓜子，有时嗑葵花子，脚边一个套黑袋的红纸篓，椅子一摇一摇，摇过来时，手一甩，瓜子皮投进去。

柜台里的台面挺乱，没一点空地，纸巾盒，遮阳帽，午饭饭盒，两个泡着茶的透明保温杯，几个蓝塑料壳的老式文件盒，一个能调整日期的印章，在游泳卡上盖章、计次数用的，一个登记泳客姓名和起始时间的大厚白纸本，本子边缘像菜叶似的卷着。放笔的笔筒，是割去上半截的矿泉水瓶，放钱的钱箱，是剪去上半截的伊利牛奶箱。

有些女收款员会按纸币面值分类，一百的，五十的，二十的，都用小白铁夹子夹住，整整齐齐，看得人心里舒服。游泳馆的小金，每次要找零，就撮起三个手指，在钱票的淤泥层里一通乱刨，像鸡刨虫子。她的手骨节肿得很大，手指总跟痉挛似的，抽缩在一起，伸不直，拿东西、写字都吃力。有时袁大姐给她嗑瓜子，嗑满一手窝，递过去。给！你放手边慢慢吃。小金就抽一张纸巾，盛着瓜子，放在文件盒上，慢慢吃。

袁大姐身后有个木头柜子，玻璃门，带锁。第一层摆着六七个模特头颅，每颗头上都套了游泳帽。几个没鼻子没嘴的头，戴氨纶料子的大花泳帽。唯一一个精致点的头，有高鼻梁，有小嘴唇，戴的是一看就贵的银亮橡胶泳帽。第二层，钉着一排钉子，悬挂装在透明盒里的泳镜和穿在纸板人形架上的泳衣，有裙式的，有连体的。第三层放饮料，红牛、矿泉水、果粒橙、营养快线。买的人不多，娃哈哈瓶子上的王力宏晒褪色了，成了白发王力宏。

人来买泳票。小金说，一次三十，押金五十。一次是一个半小时，包括洗澡换衣服时间，里边有大钟表，自己算好时间，超时十五分钟，多收一半费用，超时半小时，按两次算。外面露天浅水区，室内深水区，浅水区一米二，深水区两米。抽筋厉害了，感觉要沉底，别犹豫，赶紧举手喊救生员，知道吗？带泳帽了没？不戴不能游哈。没带可以在我这儿买一个，一个五块。

人说，带了，带了。

如果有人要买泳帽，袁大姐就一掀屁股，从裤口袋里掏出一串钥匙，递给小金，继续嗑瓜子。小金用鸡爪似的手择出一枚，打开玻璃柜门，不回头地说，这个贵，一个四十八，好牌子，运动员比赛级别的，后面这几个都一个五块，要哪个，快说！

总来游的老泳客，她们都眼熟，认识。遇到眼生的，袁大姐问，以前下过水吗？会游不会？

这时小金接钱的手很配合地停在空中，直到人说，会游，她才接过钱，放进牛奶箱，慢慢翻开白纸本，抽出一支圆珠笔，递给泳客，说，写上您的名字。等人写完名字，她把大本拿回来，登记日期时间，说，技术要是不行，别逞强，上浅水区扑腾去，凉快凉快完了。千万别不好意思。我们这儿去年可有一位——三十多岁，壮得跟什么似的，是吧，大姐？

袁大姐在后面说，对，那一身腱子肉！

小金接着说，看着可牛了。我们还以为他是练体育的。他买票进去了。结果，好家伙！刚进去十分钟，就在深水区溺水了。

袁大姐说，还没到十分钟，八分钟。

小金接着说，救生员跳下去，拖上来，骑身上，吭哧吭哧做了半天人工呼吸，人差一点就没了。所以，要是不会水，别去深水区。水火无情，您可记住了啊。

登记完毕，小金递给一把存衣柜钥匙，钥匙上贴着块橡皮膏，上头写了号码。钥匙洞里拴着电话线似的弹性线圈。她嘱咐，丢了，我们可没备用钥匙，您得自己出去找开锁师傅。

袁大姐在后面说，然后连带再给我们安个新锁。

小金接着说，贵重物品怎么处理，您自己掂量。我们这儿去年有一位，齁贵一个新苹果手机，放存衣柜里了。那钥匙可得看好了啊。人家不价！……

袁大姐说，横是嫌戴手上碍事、不好看，就大咧咧扔拖鞋旁边，下水了。

小金说，游美了上岸一看，嗐，钥匙也没了，柜子也让人开了，手机也丢了。那小伙子心疼得眼都红了，直跟我们念叨，攒钱攒了三个月啊，吃锅贴都不舍得吃肉的，光吃素的。我们也替他着急、心疼，可我们不管这个。没责任，不赔。您可记住了啊。

谁也不知道她们说的是真是假，反正每年都听见小金说"我们这儿去年有一位"。

拿着存衣柜的钥匙，男的左拐，女的右拐，撩开一个印"男"和"女"的白布帘子——（帘子洗得不勤，常年是灰的，总被人摸的地方一片发黑）——里面就是更衣沐浴的地方。三部分的结构，跟糖葫芦一样。最外面两排白瓷马赛克洗手池，池前有镜子，供人对镜梳头。有时池子里搁个大红洗衣盆，泡着满满一盆衣服。小金为了给家里省水，常把衣服拿到馆里洗。

中间是换泳衣的地方，靠墙两排存衣柜，两条长木凳。人们坐在凳子上穿裤子，着鞋袜。

紧里头两排沐浴隔间，说是隔间，只隔着侧边一块板，只能挡住两边人的目光，对面人什么都看得清。人们洗的时候，一般脸冲墙，屁股冲外，自己看不见别人，就少羞一点。

更衣室里永远有股热乎乎的气味，氯水味混着洗发水、沐浴露的香气，还有人皮肤里的肉味，让人觉得亲切，又不免心烦意乱。像是夏天午后，小孩子让妈抱着哄睡，鼻子贴着妈脖子闻到的，又缠绵又体己的那种味道。

屋里又热又潮，人一进来，对泳池的渴望就强烈起来，只想赶紧脱衣服，赶紧把这一身皮解放了。有人换衣服，在场女人都会偷偷一斜眼珠，瞄一瞄身材皮肤，看看是比自己好，还是不如自己。有人在家预先把泳衣穿在里头，一脱外衣就完事了。

看泳装样式，大致能猜出这人会不会游，游得怎么样。真会游的、奔着锻炼身体来的，不穿太花里胡哨的泳衣。那些无肩带的，带子拴在脸子上脊梁上打结的，露着大半个胸脯的，胯骨上挂一圈屁帘儿的……好看是好看，不中用，松松垮垮，缺乏包裹性，进了水里，往前冲个十几米，系带就松了。工欲善其事，必先利其器，鞋要跟脚，衣服要跟身子。真会游的，一般就穿个一件式，双肩带，紧紧箍在身上，伶伶俐俐，像另一层皮肤似的。

都穿戴好了，到喷头底下，扳开水掣，把自己浇湿，让灵肉都有个准备，否则一个热身子骤然浸入凉水里，激得难受。头发打湿，也便于戴泳帽。

拎着泳镜从更衣室走向泳池，那心情，激动里带点怕惧，毕竟入水那一下子，不那么好受，但这就像看恐怖电影，好玩就好玩在那一惊、那倒吸一口气。进泳池前，要踩进一个水泥浅坑，坑里是消毒水，给脚丫子消个毒，不然泳池水就成了洗脚水。走出这个消毒水坑，又是一道不太干净的白布帘，一掀，眼前就是蓝汪汪的池了。

方方正正一间大屋子，二十五米的非标准池，十条泳道分两个区，每边五个道，中间是供人走动的瓷砖地。泳池像一块蓝的田地，中间隔着塑料浮线是田埂。浮线是白色圆珠一个连一个组成的；又像一片蓝的操场，白浮线隔出了跑道。

进来，先走到墙边，扩胸，提膝，压腿，手从后面扳起脚尖，一边热身，一边用眼睛数人头，挑泳道。谁都不爱跟人挤，都爱选人最少的道。挑好了，把拖鞋脱在墙根底下，赤脚走到泳道尽头，坐下，两脚伸进水里，一股清冷蹿上来，弯下身，两手轮流舀水，泼到胸口、肚子上。

下水前最后一件事是戴泳镜，两个小碗一扣在眼上，立即吸紧了，像两个勺在眼窝处挖，要把果核似的眼珠抠出来，不过就得这么紧，才能不进水。都搞妥了，吸一口气，腰和屁股往前一挺，直撅撅地滑进水里。

一瞬间像跳下悬崖，身在半空，寒意涌进每个毛孔。下一刻才能觉出水的存在，身上像有几百条锚链同时断开，动

· 如雪如山 ·

一动胳膊腿，轻得像个水母漂着。

水像一种爱，让人松弛，有安全感的爱。那一刻的感觉真好，比猛灌一大口冰啤酒还好，比亲吻时舌头伸进一个可爱的嘴里还好。水给了浮力，也给了阻力——更像是爱了。在水里，挥手、踢腿，都是慢放的，快不起来。

打滚翻波，游上一小时，乏了，四肢百骸都像煮过头的面条了，手指上的螺也泡皱巴了，水里这种抓不着、踩不实的感觉也玩腻了，更重要的是，再不走得加钱了……于是游向池边的铁梯子。两个白铁管扎进水里，像两根弯弯的吸管，抓着铁管子，身子一挺，哗啦啦从水里拔出来。出水那一刻，身体出奇地沉，沉得头都抬不起来，水母成了大象。地心引力的锚链又拽上劲了。等到趿上拖鞋，懒懒地走回帘子里，才能再次适应地上的感觉。心里怀恋着刚才的轻盈，泳池成了新的乡愁。

更衣室直通的是深水区，池边立着木牌子，也是白底黑字曹全碑：水深两米。东边角上有一个门，走出去，外面是露天浅水区。浅水区只有一个区，也是五条泳道，不过比屋里的泳道宽。岸上有长长一条遮阳棚，苫着一片梯形水泥看台。看台脚边照样有个木牌，白底黑字：水深一米二。浅水区是给孩子和初学者准备的。稍微会游点的，都不来浅水区。

尤其是成年人，一下去，水卡在大胯上，很尴尬，像来泡澡的。要浸入水里，还得一弯腰，往脚底下扎。

深水区时有高手出没。能被目为高手，以下两件事至少得会一件：一，会蝶式；二，会转身。转身也有两种，一种是游到池边不停顿，身体像受惊刺猬似的一团，头下脚上地一滚，然后身子迅速舒展开，双脚一蹬壁，箭似的射入水中，不间断地开始游下一程。第二种是侧着转身，不过看着不如第一种精彩。有时，附近高校体育专业的学生结伴过来玩，他们在岸上嘻嘻哈哈聊会儿天，接着一个个下水，像故意下凡显神通似的，游上几圈。行家一伸手，就知有没有。水里一个起伏，你跟水熟不熟，有多熟，看得一清二楚。他们出水的姿势、打起的水花，都跟别人不一样，都特别漂亮。二十五米泳道，普通人蹬壁出发，怎么也得换气八九次，他们一蹬壁，再冒头已经五米开外，再来三四个换气，就到边了，身体跟风火轮似的一转，掉个头又蹿出去。

人做自己擅长的事，是非常赏心悦目的，这时连袁大姐都会从摇椅上起身，走进来看，她和小金并肩站在泳池边，欣赏水里蛟龙一样出没的年轻人，两人小声讲大声笑。袁大姐咧嘴笑的时候，露出两颗带着缺口的瓜子牙。

好看归好看，这些专业人士的问题是，动静太大，太占地方。其实公共泳池里，大家都有个默契是贴线游，像走马路似的，去程贴右浮线，回程贴左浮线。但那些专业的从不贴边，中线游过去，中线游回来，两条胳膊抡起来，一条泳道就满了。好在他们下凡时间不会太久，炫技炫上一阵就走人。

深水区的救生员有时也下水游两趟。他是个肩宽、胸脯厚的中年男人，有点像小一号的海明威。腰上存了一圈肉，底下腿还是精瘦的。他不炫技，只游普通自由式，安静快速地游过去，游回来，反复几趟。救生员的工作很乏味，他的椅子边备了两个老式黑铁哑铃，有时拿起来举举。他还会在池边做俯卧撑、深蹲、平板支撑。有时小金进来溜达，见他做平板支撑，笑眯眯立在一旁，说，老赵，几分钟了？老赵喘着说，我没计时，撑到撑不住为止吧。小金说，空身儿练多没意思，我给你加个杠铃片？给你增点负重！她抬起一个膝盖，压在老赵后背上，使一点劲。老赵说，哎呀呀，胳膊折了，折了！您跟那杠铃片能一样吗？

夏天，一到暑假，浅水区就像春运的火车车厢，水都让人肉焐热了。尤其周末，一个小孩至少搭配一个大人、一个大游泳圈。水里连一块放平身子的地方都找不到。游个蛙式，一蹬腿，踹人家肚子上了。游个自由式，一甩胳膊，打人家腰上了。很多大人就是站在水里聊天，小孩用水枪互相滋水，更小的孩子肚子上绑一圈浮带,晃晃悠悠地漂着。岸上满地拖鞋,梯形看台上也坐得高低错落。

平时浅水区救生员只有一个,是个秃头胖子。暑假期间,救生员增加到三个。另外两个是来打暑期工的体校学生。他们坐在高高的椅子上,俯瞰泳池,上方撑开一把大阳伞。两个男生,都长得很好,只穿一条泳裤,浑身皮肤黑得发亮,肌体上的线条无一不优美。那位胖救生员姓牛,脖子上搭着毛巾,穿着短袖T恤,两个胳膊还套着白色防晒袖套。他座位扶手上挂一个大喇叭,每隔十分钟,喇叭自动播放一遍:请各位家长照管好儿童,谨防溺水!里面这个声音是他的,牛胖子其貌不扬,声音特别好听,袁大姐说像上译厂的邱岳峰。他还会点书法,"游泳馆""水深两米"那笔曹全碑也是他的。

这是游泳馆最热闹的两个月,像春节时繁忙起来的奶奶家、姥姥家。深水区不像浅水区那么拥挤,但人也比平日多一倍。小金她们的柜台边,多出一个北冰洋冰柜,卖雪糕。游完泳,吃一根高热量、有糖有奶的雪糕,十分惬意。雪糕畅销极了,比红牛和娃哈哈卖得好,能一直卖到十月底。到十一月,冰柜就收进库房里了。

冬天,有锅炉把池水烧热,水温保持在24度左右。小黑板上写：今日水温22度。户外池关闭，大家都在室内深水池游。牛胖子也进来，跟老赵一起盯深池。天冷，留长发的女士们湿着头发出去，很难受。柜台旁边，墙上的钉子上，挂出一支电吹风，供大家吹头发。小金有时看到一个姑娘披着一头湿发往外走，就说，哎，吹吹头发吧！不急在这一会儿。您这么出去，容易感冒，还容易落病。

有些男的游完了，也过来举着吹风机呜呜吹，手一下一下拨头发，头跟着一甩一甩。要是没人排队，小金和袁大姐不说什么。如果有女的出来，站在后边排队。排了一个人，两个人，袁大姐一皱眉头，小金就开腔了，嗨，我说，您——老爷们，皮实，吹个大半干就行啦，人家好几位女同志后头等着呢。

冬天是游泳馆最萧条的时节，有时一整天没一个客人。为了不浪费锅炉烧热的水，老赵跟牛胖子下水比赛，搞个小小的业务比拼。袁大姐当裁判，负责"嘟"的一声吹哨。小金跟着水里的人在岸上走，一边走一边给他们喊加油。他们比波蛙。"波蛙"，波浪式蛙泳，跟"平蛙"相对。平蛙只有头出水，波蛙是肩部出水，整个人像从水里蹿出来，再钻进去。牛胖子的技术好，不过体能差点，赛个四百米，最后一程二十五米他就甩不动胳膊了。游完了，老赵还能双手一撑，从水里直接跃上岸。牛胖子就只能踩梯子上来，上来还要喘半天。小金笑道，哎哟喂，您这是耕了一亩田啊，我给你买瓶营养快线吧。老赵说，我来我来，赢的买饮料。

春天，馆外花池子里连翘开了，一串一串小黄花。早晨小金折了两枝，找个矿泉水瓶插起来，黄灿灿地放在柜台上。牛胖子在男更衣室换完衣服，慢悠悠走出来，站住看了一会儿，用他那邱岳峰似的声音说，好看，不过小金，这个塑料瓶，委屈这花了。我家有富余的一个花瓶，明天我给你拿来。第二天，他真拿来一个玉壶春瓷瓶。淡青的釉色，衬着金灿灿的连翘花。

小金对袁大姐说，这个牛牧，还真是喝过磨刀水——内秀（锈）。

二

王沥沥是这个馆的老泳客。她住在离游泳馆半条街的小区，房子是租的，她决定租这处房，一大原因就是中介说附近有游泳馆。

搬来之后，她办了卡，每周来游三到四次，周二、周四、周六，有时六日两天都来。如是三年。她把游泳用具包放在公司，下班直接来游泳馆，游上一小时再回家。小金和袁大姐都认识她。有时王沥沥忘了带卡，小金说，没事，进去吧，后天你来的时候打两次，补上就行。

王沥沥春节回老家，给袁大姐她们捎回几斤特产沙土大瓜子。她隔天再去，小金说，谢谢你了，你们老家这瓜子，又大又香。那些洽洽瓜子什么的，一股化学香料味，比你家的可差远了。

虽说这么熟了，王沥沥每次还是交押金，小金有次一边登记一边说，公归公，私归私，不管咱多熟，规章制度还是要遵守，对吧？王沥沥说，对，没错。袁大姐说，小王，像你这么爱游泳，又有毅力的人，真是不多见。

王沥沥笑道，嗐，喜欢嘛！干喜欢的事，不能叫有毅力。而且运动刺激人分泌内啡肽，游完了特别开心。隔几天不游，馋得慌。过年回老家那几天，做梦都梦到泳池了。

王沥沥最常穿的是一件黑色连体束身泳衣，汤匙领，插肩式短袖。与之相配，泳镜泳帽也是黑的。她的工作是项目经理，平时要跟各个部门的人做对接、做沟通，叫成经理，实则是碎催。其实她心底最不喜欢的就是跟人打交道。上班一天结束，浑身说不出的不自在，好像那些盯着的目光，把她身上看得坑坑洼洼的，看得掉了皮，都露出底下电线了。埋进水里，让水抱着、保护着，她才觉得安全，身上开裂的地方、走风漏气的地方，慢慢闭合，重新变得光滑、平整。

王沥沥一般游自由式。她更喜欢憋一大口气，钻入水中，游向池底。一整池的水在头顶，仿佛一床无穷大的、透明的缎子被，肚皮贴住瓷砖釉面，就像钻进被底。被子遮天蔽日，把一切隔绝在外。四周安静极了，只能听见吐气的声音，珠子似的气泡摇曳而去。这时她不是王沥沥。她没有名字，没有学历简历工龄房租，没有重量和体脂率，没有欲望，也没有忧喜。她只有水，她变成水。她化为一匹水，一朵水，一粒水，是藏在水里的一棵水，是醉入水中的一樽水，是插进水里的一页水。

如果一动不动，她能觉察出身周的水染上了她的体温。有人从头上游过，像青天里一大块乌云，被风推着移动。她摆摆腿，摇摇胯，就往前漂一段，皮肤尝到新的冷水，好像在被窝里找到一块凉爽的地方那么愉悦。她从水中挤过去，水温柔地让路，又在她脚跟后头合拢。

要能一直待在水下多好，她希望自己的肺像热气球，至少是个氧气瓶那么大，但水下憋气的世界纪录也不过是24分03秒。气不够了，她伸手一撑池底，立起身子，升上水面。

头一出水，人世的噪音就又回到耳边了。游泳馆里的声音总跟做梦似的，在水汽里洇开，一片惝恍。

常来的泳客，还有好几个王沥沥眼熟的，有一位中年女人，胸大臀肥，走起路来腿往外撇，盖因腿内侧肉太多，不撇开点，空间不足。一开始她只会蛙式，头还不敢入水，就挺着脖子，探着头，一顿一顿地游。有很多这种中年人，某天痛感身材走样——也许是因为丈夫一个嫌恶的眼神，也许是因为初中同学聚会发现自己成了女生里最胖的一个——决心游泳减肥，买了整套泳装办了全年卡，坚持不了几周，就绝足不来。但那位只会蛙式的女人，坚持了三个月，半年，十个月……居然一直游下去了，只是也没怎么变瘦。

还有一位，喜欢穿裙式泳衣，有时是紫底白雏菊花裙，有时是粉底绿棕榈叶裙，有时是黄底泼溅图案裙……她游得很好。她打破了王沥沥的一个小小偏见——穿花里胡哨泳衣的，技术都不行。裙装泳客每次先游半小时自由式，上岸休息一会儿，再下水游半小时蛙式。有一次她坐着的时候，摘了泳镜泳帽，露出一头银发，王沥沥才看出她至少七十岁了。

另一位是个四五十岁的男人，眉毛眼睛都很普通，只是皮肤非常白，像姜罐头里泡得发涨的白姜那种颜色。他身上别的地方倒不胖——跟浅水区的"邱岳峰"不一样，那位是哪都胖——只是一个大肚皮撅着，从黑泳裤上缘危险地探出来，又白又圆，好像那儿原本是个洞，往里塞一个大汤圆，塞到一半卡住了。

他游得不太好，也不太坏。某次，王沥沥游到泳道中段，左脚一根脚趾抽筋，停下来，扶着浮线活动脚趾。这时那男人悠悠游过，从她背后擦过去，王沥沥感到臀部被碰了一下。她回头一看，那人往前游走了，若无其事的样子，好像根本不知道自己碰了别人。于是她也没说话。

她以为那人是不小心的，毕竟，公共泳池，挨一下碰一下，也算寻常，而且那天是周末，人还蛮多的。他是为了躲避别人，碰到她——这是她给对方找的理由。半个月之后，汤圆第二次"碰"她，她心里知道八成不是意外了。再来泳池，下水前她都注意找一找，看汤圆在哪区的哪个泳道，她就在另一区下水。

要不要跟小金和袁大姐说呢？说有个男的，在水里摸女人屁股……但小金又能怎么样？以后都不许那人进来游？也不能让小金提醒每个女客：有个男的爱揩油，女同志们都小心点啊。重要的是，水底下又没摄像头，无凭无据。

犹豫了很久，王沥沥还是没说。

夏天，游泳馆的常客又多了一位。那人第一次来，是个阴天，王沥沥没带伞，担心下雨。游泳馆的大窗户，玻璃很久没擦过，乌乌突突的，看不清外面。她游到半截，从水里出来，走到通往浅水区的门口探头张望。没下雨，也没来新的乌云，只是仍然阴着，看样子还能再游一阵。她转身回刚才的泳道，发现池边新来了个人，正做下水前的热身。是个女士，一身白，白泳帽，白色捆黑边的钥匙孔式泳衣，胸前有个水滴形的镂空开口，一副黑泳镜，遮住眼睛。她身形很美，宽宽的肩膀，两边三角肌隆起一个坡度，腰并不细，臀也不是那种肉感、丰隆的样子，但线条有力，犹如吃着劲的弓弦。她皮肤是淡淡的赭色，衬着白衣服，让人想起器型圆润的、良渚的陶器。

王沥沥看了她几眼，自觉不礼貌，垂下眼，但实在忍不住又看了一眼。本来她下水的地方，就是那女士站着的地方，但她不好意思走过去了，提前绕开，沿泳池边缘走到泳道另一头。白衣人正做弓箭步压腿，腓肠肌膨起，小腿上显出清晰的条状阴影。做完热身，她跳进水里，只剩一个白帽黑镜的头露在外面，很快那颗头也没入水中。没进去，过了好几秒，才在离池边很远的水里冒出来。那头颅一侧，肘一提，手臂出水，游起自由式来。

泳道另一头，王沥沥也滑进水里，她尽量贴在浮线的角里站着，让出池壁。眼前不远处水波翻腾，白衣人已经游过来了，她的手臂回到水里时，直直地一伸，就像很轻松地伸手到枕头下面摸东西似的。快到边时，她头往下一低，身子团起来，就在王沥沥身边近在咫尺的地方，像个白糯米团子一滚，掉个方向，游回去了。王沥沥从泳镜里看她游出几米，才蹬壁游起来，游到一半，白衣人迎面游来。

这次王沥沥看她，是在水里看。白衣人头顶和背部以上的薄薄一层水面，被搅成水晶一样的细碎泡沫，泳镜之下的鼻尖和嘴巴，也正往外喷吐冰屑似的气泡。每一次她用赭色的手臂抱水、赭色的双腿打水，都造出一道烟雾。仿佛那水雾是一种魔法，是她从手指尖和脚趾尖放射出来的。加上穿着白衣，她整个人就像披着冰晶的斗篷、在水里一边飞行一边挥撒魔法的女巫。

那个拴绳圈的钥匙，在她挥动的手腕上晃，跟着出水，入水，闪着一点点银光。

王沥沥的游泳技能是小学时候报培训班，跟教练学了两个暑假学成的，在一般人里算得上标准、优美，她对自己的水平很满意，平时即使看到体校生游泳的英姿，也不会"见贤思齐"。但见到这位白衣人，一点羞涩感油然而生，她觉得自己的动作不够好,都有点羞于跟人家在同一个泳道里游了。可她又舍不得离开。每游一趟,她都能在泳道的不同地方跟白衣人交会一次,近距离观赏那种美的姿态。

游了十来趟,她休息一会儿。白衣人始终没休息,连动作的节奏都没变,也看不出吃力的样子。王沥沥想起中学物理课里的一个假设:在一个没有摩擦力的世界,给物体一个初始的力,让它运动起来,它就会永不停止,永恒地运动下去。当时这段话在王沥沥脑中产生的画面,就是一个白色的小方块,在玻璃似的亮晶晶的地面上哧溜溜地滑出去,滑向无限远的天边。现在,她觉得白衣人就像进入了那个没有摩擦力的、亮晶晶的世界。

她又游了一会儿,看看手上的运动表,一点五公里,达标了。她游向铁梯子,爬上岸,走回更衣室。直到她洗完澡,穿好衣服,白衣人也没出来。

走出更衣室,小金和袁大姐正一起看一个手机视频,两个人乐得咯咯的。她走到柜台前交钥匙,小金拿了押金的钱递给她,说,快下雨了,您赶紧回,别赶上雨,这股子可不小!王沥沥说,好嘞!再见,下回见。她瞅了一眼台面上那个大厚白纸本子,每个入池的泳客的姓名,都登记在那儿。

她背着装泳衣的游泳包和装工作资料的托特包,慢慢走下游泳馆的台阶,在花池前站住,抬头看天。本来六点多钟天该是亮的,可这会儿,天阴得跟夜里一样。雨没来,风先来了,一阵阵呜呜地掠过天地,像一群群急着赶到什么地方去的、呼啸而过的人群。王沥沥的短发还湿着,也被吹得不停动荡,风里挟着远方尘土的生机勃勃的腥气,又刮往更远方去。她想起很多年前的夏夜跟姥爷一起乘凉,听评书,讲到武松打虎,虎现身之前,刮了阵风,有首诗单表那风:无形无影透人怀,四季能吹万物开。就树撮将黄叶去,入山推出白云来。

"透人怀"……一时间,她被风推搡着,又被风穿透,胸口真好像被吹开一个豁亮的洞。她又走了两步,猛地嗅见一股花香,低头去找,原来绿叶之间,玉簪花开了,一个雪似的手掌擎起,半合半展的,亮出馥郁的秘密。那种白,是思无邪,是玉无瑕。她额头一凉,仿佛一个无比细小的指头点了她一下,雨下来了。

泳客们一般都有固定的运动节奏。后来王沥沥又遇到一次那白衣人,跟第一次一样,也是个周四下午。下一个周四,她提前下班,在游泳馆对面的树荫里站着等。她只是好奇她叫什么名字。她觉得她该姓舒，姓齐，姓阮，姓那些神清气朗的姓氏。或者就姓游，叫游如龙。如果梁山排座次，白衣人的花名可以叫小白龙。名字可能不准确，绰号永远准确。

远远来了辆自行车，飞快地冲破空气，骑进了游泳馆的门，车上人单腿支地，停住车，下车，从车筐里拎起链子锁，弯腰锁车。

这是王沥沥第一次看到白衣人在真实世界里的样子，看起来比在泳池里矮一点。她穿着白蓝细条纹衬衫裙，没有束腰，衣摆下露出赭色的壮实的腿，白色平底鞋。她一直背对着王沥沥，看得最清楚的，是黑发在脑后绑成一个杏子大小的圆髻，原来那顶白泳帽底下隆起的，是这样的发髻。她大步踏进门去，手指节上勾着车钥匙不住晃动。王沥沥等了两分钟，也进门，正好看到白衣人走向更衣室的背影。

王沥沥到柜台前，跟小金打了招呼，小金照例把笔和白纸本子推过来，让她登记名字。王沥沥看了一眼，最后一行的时间和名字是，"18:05，凌可花"。

冰凌的凌，雪花的花。是的，就该配这样的姓，这样的名，凌可花。

她像新学会一句诗似的，凌可花凌可花……在更衣室换衣服也默念，在池边热身也默念。叫凌可花的人在蓝幽幽的泳道里，好似一头雪白的海豚，穿波来去。王沥沥进了她隔壁的泳道，在水中浮沉，余光里不时闪现那道白影。

三

孟秋之时，一个傍晚，王沥沥游完了她的一千五百米，在更衣室淋浴喷头下洗头洗澡。浴室和泳池间那个白帘子一动，一个人走出来，是凌可花。她没穿拖鞋，赤脚板踏在瓷砖地上，发出啪嗒啪嗒的声音。她湿淋淋地朝存物柜走过去，一边走，一边双手抓着泳镜带子，把泳镜从头顶取下来。

那边的铁柜门咣当响一下，隔一小会儿，又咣当响一下。王沥沥在水里站着，心里莫名有点紧张。淋浴间这儿，除了王沥沥，还有两三个冲澡的人。凌可花走回来了，手里拿着沐浴露和洗发膏瓶子，随意扫一眼，挑了一个隔间，走进去，把瓶子放在铁丝架上，伸手扳开了水掣把手。她挑的隔间在王沥沥斜对面。王沥沥悄悄看了几眼。凌可花洗澡的方式有点怪，她并不完全脱掉泳衣，只把它褪到腰间，露出赤裸的肩膀和胸口。赭色皮肤上，有淡淡的泳衣形状的痕迹。她低下头，让头发垂下去，水浇在后脑上，脊背皮肤紧绷，显出皮下一长串脊椎骨，像藏着一条珠链。

王沥沥侧着身子，半朝里半朝外，热乎乎的水线带着薄雾，啦啦打在肩头、后背上。她又多站了一阵，转身离去。

季秋之时，王沥沥跟凌可花说了话。

那些日子王沥沥一直加班，她们部门连续走了两个人，那两人的活儿只能摊在其他人身上，她半个月没去游泳馆。本来周四这天，工作还是没忙完，但她决定，一定要给自己这点快乐，哪怕晚上回家再干两个小时，要不然日子里一点甜味都没了。她到游泳馆是七点半，池子里没什么人了。下水的时候，爱穿裙子的女泳客刚好从水里出来，跟她点头微笑一下。凌可花还没走，她在另外一区的泳道。她那个白帽子特别好找。

王沥沥入水游了几趟，游到五百米就觉得疲倦。想改游省力一点的蛙式，也不行，胳膊在水里划不动，腿也蹬得软绵绵的，身子都不怎么往前走。她盯着运动表，勉强游够了八百米——这是她给自己的运动下限——就慢慢游向铁梯子，打算洗洗回家。

上岸之后，身体更觉沉重，重得恨不能就地扑倒，她趿着拖鞋走回更衣室，在长条板凳上呆坐了一阵，水滴滴答答地从头发梢和皮肤各处淌下来，积在身下，冰凉一片。挂在手腕上的钥匙压在手掌大腿之间，硌得疼，但她一动也不想动,也不想挪一挪手。屋子里很静,只有那点水声,听得真切极了。肚子里咕噜响了一声,受着饥饿的驱使,她终于站起身,用钥匙打开柜门,拿出洗浴用品,拖着脚走到淋浴喷头下面去。

热水冲了一阵,王沥沥觉得好了点,水的热力仿佛能透进皮肉里,她一动不动地站在水下。帘子一闪,凌可花进来了。不一会儿她回来,进了一个离王沥沥有点远的隔间。王沥沥脑子里反复播放白天说过的话,就像个坏了的录音机,走出游泳馆,她就又要面对那些东西了,因此她不想动弹,不想离开这柱热水。

一个人影靠近。淋浴间里只有两个人,王沥沥抬头,看到凌可花站在面前,白泳衣依然是褪到腰间的位置。凌可花微笑道,真不好意思,能不能跟你借点洗发膏?我忘带了。头发不洗又难受得慌。

王沥沥说,洗发膏?行的,当然没问题。她转身从铁丝架上拿起一个小瓶子,递过去,说,这个是分装瓶,里面装的是霸王防脱洗发水,那个味道有点怪,有点难闻,你看看能接受那个味儿吗?

凌可花说,你头发蛮好的,怎么就用上防脱的了?她拧开分装瓶的泵头,认真嗅了一下,说,不难闻,不就是生姜味儿嘛……她目光落在地面上,忽然定住不动,嘴里说,哎?

王沥沥低头一看,只见她们之间的地面积水里,有一丝红痕,像一根细细的红线掉在水里,又像一条极小的红线虫。红线的线路,从她的脚踝向上,可溯至极幽深处。王沥沥也哎呀一声,一阵强烈的羞窘,她才明白为什么今天特别倦。她迅速退回水中,水冲在身上,红线消失了。凌可花睁着一对黑白分明的眼睛,说,这个时候可不能游泳,容易感染。

王沥沥垂头说,嗐,我都不记得这几天。忙得……哪还想得起这种事?

凌可花压了一下分装瓶的泵头,压出一团暗金色洗发膏,托在手心里,把瓶子还给王沥沥,谢谢你,你洗完快回家休息吧。

王沥沥说,好,谢谢。

凌可花转身回隔间去洗头发。王沥沥又冲了一阵,关掉水掣,走回更衣区,打开柜门,正在犹豫,凌可花走过来,头发肩膀上还残留星星点点的白沫子,像山上披着残雪。她一只手把湿发推往脑后,说,我也一直怕突然有这种情况,所以包里总放一片备用的卫生巾,你要是不介意,我拿给你?

王沥沥鼻腔里一阵发酸。她小声说,那就太谢谢你了。

凌可花露出一个大号的笑,嘴角咧到脸颊中间,一副很高兴她愿意接受帮助的样子。她转身开了自己的柜门,翻找一阵,拿出一个巴掌大的方形白包,递过来。王沥沥接了,凌可花朝她点点头,重回淋浴区去了。

再遇到,她们总会点头笑一下,作为打招呼。有次王沥沥游到一半,背靠着浮线休息,双臂搭在浮线的塑料白珠上。一对父母带着孩子来游泳,三人堵在泳道中间,让孩子练双脚打水。凌可花游过来,没法通过,只能直立起来,用手划水,游到浮线处,王沥沥就在那里。两人相视一笑。

过了一会儿,王沥沥说,你游得那么好,是不是专业运动员?

凌可花说,也不算是。我初中时练得多,最好成绩拿过一次全国第八,不过后来不再打比赛,也不搞训练了。

王沥沥说,怪不得,你的姿势特别好看。

你也游得不错。不过有一点小问题,你可以考虑修正一下——手入水的时候,最好把手掌翻一下,立起来,那样可以减少阻力。她立起手掌,刹菜似的朝水面刹了两下。王沥沥学着她的样子,手从水里提起来,再切进水里,问,是这样吗?

凌可花说,对,就是这样!她稍侧一点身,一手握住浮线，另一手做动作，嘴里讲解，你看——移臂，入水，入水之后手一翻，变掌，抓水，推水，出水。

王沥沥照着她的话，做了两遍动作。凌可花点点头说，还有你的腿啊，打水不需要那么用力。你肯定以为打水越使劲，越能产生推力，跟轮船尾巴上的螺旋桨似的，是吧？其实自由式的双腿打水，目的是保持身体平衡。

王沥沥说，哦！

凌可花仍用一只手握着浮线，让身体从直立变为漂浮，双腿以很慢的动作上下甩动，说，腿部动作有三句口诀：两脚内旋，两腿并拢，鞭状打腿。发力点是髋部。她用手在自己髋部按了按。你试着感觉那个发力点，用大腿带小腿，就像甩鞭子一样。

王沥沥也握着浮线，身子漂成水平线。凌可花游到她侧面，双脚踩水，保持悬停，看着王沥沥的动作。王沥沥轻轻上下甩腿。她看不见自己的腿动起来什么样，但从想象中去看，一道颤动波浪从大腿的肉传下去，传到小腿上，然后又是一道。她忽然觉得羞涩，觉得自己的腿不结实，不够美。凌可花不断说，没错，就是这样，就是这样，腿部肌肉放松，放松点，不要紧绷。

泳池四处回荡的声音，略显窒闷，就像耳朵贴在海螺壳里听到的。凌可花的说话声也带着一点模糊回响，像水雾一样飘飘荡荡……犹在梦中。

四

除了白色，凌可花偶尔也穿别的颜色的泳衣，她穿过一件墨绿色的，还穿过一件湖蓝色的，都是带子在背后交叉的背心式泳衣，不过穿得最多的还是那件钥匙孔式白泳衣。秋深了，游泳馆外人行道上种的银杏树，一树碧玉扇，被秋风吹成黄金。王沥沥走到门口，蹲下来捡了几枚金扇子，放进包的小侧袋。

小金的柜台上，那只玉壶春瓷瓶里斜插了一条银杏枝。王沥沥往本子上写名字，往前面几行扫一眼，看到凌可花三个字，默默一笑。袁大姐说，今年凉得真早，估计再过些天就得开锅炉了。

她进去，照例先找白帽子，凌可花在靠窗那边的区域，那个泳道还有两个人在游，王沥沥就不去下那一道了。今天不知怎么回事，人挺多的，每个泳道都至少有两个人。那位爱穿裙子的银发泳客在另一区最靠边的泳道，王沥沥选了那一道下水。

大概游了半个多小时,她听到泳池那边响起一声尖叫。那个叫声里饱含惊惧和愤怒,她认得那个声音。

岸上的人都远远近近站着,水里的人也都不游了,一个个头浮在水上不动,定定地看,所有目光的中心是一顶白泳帽。凌可花已经上了岸,她瞪着水里的一个人,厉声说,你出来,死变态!

水里那个男人的态度却很轻松似的,嘿,我游得好好的,你说出去我就出去?你是我老板,还是我妈?我凭什么听你的?我看你才是有毛病。

凌可花朝救生员的方向看,大声说,有没有人管?这儿谁负责?救生员老赵大步跑过来,光脚板在地上发出沉重的咚咚声,边跑边说,怎么了?怎么了?凌可花戟指一指,那个男的,他在水里摸我!

王沥沥从铁梯子爬上岸,脚底一滑,差点摔倒,她也光着脚跑过去。凌可花指的那个人是"汤圆"。

汤圆倚着浮线,两个胳膊像搁在沙发扶手上一样张开放在浮线上,说,我摸你哪儿了?我怎么不知道,你倒说说呀。

凌可花说,你摸了我屁股和大腿。人渣!

老赵说,要不您上来一下吧,咱们解决一下这个事情。

汤圆慢悠悠地游到最近的铁梯子边,一级一级往上爬,嘴里说，我上来有什么用？莫名其妙，简直！你们这耽误我锻炼身体的时间，一会儿得给我补上啊。他在池边站定，双手支在腰后，白而圆的肚皮腆出去，头往后仰着一点。行了，我上来了，有话快说，有屁快放。

老赵说，那，这个女同志你说一下事情经过。

人们都看着凌可花，她一指泳道，我在那一道游，这个变态在浮线中间那个位置待着不动，我游过他旁边的时候，他就在我屁股上抓了一把，手一直摸到大腿上。她说得火起，瞪着汤圆又骂了一句，不要脸！

汤圆的嘴角往上一拎，冷笑一声，下巴颏往前一戳。你这个大姐脑子有病吧？这是公共游泳池，不是你家洗澡盆，一个泳道那么多人，游过的时候碰一下擦一下，那不太正常了？你还不让人从你身边过了？你是谁啊？那么怕人碰，你去弄个私人游泳池啊，你爱光着膀子游，都没人管，别上外头现眼来。

凌可花厉声说，你别东拉西扯，满嘴喷粪。是不小心碰一下，还是故意摸，我分得出来，你就是故意的！

汤圆说，那你有证据吗？他冲老赵说，嘿，你们水底下有监控摄像头没有？

老赵说，那，没有。

汤圆说,那完了,完了!无凭无据啊,大姐,你想碰瓷,下次挑个有摄像头的地方哈。

小金和袁大姐也从外面进来了,袁大姐手里攥着半把瓜子,没走近就一连串地问道,怎么回事,老赵?怎么回事?出什么事了?老赵说,这位女同志投诉这位男同志……那什么,手脚不老实。

小金和袁大姐还没说话,汤圆抢着说,现在我也要投诉!我投诉这个大姐污蔑我。

老赵嘴里嘶了一声,说,这个事吧,确实是,不好处理……汤圆又抢着说,有什么不好处理的?大姐你要是长得跟范冰冰似的,大伙也能多信你几分,你看看你那黑皮肤、大粗腿,我还真不稀罕!你给我钱让我摸,我还嫌掉价儿呢。

凌可花一对眼珠蒙上了泪膜,鼻翼一张一翕,往里深深吸气。小金说,哎,嘿,您这怎么说话呢?聊事就聊事,不带侮辱人的啊。

突然有人说,我作证!这人就是个变态。

人们都回头看。说话的是王沥沥,她站在几步之外,两手在身体两侧攥着拳,脸提前涨起红色。她清清楚楚地说,他也在水里摸过我,而且不止一次。他是个惯犯!

汤圆说,你大爷。别他妈胡吣啊,有你屁事?

袁大姐说,就冲你这满嘴脏话、不尊重人的态度,我觉得人家就没冤枉你。

小金说,要就一个人指认你,那我们还觉得可能是人家把不小心的当成故意的了。现在可是两个人了。人家两个姑娘,互相也不认识,约好了冤枉你呀?没这么巧吧?

凌可花由于情绪激动,眼泪滚滚而下,她提起手,用手背蹭掉眼泪。王沥沥走到她身边,从后面搂住她肩头,用力握了一下。

汤圆看了她俩一眼,说,那要是我就说有这么巧呢?……你们想怎么着吧?

小金看看凌可花,又看看王沥沥,说,姑娘,你们有什么想法?什么诉求?要想报警,我给你们报警。凌可花说,我也不是要什么钱上面的赔偿,我就要一个道歉。你要是不道歉,咱就报警。

汤圆像个局外人似的,双手十指扣成个小碗,搁在肚皮上,表情近乎安详,嘴角甚至有一丝平静的、替她们感到遗憾的微笑,他摇摇头说,报警没用的。根本没法取证的事,警察也就是现场调解,顶多顶多,带回去做个笔录,安抚一下,反正最后不了了之。

袁大姐说,嚯,您够有经验的,这是经历过多少次了?

后面响起牛胖子那个译制片似的声音,那您这种情况,我们就只能上报到系统里了。汤圆说,上报?上什么报?

牛胖子说,本市游泳场馆归体育局管,还有人社、卫生、工商等部门监管,咱们所有体育场馆都有一个业内的黑名单,像这种性骚扰他人的、破坏公物的,情节严重的我们都会上报到系统里,这个黑名单呢,会同步给全国征信系统。您要是道歉,就不属于情节严重的,我们就不上报。您要是不道歉,就不好意思了……这个征信系统您明白吧?您办信用卡啊,买房贷款啊,都会受影响的,当然,到底影响有多大咱也不知道。

汤圆沉默了一阵,嘴里发出气球漏气似的一声冷嘶,看着凌可花笑道,有必要吗?大姐,你那么矫情有必要吗?……得了得了,对不起行了吧?哎哟,多大点儿事啊?他又看着小金说,行了吧?这事完了吧?完了我可走了。

小金看一看凌可花。凌可花面无表情地点一点头。汤圆便转身快步走向男更衣室,白帘子一掀,那个肥白的背影消失在帘子后头。

袁大姐说,行了,姑娘,你受委屈了,这种人我们也真是没办法。小金对牛胖子小声说,什么黑名单?我怎么不知道呢?是你在管?

牛胖子也小声说,根本没那么个东西,我就是诈他一下。小金哈地笑了出来,不出声地挑一个拇指伸到他眼前。

凌可花站在原地,眼睛还盯着男更衣室的帘子,仿佛容纳过那个背影的空气也值得仇恨。王沥沥说,你还继续游吗?凌可花从鼻子里呼出一口气,摇摇头,摇的幅度很小,筋疲力尽的样子。王沥沥拉一拉她胳膊肘,那走吧,去洗个热水澡,别感冒了。

她们一前一后回到更衣室,各自拿了洗浴用品。更衣间里还有几个人,有人坐在凳子上穿牛仔裤,有人站在柜子前,双手别在背后扣胸罩。

她们两人站在盥洗池的镜子前,小声聊了两句,凌可花说,刚才谢谢你,要不然大伙还不会相信我的。王沥沥说,不,是我的错,要是上次他骚扰我的时候,我就嚷嚷出来,说不定今天你就不会受害了。

凌可花说,那也不一定。

王沥沥说,反正他道歉了,就是咱赢了。

凌可花说,嗯。

王沥沥又说,那个人渣那些难听的话,你也别往心里去,他是故意贬低你,其实我第一次看到你,就觉得你是大美女。

凌可花笑了。王沥沥说，那个人渣，我估计他以后没脸再来了。再来，也不怕他，躲开他就行。

凌可花笑着说，对。她双手交叉，在胳膊上抚了两下，说，去洗吧，你看你也冷得起鸡皮疙瘩了。

王沥沥先选了个隔间，凌可花走进了隔壁的小间里。王沥沥洗澡的时候，眼睛看着地面，隔间的木板下面有一条五指宽的空隙，能看到一对赭色的赤足踏在水里，水流在足趾和足踵周围盘旋，打着转，淌走了。但水流始终是清澈的，没出现雪花似的白沫，脚也一动不动。凌可花好像没用香膏。

王沥沥清洗完毕，关掉水掣。她拿起几个香膏瓶子，犹豫一下，走出来站在两个隔间中间的地方，一只手搭在髋部，以轻松的语气说，嗨，你还没洗完哪？

凌可花背对着她，头稍微侧过来一点，说，啊。又很快转过去了。她仍是把泳衣褪到腰间，水线扑在圆滚滚的肩头上，扑在肌肉线条好看的后背上。

王沥沥说，哎，我刚想到——你想不想去喝一杯，或者吃个小火锅压压惊？……离这儿不远有个牛蛙火锅，挺好吃的，我请客，怎么样？

淋浴间的灯光朦胧昏黄，那颗水光粼粼的头，从肩膀上缓缓转过来，双眼犹如宝石。湿了的黑发像水禽羽毛似的紧贴头皮，闪着幽幽的亮光。淋浴喷头射出的水线，有一小半落在她耳朵上方，汇成溪流，沿着鬓角、脸颊、下颌、脖子一路流下去，不断地流下去，好像头顶有个伤口，正往外汩汩涌出透明的血，又像是一条骨骼血肉都无色的小蛇，从高山顶上扭动着爬下来。它从肩头的山崖上跌落，变成一串水珠，滚过其下柔和的弧线，眼泪似的滑过肌肤，没入腹部堆叠的衣料里。

王沥沥觉得这沉默的情景让她的心脏在腔子里瑟缩着，缩成一颗红豆那么大。玲珑骰子安红豆。她是一咬牙把骰子掷出去了，屏息看它在空中滴溜溜打转，等它受一句神奇的话语的指挥，静止出一个点数。

她等着。凌可花却似乎没听懂她的话，眼珠定定地看了好一阵。她像是看着王沥沥，又像并没看她，王沥沥只是一扇门，她透过门，在看门外的什么东西。王沥沥又说，没事，你今天没空也不要紧，咱们可以改天再约。

凌可花低声说，那，你还是先走吧，我还想冲一会儿。

王沥沥笑道，行！那你慢慢冲。

她转身走开，走回更衣间，打开柜门，找到毛巾，一下一下按在胸口、腰间，吸干冰冷的水珠。弯腰擦腿的时候，她望着那两条光腿，它们正在发出只有她能看出的颤抖。

那场风波后,王沥沥有一个多月没见到凌可花。黄叶落尽,秋天把它的金子挥霍一空,颓然离去。以寒风为爪牙,冬的严苛统辖一切。初冬,游泳馆里开了暖气,池子里持续注入热水,水变得比空气温暖。王沥沥一直练习凌可花纠正过的动作。但老动作做了太多年,早就形成了肌肉记忆,要破除十分困难。手自有其意志,每次来游泳,她都先要跟手一番较劲,用无形的精神肌肉和它掰腕子,每次都是游个几百米就放弃了。

立冬那天,她走进泳池,看到蓝色池水中有一顶白帽子。她在更衣室门口站了一小会儿,把拖鞋脱在墙角,走向那个泳道,没热身就跳进去。

火热的身子插进水中,犹如淬火,一瞬间那个愿望变得像一把匕首,锐亮而硬,几乎要从内里刺破皮肤,自行飞去。

白衣人向她贴身的池壁游来,游到了,并不停留,一个翻身转换方向,继续游去,双臂依次出水、入水,迅快地前行,好像水下有只手,持着一柄小刀,刀尖扎出来,沿着一条直线向前划,裁开了一张巨大的蓝纸。

王沥沥望着她留下的痕迹,一蹬,也跟上去。她对自己说:如果能赶上她……

· 泳 客 ·

有了这念头，她加快手臂滑水的频率，原本是换一臂、换一次气，现在她把换气次数减到最低，头持续埋在水中，只管两臂刨水，就像遭遇雪崩的人在雪下徒手挖雪，要争分夺秒地造出呼吸的通道来，只到肺憋得快炸开时，才飞快歪头，张大嘴咬一口空气。

白衣人始终在前方，像一头白色领航鲸。王沥沥在后面，看着那对深色脚掌上下击打，带起一簇簇水晶珠子。她用尽全力，距离的缩短仍然很慢。白衣人比她先到达池壁，翻身转向，从她身边擦过。蓬勃的水花扩散开来，撞到她皮肤上，变为更碎的水花。恍惚间她觉得自己在海中，她们俩都是水里的动物，但两人都拴上了看不见的链子，只能在链子的长度上一来一回。再大能耐也进不到深海，游不出这浅滩。

她不记得这么游了几趟……直到她发现，每趟必有的擦身而过居然没发生。她在水里仰一点头，看到不远处一个裹着钥匙孔式泳衣的躯干，停在池壁处静止着，双腿交叠，轻轻摇荡，一只脚的脚踝，斜搁在另一脚的脚背上。

王沥沥双手一按，直起身子，头出水面。凌可花正靠在浮线上，泳镜推到额头处露出眼睛，朝她一点头，作为打招呼。王沥沥双手拨水，慢慢又往前滑了几米，到了她旁边，也攀住浮线。她还没说话，凌可花就说，我刚才看到，你腿的动作已经很标准了，就是手的动作还改不过来？

王沥沥说，嗯，我其实一直在板着自己，可动作一旦定型了，真是难改。

凌可花说，来，你做个划水的姿势。

王沥沥便转身向前，提起手肘，悬在空中，徐徐往水中扎去。凌可花在后面一伸手，握住她的手掌，带着她的手往水里插。在将要碰到水面时，她的手一用力，把王沥沥的手掰过一个九十度，变为立掌，送入水中，划一个弧线，掠过身侧，再缓缓拉升，直至提出水面，回到出发点，画完一个圆满的椭圆。

两人的手都因为在水中浸了很久而冰冷，只有紧压在一起的部分是暖的。有几秒钟，王沥沥觉得整个人都消失了，只有那相贴的一点还存在，还活着。她用尽全力去体会那只手，去记住那透过皮肤感受到的、细长的手骨的形状，指掌肌肉里传来的束缚和引导的力量。

那样带了几圈，凌可花松开手，说，这下你应该不会忘了。

王沥沥说，是，这下我肯定不会忘了。

凌可花说，那行……那我再游几趟去，我今天的任务还没完成。你呢？

王沥沥说，我也还没完成，我也再游几趟。

二十分钟后,她们又在淋浴间里碰面。凌可花拿着香膏瓶子走到淋浴区,王沥沥正在其中一个隔间的喷头下冲洗,见了她,说,嘿。

凌可花点点头,走进她对面的隔间,放好洗浴用品瓶。她们的两个隔壁间都有人,水声一片嘶嘶,蒸汽升腾。王沥沥说,今天是立冬。

凌可花说,还真是。她稍微闪开点身子,扳开水掣,水像一声令下,万箭齐发似的射出来。

王沥沥说,我们老家的习俗是立冬吃饺子,倭瓜馅饺子。"立冬补冬,补嘴空。"你们老家呢?

凌可花说,我们那儿是吃老鸭汤,不过也有吃饺子的。

王沥沥说,那我请你去吃饺子,就今晚,洗完澡换了衣服就去,怎么样?

凌可花看着她,嘴角掀起,不露齿地笑了笑,没说话。那笑跟平时不太一样。水线打在她身上,无声流去,笑容也跟着流去了。王沥沥双眼一挪也不挪地望着她。凌可花顶着那道目光,一言不发地脱泳衣,一缩左边肩膀,把那件钥匙孔式白泳衣的肩带从左肩推下去,抽出左臂,又一缩右边肩膀,把肩带推下右肩,抽出右臂。

泳衣的里子往外翻，她两手抓着两肋边挂下来的布料，把它向下拽，剥开的地方依次露出锁骨、胸膛、腹部。像芒果的果皮一点点撕去，露出饱满果肉。平时她总是让泳衣堆在腰间就停住，不露出肚脐以下的部分。这次她一径推下去，推，推，一直推过髋部，推到大腿上，推过膝盖，推到小腿上。最后她弯下腰，两脚依次提起，从两个环里跨出来，挺直腰，亮出完整的身子。

王沥沥瞪着眼，一眨不眨，凝视她之前没见过的地方：凌可花的小腹上，脐下几厘米处，横着一条疤痕。那疤长约十厘米，暗红色，两头尖，整个微微凸起，仿佛一条细长的红蚯蚓伏在赭色泥土之上。又像曾有人游过去，翻涌起一道永不会消逝的、血的波痕。

那道疤附近，还散布一些短而细碎的、水花似的纹路。犹如涟漪，如皮肉里一次痛呼的回声。

凌可花带着那道疤站着，脸上结了薄薄一层冰壳。蒙面逃亡的人，摘下面巾，亮出颊上刺字，一旦那印记暴露出来，人的整个性质就变了。凌可花抬起手，捂在疤痕附近的肚皮上，手指伸缩几下，扒搔几下，好像忍不住要挡挡丑，但最终垂下手去。疤是个字体加粗的词条，她的肉身只是疤的注释。

王沥沥什么都明白了。非常明白，特别明白。疤痕底下，是那根无形的链子。鸦一样头发、赭色皮肤的女人,双眼如宝石,湿漉漉的头向一侧软软歪着,朝她缓缓摇头,摇了一阵,停下来,下巴慢慢往下撇,再抬起来,一个点头。

王沥沥也点一下头。

自那天之后,她再没见过凌可花。

五

又一个春天,又一个雨天。入春以来,雨已经下了几场,可没哪场下得这么大,这么猛。平日的雨像筛子筛下来的,像是天上管雨的人把水引入一个底上有孔的容器里,让水一丝丝一条条,从容器底下的孔里漏向人间。但这场雨,仿佛是管雨的人心情烦躁,不想再多一道手,直接就把水倒下来了。

牛胖子从浅水区的大伞底下跑进室内,衣服全湿了,他从脖子上抽下毛巾,拧两把水,擦脸、擦他的秃头,把毛巾扔在泳池边的水泥起跳台上,脱掉湿T恤,连脖子上的哨子一起放在上面,再拿起毛巾,慢慢揎身上的水。老赵正在深水区池边练哑铃,一下一下弯胳膊,眼睛盯着不断鼓了又瘪的肱二头肌。牛胖子眼望着外面,感叹道,这雨!

老赵应道，这雨，够厉害！

外面的小金和袁大姐走进来。泳池里空无一人，水上一根褶皱也没有，犹如铺得极平的蓝绸子床单，床上摆着一条条珠链。

小金面对着水池，说，这雨！……现在快六点了，估计今天不会有人来了。

袁大姐说，一看这雨，我想起个故事来。大家都说，讲讲，讲讲！袁大姐说，你们知道马燕红吗？

小金说，我小时听说过，是练体操的吧？牛胖子说，对，练高低杠的，马燕红是中国体操队第一个拿奥运金牌的，哎，哪届来着？老赵说，1984年，洛杉矶奥运会，我那年上小学。

袁大姐说，对，高低杠世界冠军马燕红。我在省队集训的时候，教练拿来一套冠军传记，让我们一人挑一本读，读完还要写读后感。我挑的是马燕红的传。到现在，书里别的都不怎么记得了，就记得一段：马燕红小时在体校的游泳馆练游泳，有一天下了特别大的雨，倾盆的暴雨，天也快黑了，两个游泳教练站在门口看雨，聊天，其中一个人说，这个天气要是谁还来训练，那将来一定能拿世界冠军。结果这话刚说完，马燕红就披着雨衣跑进来了。

听故事的人听得发呆，外面雨声密集如鞭声，与故事里的雨重叠，似幻似真。牛胖子点点头，喟道，这就叫"金鳞岂是池中物"。主要是一种精神，有那种精神，将来不练体操也错不了，准能上清北哈佛。

老赵呼出一口气，往外面看一眼，说，今天这雨，如果还有人来，那怎么说？袁大姐笑道，那还能怎么说？来咱这儿的都是附近小区居民，还拿金牌？拿麻将牌吧……

恰在这时，只听外面有人高声道，您好！还有人吗？还开放吗？

他们面面相觑，先是怔了一怔，然后哄然笑起来。小金一拍大腿，哎哟，我的老天爷！帼英（袁大姐的名），您别是活神仙吧？

袁大姐满脸惊诧，低声说，神了，简直神了，这什么事儿啊……她扬声答道，有人！有人！几个人相跟着往外大步走，牛胖子走在最后，拿起湿T恤往身上穿，边穿边嘴里嘶嘶吸凉气。

抢着走在队伍最前头是小金，她身子还没出门，先探出头去。

她叫了一声，是您哪！

站在柜台前的是王沥沥。她一手抱着包，一手拎着一把三折伞，伞跟人都滴滴答答的，牛仔裤从膝盖以下湿成了黑色。小金笑道，哎呀，您这已经跟从泳池里捞出来似的了。人们陆续走出来，像看什么了不起的人物一样，以惊奇、钦敬的目光看着王沥沥。

牛胖子挑起一个大拇指。您真是，这个。王沥沥笑了，用手把吸在腿上的湿裤子揪起来，又松手弹回去。其实我以为咱们馆肯定关了，只想拐个弯来看看。一看，咦，居然灯还亮着，算了，进来游吧。刚才我一看前台没人，还以为人都走了呢。没想到你们还在。

老赵说，都在！今天两个救生员，给您一个人保驾护航，怎么样？

王沥沥说，谢谢，谢谢……嗨呀，我没耽误您下班吧？

老赵摆着手说，没有，没有。不管什么天气，我们都按规章制度来，放心游您的。

换完衣服，王沥沥从更衣室走出来，身上是件白色的弹弓式新泳衣，还有白泳帽、白拖鞋，搭配白泳衣。她朝面前巨大的蓝床单望了一眼，那种澄净映入眼睛，令她心头一清。牛胖子和老赵都在岸上，两人把两个塑料椅并在一起。王沥沥选了最中间的泳道，一跃而入。

窗外漆黑一片，黑暗里是雨的嘈杂，室内显得格外明亮、洁净、安全，水面把光柔柔地反射向各处。王沥沥游自由式的时候，手已经"板过来"了。就像她说的，她再也不会忘记。她不能忘记的是，那股曾停留在手上的温暖和力量。那个画面记得太清楚，以至于她每次看着自己的手在水中出没，看见的都是另一只赭色皮肤的手。

她游了几个来回，正游到泳道中段，听见岸上传来笑声。救生员老赵的声音说，好！她探出头，只见池边走来两个女泳客，一人穿玫瑰红的裙式泳衣，一人穿深蓝捆黄边的连体泳衣，两人笑道，怎么样？全因为那声音耳熟，王沥沥才认出，玫瑰红的是小金，深蓝的是袁大姐。她禁不住在水里小声说，哇。

老赵和牛胖子起身迎上去。小金说，我出钱，给我们俩买了一身，反正没人，我们也下下水。袁大姐那一头郎平式短发湿了，她用手捋到后面，成了个大背头，说，游两圈，我们也游两圈。老赵说，游！不行我下去救你，把你弄上来做人工呼吸。

小金笑眯眯地说，用你救？你不知道袁姐原来是国家队的？人家下过世锦赛的池子。用你救？

老赵的眼睛和嘴巴一起圆了，真的？袁大姐笑着不说话，只点一下头，戴上泳镜，低头把银灰色泳帽罩到头上，用手压实。牛胖子伸手一拍脑门,一副大梦方醒的模样,不断眨眼。哎哟,袁姐,您怎么跟武侠小说似的!平时最深藏不露的才是高手,走眼了,走眼了。

水里的王沥沥扶着浮线,看着,袁大姐这一脱掉运动服,露出身段,就能看出那宽肩、粗膀子、健硕的大腿,还保留着专业运动员的规模。她在池边走了个小圈,挥舞手臂,像蝴蝶抖翅膀似的抖动后背上的肌肉,又原地小跳了两下。平素那个坐着躺椅嗑瓜子的中年女人,身周忽而萦绕了一层凛凛的威风。人们的神情都肃穆起来。她走上起跳台,弯腰,双手抓住斜板的前沿,一脚前,一脚在后,蹬住带坡度的踏板。她转头对牛胖子说,牛牧,给我个哨儿。

牛胖子跑到另一个起跳台前,从湿毛巾里拿出哨子,塞进嘴里,吹出一声"嘟"。袁大姐往空中一跃,双手直伸在前面,叠在一起,扎进水里,发出扑通一声响。入水之后,她的手暂时没有划动,只是腰臀和腿像抖动绸带似的,柔软地波动,接着双手同时从身侧抡起,好像在摇一根看不见的跳绳。那深蓝的脊背和臀部轮番起伏,几起几伏,就到边了,她一个蹬边转身,换了方向。

小金、牛胖子和老赵,都在岸上跟着水里的人走,他们需要大步走才跟得上。转眼袁大姐游了两个来回,手攀着泳池边缘，露出头来。小金站在她面前，低头看着她，用一对微微蜷曲的手拍掌，叫道，宝贝儿，你太厉害了！袁大姐笑吟吟的，湿手放在嘴上，扬出一个飞吻。王沥沥在另一个泳道里，也举起手，大声说，您太棒啦！

她想，等将来某一天那个人回来游泳，一定要给她讲讲这一幕。无边雨线，像无数小小的爪子，叩击游泳馆的屋顶、天窗。大玻璃窗上不断流下细细的水流，竖着一道道的，犹如利爪留下的抓痕。

紀念月

一

第五岳住在一座有海的城市。栗栗去看他的时候，就跟身在国外的丈夫说自己要去看海。

二

栗栗是自由职业者，没有老板管，不坐班，想走的时候锁门就走，坐上出租车再买火车票。她平时做各种设计，书籍封面设计、商品包装设计，等等。某年冬天她参与设计的一套推理小说在Z城书展上做活动，编辑说，亲爱的，反正车程才两小时，过来散散心吧，我带你逛书展，然后陪吃陪玩。

又说，顺便你也见见下一本书的作者。

下一本书是摄影集，栗栗跟编辑定了口头约，还没正式签合同。她往行李箱里塞了几件换洗衣服和拖鞋，锁门出发。时间本该正好赶上那套小说的发布会，但火车晚点半小时，从车站到书展地点的路上又堵车堵了两个多小时。栗栗告诉编辑还剩三公里时，对方说，亲爱的，发布会结束了，我们大家到城东一家饭馆吃饭，地址发给你，你告诉司机掉头过来。

在这车程里，栗栗搜索了一下新书作者，其人叫第五岳，"第五"是姓，岳是名，男，得过的奖项、开过的个展有个一百多字的自然段，下面罗列一些代表作品。到达饭馆，带位小姐问她包房号，把她引到房门口。她推门进去，她的编辑看到她，点着手示意她到那边空位上去。

人们招呼道，让服务员拿菜单来，再点两个菜。栗栗说，不用了不用了。在寒暄中，她跟每个人打了照面，加了微信，有出版社编辑、编剧、画家、策展人、大学老师，没有那位第五岳。编辑说，第老师刚才还在，出去打电话了好像，待会儿他进来我给你介绍。

菜一道道搬上来，就像场中气氛一样由凉到热。人们聊起行业刚蹿红的新人、上周来开过讲座的国际大奖得主、某与某尽人皆知的地下情。每场饭局都会凸显一两个明星，一种是业内资深人士，掌故烂熟，揭露一些需要压低声音说的事，那些事的主角往往是人人都知道的人，但事当然不是好事，有些是温文尔雅背后的贪婪粗暴，有些是伉俪情深之外"各玩各的"；另一种是机敏口利的饭局油子，见多识广，善于讲故事，自己的故事、别人的故事、亲历的故事、转述的故事，都能做到声台形表，说学逗唱，三句一个笑点，五句一个包袱，保证笑声此消彼长，永远不会冷场。

每当这两种人开口讲话，人们都满带期待的神情转过脸去，格外专注地望着他，用目光表达谢意，感谢他们承担这个责任，攈菜都小心翼翼，不发出太大声音。栗栗和她的编辑是第三种人，不想受人瞩目，偶尔冷场也绝不见义勇为，只管听这个人那个人说，发出适当笑声，不过这种人也是筵席的重要部分，没有观众，明星们给谁表演呢？

大家的表情都乐在其中，像身在一个投入的梦境里，虽然背后他们会说，其实我特别不爱混圈子，也不爱混饭局，有什么意思呢？……栗栗觉得他们的面目都十分相似，那些特别"场面儿"的、对饭局笑话的热情反应，听到一个绯闻时兴致勃勃的激动探究表情，以及低声一对一说话时不能尽信的亲昵，全都似曾相识，像一个翻拍了很多遍的剧本，每次翻拍都会换一批演员，每个演员会加一点自己特有的演绎，但台词都是老词。栗栗知道，其实在别人眼中她也笑得很由衷。

孤独久了，会觉得人变得干瘪，渴望到这些地方出没一下，吸一下"人"的气息，但真待在人群里，又想要尽早逃开。似乎很快乐，其实不快乐，又不能说自己不快乐。

她滑开手机屏幕，微信，没信息；订阅号，无更新；朋友圈多了个小红圆点，点开，是一刻钟之前加了好友的人，拍了一张十分钟之前人们围桌哄笑的样子,传到朋友圈里了，栗栗举起手机说，你们瞧，有人偷拍。众人纷纷说，哪呢？哪呢？又纷纷去看自己的朋友圈，几秒钟后好几位女士叫道，你都没开美颜！也没给我P图！……还专挑我啃猪蹄的时候拍，把我拍这么丑，删了删了！

门一开，有人进来。栗栗抬头看，那人正背对饭桌慢慢把门关上，一个黑发光亮的后脑勺，长发在颈椎处束成辫子，垂在穿淡粉色衬衣的脊背上，末尾齐着脊椎中段。就在她暗忖这女士个头好高时，那人回过头来，竟是个男人。他肩上挂着一个看起来很重的黑色双肩包，脸色平静，有一丝阴郁，眼睛看着面前空气，像个沉思中走错房间的人。栗栗想起了这张脸，刚在搜索页面的图片上见过，他就是第五岳。

他走到斜对面一个空位，弯腰把书包放在椅子脚旁边，坐下来。旁边的一人(她记得他是某个影视公司的文学策划)刚从一场舌战中退场，劲头还没完全卸掉，他歪着头对第五岳说，回来了？

嗯。接了个电话。

女朋友的，还是女徒弟的？

他看一眼那人脸上的笑，淡淡说，都不是。

哎，你真的，去哪儿都必须背着你这包？

啊。

别人帮你看着也不行？

不行。

问话的人十分坚韧，继续问道，你包上不是有密码锁吗？还怕人打开？

人们都把注意力转过来，笑眯眯看他俩一问一答，这种不太当真的探究，目的就是为大家提供娱乐，像一种即兴脱口秀。第五岳看他一眼，说，你的手机也有密码锁，你愿意交给别人保管？

可是手机体积很轻，你这个摄影包太重了，你不觉得累赘？

我的摄影包有八斤，你的肚子大概十八斤，每天扛着一个十八斤的肚子，你不觉得累赘？

满座爆发哄笑，伴着拍桌子的砰砰声，好几个人说，精彩，第老师太精彩了，今日最佳。栗栗也跟着笑。第五岳自己没笑，低头拿筷子夹了一块海蜇皮咯吱咯吱嚼，就像刚才答的是句再正常不过的话。那个胖子也并不尴尬,反而摸着额角,向人们露出自豪的笑,像个引逗动物做出危险动作的驯兽师一样,把满场笑声当作奖赏领受了。他又回头说,第大师,我的肚子跟女朋友上床的时候也带着,你呢?

爆笑声再起,中间夹杂着女人的嗔怪声,有人说"喂,在座还有女士呢,你注意影响"。第五岳啪的一声放下筷子,摊开手,接着站起身说,你们谁跟我换个座位吧,我没法吃了,这家伙猥琐的臭气熏到我了。

本来这句也可以当笑话听,但第五岳欠身往后一推椅子,弯腰提起包挂在肩头,拿起用过的碗碟,步伐坚决地走出来,立在空地上,抬手一指,叫了一个人的名字,来!你跟我换,我看刚才你笑得最开心,你去陪他坐。

他的脸色倒并不愤怒,只是没有笑意,不容拒绝的样子。气氛瞬间变得尴尬,有人转身拉他胳膊说,老第,你这是干什么?被叫到的人哈哈干笑几声,起身说,行行行,我正想跟赵哥亲近亲近。胖子说,好,快滚过来,咱几个俗人坐一起,互相熏陶,别熏着第大师就行。又有急公好义的人,匆匆开口,扯些别的闲篇,叫喊着把酒满上,这点风波才算过去了。

栗栗的编辑小声说,亲爱的,别在意,赵小肥那人就那样,嘴巴爱乱讲,人是不坏的。栗栗说,没事,我不在意,我又不在你们Z城的圈子里混。第五岳这一换位，换到了栗栗的隔座。他放下碗碟和包，坐下，拉好椅子，隔在中间的人说，老第，刚才你出去了，没给你介绍，这位是陶梨栗，知名平面设计师。

第五岳的目光往这边一扫，点一下头。是哪两个字？黎明的黎，美丽的丽？

不是，大鸭梨的梨，糖炒栗子的栗。都是吃的。

小范围内能听到这几句话的人都笑了，第五岳却说，这名字很风雅，是陶潜的诗：通子垂九龄，但觅梨与栗。

这个典栗栗自己当然知道，她通常不说，她不希望让人觉得她是个用诗命名的人，那样比较……不平常。但被别人道破的感觉还是很好的，她用含笑的目光向第五岳致意。另一边的编辑说，第老师，咱们下本书，我打算让小陶给设计封面。第五岳随便嗯一声，已经转过头去了，他抬手叫来服务员，要了碗米饭，捏着玻璃大转盘的边缘，把一坛红烧肉转到面前，用瓷勺把米饭的锥状尖端压平，从坛子里舀出两勺赭色汤汁，浇在米饭上，捣一捣，埋头香甜地吃起来。

他是席间唯一一个真吃饭的人，用一种身周一切与我无关的自若的态度。吃完了，碗里干干净净一粒饭也无，他把碗推开，吸一口气，发现有人在看自己。隔在他们中间那人去上卫生间了。栗栗两手交叉撑着脸颊,扭头专注地盯着他,一动不动,被发现了也并不退缩。

第五岳也保持那个姿势,支起一个拳头拄在颧骨上,一动不动,两双眼睛平静地互相凝视。不是枪手们拔枪前观察对方那种对峙,而是像小孩比赛谁先眨眼的游戏,他们比赛的是谁先把目光挪开。

饭局到这阶段,人们都半醉了,自动分成几个小团体,房间里沉淀着一种食物气味与噪音混合起来的闷气,黏稠地堆积在腰间的高度。然而对栗栗来说,这个原本杂乱无序、毫无亮点的晚上,有了一个值得细读回味的叙事高潮。

门一响,他们中间的人回来了,拉椅子坐下,哎,你俩在聊什么?很起劲的样子。

栗栗说,我在请教第老师他这个姓的来历。

第五岳十分自然地接下去,是,其实除了"第五",还有第一、第二,一直到第八。这些姓源头都是田姓,春秋时期田氏家族势力极大,把持齐国朝政,后来放逐了齐国国君取而代之,刘邦当了皇帝之后想要削弱田氏,就把姓田的贵族分为八部,让他们改姓,第一第二第三,直到第八。后来很多姓这个姓的都改姓"第"或者"伍",坚持姓第五的不多了。

他说这一大段，中间的人一边嗯嗯，一边不断低头往上滑手机屏，拇指像轻巧地拨开灰尘似的，一下，一下。栗栗说，你为什么叫第五岳？你是不是在华山、衡山的山上出生，所以叫这个名字？

第五岳微微一笑，他笑的时候鼻子两侧出现两个浅坑，犹如地面往下一陷，陷出两个泉眼，笑意从那里喷涌出来，他说，不是！我就在平地出生，不在山上。叫岳是因为大家都知道"五岳"，这个名字好记，好比姓吴的叫吴迪，姓郝的叫郝运一样。前年我到合肥参加一次全国第五族人聚会，认识了至少五个叫第五岳的人。

栗栗正为这话投入地发笑，第五岳脸上的笑却陡然收了，就像一把伞唰地合拢，简直能听到嘴角落下去的啪嗒一声。他像完成任务一样把脸转回去，站起身，一伸手，手指往饭局的东主那边点了两下，那谁，我走了。

东主扬起脸说，哎呀，你就走？再等等吧，我又点了一道甜品，吃口甜的，咱们换个地方喝茶。

第五岳说，你不是喊我来吃饭吗？我吃完了。要喝茶，再约。他把双肩包挂到肩头，手臂在面前划拉半圈，表示告别，便漠然转身，开门出去。栗栗忍不住盯着他看，就在关门时，他短暂地转身面对室内，眼睛找着栗栗，略一凝目示意,关紧的门遮没了他的面孔。

有两秒钟的寂静,人们仿佛在不约而同地估量房间的变化,姓赵的胖子似叹似讽地笑着点头,艺术家,哈?他一副心有余悸的样子,长长吹出一口气,就像刚才离开的人一直捏着他脖子不让他痛快喘气。有人说,他那才华我是佩服的,就是人真的不合群,太扫兴,要不,咱下次聚就别喊他了。东主说,哦哟,这是怪我吗?又有人说,你们呀,就是嫉妒人家第老师有一堆年轻的女徒弟。男人们神头鬼脸地笑起来。

饭局终了,大家往门外走,栗栗的编辑说,亲爱的,你加他微信没?

加谁?

第五岳。

没。

那我把他号发给你,你加一下他吧,过些天我再拉个群。

第五岳的微信头像,是一张连绵山峰图,颜色弄掉了,做成了黑白两色。栗栗的头像则是小区花坛里的稠李花,她用手机拍的。她迅速上网搜了一张维米尔的《戴珍珠耳环的少女》,换成头像,才发了好友申请。几乎是立即就得到"已通过"的回复。这时最后的话题说到了今天的晚霞:真好看,阴天阴了一个周,总算晴天了能看到晚霞了。是的是的,我下午过来的时候,看街上好多人站成一溜,举着手机拍晚霞。有个司机等红绿灯的时候从车窗伸出胳膊拍,绿灯了也没开车,后面的车狂按喇叭……

其实栗栗也拍了晚霞。坐出租车去酒店的时候,她打开相册,把晚霞图发到朋友圈里。刚摁灭手机,想起现在第五岳能看到她的朋友圈了,心里一激灵,又抓起手机把那张晚霞删掉。但还是晚了,她跟第五岳的对话框已经多了个红点。并没说话,只是传来一张晚霞图,点开一看,是从极低的视角拍的,主体是街边一个五六岁的小孩正用手机拍晚霞,远远近近也有好几人举着手机在拍,他们手机框定的景色跟远处天上深深浅浅的玫瑰色云霞一模一样。

这当然是更好的拍法,栗栗本想说,你是专业摄影师,碾压我们这些业余人士那还不是应该的?但她最后只发了两个字。

——真美。

那边就此沉寂下去,没再回复。

三

睡前,栗栗把自己的晚霞图发给身在埃塞俄比亚的丈夫。

他的头像图是初中一张照片，那是他们相识的年头，从那年她就管他叫老王，这呼唤回荡在高中的足球场上，大学的阶梯教室里，从出租屋到残留甲醛味的两居室新房，一直贯穿到婚礼上。

老王是个无可挑剔的男人，从小就是。他们用条格练习本上撕下来一张四指宽的纸定了情，那年她的初潮都还没来。她甚至还没变成女人就开始爱他了。那张纸不光是情书，也是一份地契，从此这片处女地成为他负责莳育的果园，蜜桃的肩头，无花果的乳房，樱桃的乳头，树干的双腿，一切以他的爱意为养料而成长，由他双掌和嘴唇的摩挲和吮吻一寸寸塑出形状。

从十二岁到三十二岁，她看男人的标准跟随老王而变化，老王在发育期蹿个子，瘦得一副骨架挑着皮，关节从皮里支棱出来，她就觉得皮包骨很好看；高考期间压力大，老王像充了气一样胖起来，她躺在他怀里时跟那些脂肪也相处融洽；后来老王迷恋健身，练出一肚皮巧克力块似的肌肉，她像背一首歌词一样，背下了他身上所有腱划。

男人分两种，一种是老王，一种是除老王之外所有人。她连特别亲近的女性朋友都没有，因为如兄如姊如师如友的老王包办一切，他耐心地倾听她，分析她，抚慰她，逗笑她，她没有剩余的身心再交往别的朋友。她这样富足又贫瘠地度过了二十年。

这二十年，栗栗有个习惯，把所有遇到的男人跟老王相比，结果总是相同的，比老王英俊的没他个头高，比老王博学的没他气质好，幽默的人比老王油滑，赚钱多的人不如老王对太太温柔体贴。她在这些比对中获得满足。

现在唯一一次意外发生了，她没有把第五岳跟老王对比，那种对比，会像是跨物种的比较。第五岳具有引人注意的光彩，犹如海豚跃出水面时身上闪闪发亮的水光；老王身上想让人依偎过去的、粗粝的温暖，则像风沙里安详矗立的骆驼的毛发。拿海豚跟骆驼比个头，没有意义。

第二天，本来编辑给她计划的行程是逛美术馆和明清文化街，但早晨八点她接到第五岳的电话。那边说，我是第五岳。你要不要去海边？

她怔了几秒钟，说，我没计划去。她们说现在海不美。

管她们说什么，我问你要不要去海边。他的语气居然有点不耐烦，跟一位几乎是陌生人的女士本不该这么说话，她有点生气，难道他认为自己有什么特权，可以从人间礼节中豁免？她还没找出一句足以反击的精彩的话，那边又问，你第一次来Z城？

嗯。

住几天？

两天。

你住在Y城？

是。

但你一直没来过Z城？

没。

那就这么定了。你把你的位置发给我，我过去接你，到楼下我会打给你。再见。

几乎是被这种过于高速的对话裹挟着，她出于本能脱口答了一句，再见，那边已经挂断了。

她在酒店门口等到了第五岳的车，车的颜色很奇怪，是一种孔雀蓝。她瞥一眼副驾驶，看到座位上放着摄影包，便拉开后门坐进去。他发动了车子。她感到有点尴尬，不知说什么，问道，我听说新开发了一处什么"钻石海滩"，是要去那儿吗？

不是。

车程开始的几分钟，他专心开车，缄口不语。好像不懂得两个刚有一面之缘的人是不能陷在这样的沉默里的。她只好主动找话题。第老师,你的副驾驶位子是不是只给相机坐,不给人坐?

不。我没那么疯狂。不要叫我第老师,叫第五岳,不然你就下车吧。

好,第五岳。你说你的摄影包有八斤,里面都是什么?

带手柄的5D2、五个镜头、三个滤镜、微型脚架、气吹、闪光灯、干燥剂,还有防狼胡椒喷雾。

还有喷雾?

嗯,我几年前在印度被抢劫过一次,后来就随身带防狼喷雾了。

车后座上有一台打开的笔记本电脑跟相机连接,电脑桌面上显示着进度条,正在传图片。还有一条黑色毛线披肩,明显是女人用的。她随口说,做摄影师的女朋友一定很幸福吧?能让男朋友把自己拍得美美的。这话不仅客套、造作,而且俗滥,她说完就后悔了,只好笑着找补一句:唉,估计你被问过很多遍这个问题了。

第五岳从后视镜里看她,不留情面地说,是,几乎每个人都会这么问,我也很奇怪为什么你们总关心这种事。

栗栗家乡的人管这样说话的人叫"吃了枪药",她无话可说地苦笑了一声。第五岳的语气柔和了一点。之前她们问,我都说：是的。其实不是。我每个女朋友都不喜欢我给她们拍的照片。

为什么？

因为我从来不修片，我认为照片一定要忠于当时当刻的光线、纹理、色彩，什么样就是什么样。但很多人并不想面对真实的自己，她们只想靠相机和修图软件，造出一个并不是自己的自己，拿去炫耀，或者拿着欺骗自己。

她模糊地哼一声，表达有不同意见但不愿争辩的意思。电脑屏幕上的进度条读到了尽头，发出一个提示音，他从后视镜里看一眼，说，帮我把数据线拔掉。

要帮你关掉电脑吗？

不用关。电脑桌面上有个叫0712的文件夹，你打开它。栗栗用快捷键切到电脑桌面，桌面上是纯白一片，没有背景图片，也没有任何色彩。她点开文件夹。第五岳说，那里有八十多张图，你一张张地看，选出你最喜欢的一张，或几张。他那种不紧不慢、不容置疑的语气仿佛他是个主考官，面对着前来应聘的人。

栗栗看看后视镜里那一横条，一时难以相信自己会遇上这样的人。她一张张往后翻，停下来说，这张，这张很好看。

第五岳往后瞟一眼。好看的照片，不是好照片，你挑出来的是我这一批里照得最差的一张。

她再翻了一阵,停下,说,那这张呢?

也很差。第二差吧。

她被激起了隐藏的好胜心。你这么讲很不公平,真的,创作者创作完了之后,解释权就是我们观者的了。每个观者有不同的解读角度,说不定你自己没发现的作品的好处,被观者发现了呢?

他又看她一眼,说,好吧。说完咻地一笑,像是在笑自己的破例。

他在一处路边停了车,转过来到副驾驶处拿起摄影包。两人从高高的台阶往下走。Z城临海,修整出的供人消遣的海边步道、沙滩很多,这处海滩不是Z城最出名的一段。今天风大,天阴,海也没显出最明媚的一面。

她问,你一般到海边拍什么?人?

我正在攒一个系列,拍各种被海水冲上来的东西,搁浅在海滩上的东西。

你拍到过什么?水母?海豚?

他微微一笑。风撩起他发际线边缘的散碎头发,长辫尾巴上的头发也跟着飘动。

她向海深处眺望,说,真美,奇怪,她们为什么说现在的海不美。

谁跟你说现在海不美?

她说,常姐。

——常姐就是栗栗的编辑。

第五岳说,她们认为好看的,是那种糖水片里的海。

什么叫糖水片?

就是"美"的照片。

他们一前一后走在海滩上,都显得困惑不安,沙滩上有些昨夜冲上来的海草,纠缠在一起,盘旋成各种静止的曲线。他停下来,绕着圈选择角度拍摄。她没有等他,继续往前走,两人之间的距离越来越远。

一阵带着腥气的海风吹过来,味道不怎么好闻,却非常真实,有着生机勃勃的野性。她长吸一口气,直吸到肺的最底部,为那些与天地相接的最纯净的东西深深打动。海风拍打她的脸,像轻轻的抚弄。

海、海风和海浪,像整整一种生活。一种坦荡、开阔、强悍、无所畏惧、容纳一切、藐视一切的生活。它属于那些敢于遗世独立的人。

她胸中荡漾起一种浩渺的愁绪，她感到羞愧，感到自己配不上它们。比平庸更糟的，是以平庸为乐。

她想起她小时家中有一轴挂历，是各种海景的摄影图片。有一张就是阴云密布下的大海，跟眼前的景色很像，那幅图里有一个穿白衬衣长裤的女人，裤腿挽到膝盖处，光着脚，昂着头，踏着海水往前走，走向更远处直立的山崖，长发在她脑后像面旗。

栗栗曾无比迷恋那张图，迷恋它用肤浅手法所象征、鼓励的东西。

她以为自己会变成那样的女人。那个女人跟现在这个陶梨栗完全不同，具有完全不同的胸襟和情愫。她应该更自由，生活更曲折，更有意趣，有更多值得回味的褶皱，更多可作为勋章的疤痕，而不是像现在这样，早早就丧失了变化的机会，光滑，苍白……

人生中总有那么一刻，你会对已经拥有的一切陡生厌倦，像冬天赖在热被窝里赖得太久，那过于符合心意的绵软和舒适终于变得乏味，房间里充满了你自己的气息，皮肤里、头发里的油脂味，夜间呼吸出的口腔气息，甚至昏睡中放出的屁的味道。它们全都在，因为睡前你紧闭门窗，像存钱一样把这些热气留住，积蓄在一起。然而这时，你看着玻璃窗上模糊的蒸汽，一股难以解释的忧烦袭上心头，外面寒风刮擦枯枝的声音都变得爽利诱人，甚至迫不及待地想要跳出去，赤裸身子冲到外面，甩开双腿用最快的速度奔跑，远远离开那些熟悉的、陈腐的东西，越远越好。

这时她想起老王，永远喝温开水、穿黑色长筒棉袜的老王，他好像是作为眼前图景的反面被拎出来的，她忍不住一晃脑袋，想把关于他的画面从脑中摇掉。太残忍了，他怎么能跟这阴郁的海，以及十几米外那个古怪的摄影师相比？就像两张图，前者是拿手机往路边一站随便拍拍的，后者是用好器材精心构图创作出来的……她一向用触觉嗅觉去体会爱情和婚姻。现在她猛地感觉那是一种灰烬似的温暖：作为燃料的木柴燃尽了，火熄灭了，但灰烬内部还能暖上很久，冬天有些流浪汉就睡在火灭之后的灰堆里，整个人陷进去，只要借那一团暖意入睡，就能从此沉沉睡下去，灰烬冷了也不要紧，不会察觉，也不会醒来……

眼眶烫得发疼，栗栗知道眼里堆满了泪水。人把生命耗尽，应该是为一些值得的东西，一些美妙的东西。

她带着迫切的愿望转过身，看着那个长辫垂在脊背上的男人的背影，心头的想法无比明晰，那就是，紧紧地搂住他。

她向他走过去时，想要预先看到一些东西。人们总会这样：当他为一个女人心动，他能瞬间想象出两人拍婚纱照的样子，以及孩子的五官，两个孩子，一个像妈一个像爸。可这次栗栗看不到那么远，她只"看到"自己抱住他的样子。

第五岳单膝跪在沙子里，佝着背，摄影包顶在背上，他双手握着相机对准一样东西，正在调焦。她在不远不近的地方停下，怕挡了光。那是一串钥匙，一个钥匙圈上穿着四五根钥匙，钥匙的圆头挨在一起，脚尖朝几个方向伸出去，还有一把微型指甲刀，一个箭头射入心脏样式的钥匙扣，都已锈蚀得仅能辨认形状。

海浪扑过来，打在他小腿上。他的头往前探，衬衣领子上露出一截脖颈。那截脖子宛如一段邀请的话，以圆圆的突出的颈椎骨为标点。但那段话又似乎跟他无关。他如此专注，以至于她想等她吻下去他都不会察觉，不会做出反应。

为了测试这一点，她从他背后慢慢走近，俯下身，嘴唇接触到那截脖颈中段，隔着薄而紧绷的皮肤，碰上了一粒骨头。

他果然没动，只有手指尖动了动，按了几下快门。同时她微微用力，嘴唇按得更紧，鼻尖也压了上去，嗅到毛孔里透出的气息，全然陌生的男人的气息，陈旧的皮革味，还有一股榛果似的甜中带涩的味道。

他手里的相机放低下去，仿佛那个吻的知觉刚刚由神经传导到脑中。她站直身体,直挺挺地等待着,嘴唇离开的地方立即出现一个洞,海风把它灌满了。他转过头,满面肃穆地盯着她看,目光不是求证也不是疑惑,只是单纯的诧异,还有一点担忧,就像论文导师听到学生选了一个极难的选题。

后来栗栗不断回味那个时刻,最让她奇怪的是,那一刻她连一粒沙那么细微的恐惧都没有。

第五岳站起身,抬起一只手掌做出稍等的手势。他从胸前口袋掏出镜头盖盖上,把摄影包从背后拽过来,拉开拉链,用一种把雏鸟放回鸟巢的手势把相机放进去,拉上拉链。栗栗在一旁等着,心想这简直像父母上床之前先把小孩哄上床睡觉,她嘴角往上一跑,怕破坏了气氛,又赶快撂下。这时第五岳走了一步,跨到她面前。

他凑到她耳边,说出一句几乎没有声音、只有气流的话:怕不怕?

她说,明知山有虎,偏向虎山行。

这答话太像话剧台词,她心里吃惊这女人怎么这么说话。他探身,在她嘴角吻了第一下。太轻了,什么滋味都没有,像一支毫无信息量的预告片。她习惯性地回想起老王的吻,又强迫自己切断回忆,专注在面前这张嘴巴上。她一直觉得第五岳的嘴唇很有趣,下唇比一般人都厚,看上去有一丝邪恶，幸好他的眼神也比一般人澄澈，靠眼中的清光把那一丝邪气压住了。以如此近的距离盯着他的嘴唇，她心中有种奇异的激动，就像橱窗里的蛋糕，垂涎多时，忽然有人端到眼前，小声对她说，吃吧，你想吃多少就吃多少。

于是她吃了。

四

半小时后他们并肩在这段海滩上走到了第三个来回，像是走在签订合同成功后的宴会厅里，步伐舒缓，带着完成一项伟业的惬意。栗栗的手机在口袋里响起一个提示音。她掏出手机，播放那条新语音：哎，亲爱的，你头疼好点了吗？

她跟第五岳解释道，本来今天上午常姐要带我去逛街，我说头疼，推掉了。又低头在手机上打字。第五岳很敏感，说道，是不是我妨碍你发语音？

不，不是，除非万不得已，我很少给人发语音，我有点怕自己的声音。

他皱着眉笑。

这时那边回复过来：没事了就好。亲爱的，中午我想咱们三个吃顿饭，就你，我，还有第五岳，昨晚饭局人太多了，根本没法说话，我想再把第五岳给你好好介绍一下。你不会对他有偏见吧？

栗栗和第五岳互相看着笑起来。这是她第一次看到他大笑。有人笑是眯起眼睛，他反而是把眼睛张大，眼中光芒随着笑声的声波一波波绽出来，鼻翼两边的坑益发地深。

她低头端起手机，本想打字，想了想改为发语音：那天我跟他都没说几句话，哪来什么偏见，好，你定一个吃饭的地方，我现在就过去。微信发出"咻"的一声，像响箭钻进云霄里。

那边回道：别急，我还得问问他中午空不空，他女徒弟特多，说不定中午他已经定了饭局。

第五岳摸出自己的手机，含笑举着，果然几秒钟后他的手机响起来。那边说，老第，亲爱的，中午有空吗？跟我和我约的封面设计师吃顿饭行不行？他答了一个字：好。这事忽然变得像个喜剧电影里的段落。栗栗说，为什么大家总提起你的女徒弟？

因为他们是一群脑袋里有臭气的人。

他们慢慢往台阶走去，第五岳走在上面，栗栗走得慢一些，跟他隔开一大段距离，她不喜欢上台阶时脸对着别人的屁股。本来是故意拖慢，但她想起这片海滩是自己人生的转折点,忍不住回头凝视海滩,想用手机拍一张照片留念,又不好意思班门弄斧。只听上方第五岳说,不要动。她知道他要干什么,依言不动,但暗中把腰背挺直。听到快门响了一声,她慢慢转回身去。他也想给这一刻做个留念吗?一阵快慰从腹部荡开。

第五岳站在台阶顶端等她,等她走到并肩的位置,他为刚才的问题解释道,我在高校开过摄影班,班上女学生里有几个特别积极的,自作主张要喊我师父,我阻拦未果,就这样。

她说,你不用解释,我也没当真问。

他笑了,笑出鼻翼两侧的坑。

他们到达餐馆后,栗栗先进去,第五岳在车里等待五分钟再进去。常编辑说,我点了个鲍鱼四宝羹,那个菜特别费时间,所以先点了。其余的你们再点!服务员,把菜单拿来。

第五岳说,不用菜单了,加一个清炒芥蓝一个板栗鸡。

等了一阵,两个新菜上来了。他照样要了米饭,把板栗鸡里的汤汁浇到米饭上。其间编辑的手机响了,她说了句抱歉,接起电话说道,喂,亲爱的?印厂那边怎么说?……那还是不能做热转印?

等待期间,栗栗的目光扫到第五岳那边,他接住她的眼神,眉毛轻轻挑动一下,轻得像人心电曲线里噗的一下跳跃,又用筷子从面前小碗里夹起一颗栗子,放在嘴边,噘起唇尖,碰了一下,嘴唇在栗子果实后面露出微笑。

那是亲吻她的意思。

她一动不动地怔住,整个人被那动作震撼了。刚才肉体跟肉体相接的吻也没带来这样的撼动。编辑讲电话时大声吸气,又大声叹气,一只白而圆的拳头不断捶打眼前桌面,手腕上的金手镯一波波跳动,哎呀,亲爱的,咱们要是不用特种纸那种效果怎么实现啊不行的……第五岳的样子仍然平静,一副与世界无关的漠然,只有她辨认得出他眼中的笑意,就像羽毛落到水面上荡开的涟漪那么淡。

此后的一天半他们没再见面。傍晚,栗栗上了回程的火车,从过道慢慢往里走,前面的人站住脚往架子上放行李,她静立等待时,头转向四周看着车上低头看手机的人们,手机屏幕照亮他们带着习惯性厌倦的脸。她想,我是个怀着罪恶秘密的人了,我再也不是这些善良单调的人中的一员了。她在自己的座位坐下,双手压在胸口,那个秘密就在那儿,在胸腔之间一个暗房里藏匿着,随时可以泡进显影液,冲洗出图片来。

她抱那个秘密坐着,像抱着一个发烫的热水袋。火车启动了,她的身子荡起来一点,又砰地落回去。

五

她照常过日子，独自工作，独自生活，每晚跟丈夫聊一会儿视频。跟第五岳，她很少发消息，偶尔用微信说上几句，但也没用过什么肉麻的词，倒不是怕人查看——本来也没人查——只是觉得没必要。他们似乎达成一种默契：那天海滩上的吻已经满足了对彼此的大部分需求。自始至终他们都没走到黏腻、痴缠的境地。唯一的一次，第五岳给她传了一张自拍照，他坐在地铁座位上，拍摄对面窗户里的人影，两边各有一对依偎着的情侣。栗栗把那张图调大又缩小，端详一阵，回复了三个字。

——亲唉的。

她看到对话框显示"对方正在输入"，但还没跳出回复，就结束了输入状态，大概是第五岳想问这个词什么意思，问话还没打完自己猜出来了：亲唉的，没有"爱"，只有"唉"，只有一声叹息。

又过了一阵，他回复道：

——这个词很好，我能不能借去做我某个系列的名称？

——可以。要付版权费。

版权费是三天后他请她吃的一顿饭。第五岳在外省拍摄结束回去,那晚她也到达Z城,两人约在一家餐厅见面吃饭。一见到他,她呆住了,他原本蓄到脊背中间的长发不见了,一根也没了,成了个光头。

他看着她的表情,无声地笑,笑得胸膛发颤。她说,你的头发呢?

剪下来,捐掉了。他抬头摸摸头顶,餐厅招牌的橙红色光反射在上面。

捐了?这还能捐?

对,捐给肿瘤医院,那儿有专门的机构,会把捐来的头发做成假发,送给化疗脱发的人。

为什么要剪掉?!就为了捐?

他淡淡看了她一眼,说,不是。走吧,进去吃饭。

第一天晚上他们吃了晚饭,各自回住处。第二天,她陪他在城里散步,步行了整个下午,第五岳只举起相机拍了两次,始终显出不满意的样子。

那天光线也不好,他们午饭后出发时天还清朗,后来高处的风推来了一块山脉那么大的云,把光都挡了。第五岳不说话,他缩回到不可侵犯的沉思中,并关上了门,这时他眼中有种冷冰冰的危险的光,甚至有些阴森。栗栗不敢跟他说话,只是沉默地走在他侧后方一步的地方,她有时走到跟他并排的位置,转头看着他,他恍如未觉。她觉得像从一个小窗口探视病人。但这种战战兢兢的感觉也很有趣,就像走在山上的玻璃栈道上,或者是,用舌尖小心地舔刀锋上的水果甜汁。

路过一条街时,他站住,打量街道斜对面:在海鲜大酒楼和美发沙龙中间有条窄窄的小路,路口竖立一个石头牌楼,牌楼脚底有一对石狮子,每只狮子头顶顶着一条大红牡丹花棉被,不知是附近哪户人家拿出来晒的。

第五岳从取景框里看了好一阵,原地坐下来,就坐在便道牙子上,把摄影包也卸下,放在身边。

栗栗跟着坐下,问,不走了吗?

等一等。

等什么?

等红色。

过了几分钟他才解释道,我要等一个身上穿红色的人走过去。

栗栗点点头。他们等了很久,久到第五岳吸了三支烟,那天也真奇怪,平时街上总能碰见穿红外套红夹克甚至红裤子的人,但那天下午始终没有穿红色的人经过。第五岳不断看天上的光,又掏出手机看时间。栗栗说,红帽子红围巾是不是也算?

算。

又等了五分钟,她站起身说,我去买瓶水。

回来时她走到他身后,轻轻踢一下他的屁股,他转头看,讶异地看到她头上多了一顶红贝雷帽,颈上围着配套的红围巾。她拎起围巾带流苏的末端,抖一抖,我在附近店里买的,你需要这个身上带红色的人走过去吗?

他鼻翼两边出现浅坑。需要,太需要了。

她朝街对面走过去。知道他在后面看着,她走得十分谨慎,每一步都全神贯注,中间暂停了一次等汽车过去,她走到了对面的街边。他已经站起身,一手端着相机,一手打手势示意她从十几米外开始走。

她以一个勇于抓住机会、终于被导演录用的新演员的心情走到海鲜大酒楼门前,转身,往石头牌楼走过去。走过去了,站定,转身看他,他搭起拇指食指比出OK,又挥手,意为再走一次。

于是她又走了一遍。这次走完,她停下来,发现他并没举着相机,而是双手下垂,向她微笑。

她穿过街道,回到他身边,问,第二次你没拍?

其实第一次已经够好了。

那你还让我再走一遍？

我喜欢看。

那晚他们分别时吻得很长，彼此都觉得热情洋溢，原来对方仍有很多无法预测的奥秘，激起了陌生感和狂喜。

她跟编辑签了为第五岳的摄影集设计封面的合同。

六

他们见面的频率大致是：每隔三个星期，她到 Z 城去，和他吃饭，坐地铁，看画展，到海边散步。更多时候，她陪他在街道小巷里走，走很久。他们没上过床，谁也没提出那种要求。

一次他开车到火车站接她，车里有个年轻女人坐在后座，从窗里向她挥着手笑，她愣了一下。驾驶位的车窗降下来，第五岳在里面说，这是我一个学生，我顺路送她一程。

栗栗说，哦。她明白这就是传说中的"女徒弟"，也举起巴掌立在胸前，向那女人摇动一阵，当作打招呼。后备厢盖子缓缓打开，栗栗提着行李箱放过去，砸下车盖，又走回来，她不想跟那人并排坐后座，正犹豫，第五岳适时探身打开副驾驶的车门，说，上来，我的包放你腿上，没意见吧？

栗栗心中喜悦，不动声色地拿起他的摄影包，坐进去，把包搁在腿上。这是她第一次坐副驾驶位。那女人在后面说，美女姐姐你好，师父，你怎么都不给我们介绍呀？

第五岳哼了一声。不用，没必要介绍，反正以后你们也没机会见面。

栗栗转头笑道，我叫陶梨栗，你好。又往第五岳的方向斜了一眼。别理他！他说话就这样子，不戗着人就不痛快。

年轻女人说，陶姐姐，我叫Joyce，哎哟，我们也早都习惯师父这么说话了，大家都觉得他这样超酷的！她穿雪白长毛外套和紧身皮裤，食指指甲上粘着一只金色甲虫，她反复掠头发时甲虫就从鬓边飞过去，飞回来。

这个Joyce下车前说，师父，我明天把拍的作业片发你邮箱，你要多写点批改意见哦。

等把她放在小区门口，车子开走，栗栗从后视镜里看着那个白块块越来越小，说，我要坐到后面去吗？

第五岳说，不用。他看她一眼，见她脸上似笑非笑的，说，怎么了？

嗯，Joyce……第师父，你这口味够重啊。

他只淡淡说道，不要乱讲，也不要乱想。

此时天早就黑了，路灯的光从窗玻璃投进来，每开过一个路灯的光照范围，他的脸就变亮，再暗下去。明暗交替之间，他一字一字说，有时候，具有实用价值的东西，不具有审美价值。

什么实用价值？

Joyce让我给她开一对一私教摄影课，按小时算，每小时……他说了一个非常高的数字。栗栗点头，再点头，说，太实用了，这简直！你下次问问Joyce她需不需要上PS美颜课？你从来不修片嘛。可我会修呀！我也可以给她一对一开课，教她怎么把自己的照片修成高圆圆。

他们笑了一阵。第五岳说，今晚我要在工作室加班，你陪我加班吧。

栗栗没有立即回答。脑中第一个念头是早晨站在衣柜前穿衣服的画面：我今天穿了哪条内裤？哪件胸罩？想完这个才想到，在计划里她并没打算跟第五岳上床。

她说，你工作室有两张床？

一张。

那不够睡。

说了我今晚加班，我不睡的。你睡床。

你又没工夫跟我聊天，让我过去干什么？欣赏你工作的英姿？

第五岳没说话。他把车靠边停下，转过头来盯着她，表情十分认真。今晚我希望你在那里。你愿意就去，不愿意，我送你去酒店。

他到这时还是心平气和的样子，用整张面孔表达出不畏惧失望的平静期待，她迎着他的眼睛，短暂地走神了一忽，就像考试遇到不会做的难题时，先翻到后面看下一页题目，她想：到底什么时候、什么事情能让这张脸失衡失控？……

他仍在等着她。

她说，我今天穿的内裤不好看，是紫色蕾丝的，我买回来就后悔了，可是内衣不能退，没办法只能穿了。不过，确实不好看。

他说，你为什么要跟我描述这个？好奇怪啊你。我根本没打算探索你内裤的颜色。他转回去继续开车，抬手指指太阳穴，现在好了，这里都有画面了。紫色蕾丝，嗯，是不好看。

工作室在一处居民区的顶楼，是跃层房，一段木楼梯通到上面一块面积不大的平台，放了一张单人床和床头柜。另有一个房间是暗房。一边墙上垂着灰色背景布，立着灯板、反光屏、遮光灯罩等等，其余几面墙密密麻麻悬挂镶框子的照片，有风景，有人脸。靠墙还有一张乒乓球案子那么大的工作台，一个书架，一条沙发，一对半人高的音箱。比较奇怪的家具是一只北冰洋冰柜，卖雪糕用的那种（后来他告诉她，冰柜用来储存他搜罗来的进口相纸，有些品牌的相纸已经停产，托朋友从国外高价买了寄回来的）。

栗栗本以为在这里会觉得舒适。他们进来之后，第五岳像每个刚到家的人一样娴熟、自如地忙碌着，走动着打开所有的灯，放下包，脱外套，打开电脑，弯腰在电脑上不知操作什么。人工作的地点，往往是他这个人的延伸。她站在工作室中间，望着他的背影和光亮的后脑，感到这房间和所有家具都是从他冷漠不可捉摸的那一部分变化衍生出来的。她像个害怕被抓住的人似的左顾右盼，不敢挪动地方，想起小时她爸妈回老家奔丧，把她送到一个阿姨家暂住，就是这个感觉，她看不到自己在这个房间里的位置，她在此没事可做，因此也无法产生牵绊。

落地音箱里传出大提琴乐曲声，第五岳直起身，回头说，坐，我今晚要熬到后半夜了。等下我煮咖啡，你喝不喝？

你要我陪你熬着吗？

不用，你可以上去睡。

那就不喝了。

好。你要去卫生间吗？在那边。保洁阿姨每周打扫三次，还挺干净的。不过我没安热水器，你想洗澡的话，只能洗冷水。

你一直洗冷水澡？不用热水？

啊。

她走进卫生间，难以控制地四处侦察一番。没有，没有女性停留过的痕迹，比如马卡龙色牙刷、卸妆液、半管口红。黑色瓷砖地上也没有带指甲油颜色的指甲碎片，这就是一个标准单身汉的盥洗室。她先试着按了一下抽水马桶，见冲水无故障，才坐下小便。站起来，揿了冲水键，刚要离开，又转身把马桶圈掀起来。长期没跟丈夫住一起，她已经习惯一直让马桶圈放下来了。

卸完妆，洗完脸，她抽出一片卸妆棉，藏在洗漱用品架最右侧的漱口水下面，除非有人擦架子或刻意搜寻，否则看不到它。又把一支眉毛镊子搁在放卫生纸卷的小篮里。这举动跟小狗在电线杆下撒尿差不多，她终于轻松起来，朝镜中人"嘿嘿嘿"扮出奸笑声。

她走出来，大提琴的声音令房间像个美术馆或展览厅，第五岳坐在电脑前，鼠标频繁地嗒嗒作响。她凑过去看屏幕，这是什么？

是下个月我的四节摄影课的PPT。然后还有我给一个电视剧剧组拍的剧照，得全部修一遍，交给他们宣发方。我打算今晚一气做完。

你不是从来不修片吗？

我自己的片我不修，这些不算我的。这些属于"有实用价值"，可以不具备审美价值。

她站着看了一阵，说，我去睡了。他像终于想起她的身份似的，扬起头，在自己嘴唇中间点一点。她弯腰在他点到的地方吻一下，转身离开。

上了楼，她带着一点恐惧抖开床上的被子，被子里有一股轻微油腥气，幸好还在可以忍受的范围内。床单被罩都是深灰色，枕套的灰色稍浅一些，看不出有没有脏印子。他在楼下大声说，你怕不怕光？只开一个台灯可以吧？

可以。

音乐呢？

不要紧，你开着吧。

顶灯灭了，只剩一团黄黄的啤酒色的台灯光，大提琴乐曲声也减弱下去。她躺着看手机，微信里老王发来一张餐桌图，同事们在一家新餐馆的聚餐照，她回复一个流口水的表情，关掉手机，在被子里蜷缩起来，感觉身在晃动的火车卧铺上。

她以为睡着会很困难，然而根本没胡思乱想多久，就失去知觉了。

不知过了多久，她醒过来。睁开眼，室内光线很暗，只见面前一个圆圆的镜头。她哼了一声。快门嚓地一响。蒙眬中一个压低的声音说，嘿，栗子。别，你别喊名字，别喊错了。我只想告诉你，为什么我剃了光头。

栗栗想说我不会喊错名字，那得是多迟钝的人干的事。但她不想让他闻见嘴里的隔夜口气，所以只是紧闭嘴唇，用鼻子说，嗯。

第五岳口中喷出苦涩的咖啡气息，他说，你知道我为什么剃光头发？说出来你可能会笑。我每次遇到中意的女人，都会把头发剃掉，然后让它慢慢重新长起来，就像结绳记事一样。以后我的头发长度，就是我遇到你的时间长度。

她从被子里伸出胳膊，钩住他脖颈，往自己这边紧紧搂了一下。

他说，我要走了，现在我能不能看看你的紫色蕾丝？

她点点头，掀起被子。她上身的T恤没脱，下身穿着内裤。第五岳看了一眼，替她把被子放下掩好，说，也没那么难看。

不过我私人觉得，内衣最好只用黑色或白色。

七

在春风和夏天的热浪里，第五岳的头发一毫米一毫米长起来，他给每个阶段的自己都拍了照片。他也不是彻底地跟人群和圈子隔绝。比如，其实他不爱跟同行交流，但他会带栗栗去看摄影展，多半是圈内朋友的展览。在展品比观众多的雪白房间里，他悄声说，这人最了不起的地方是能集一切俗套之大成。你看，他想表现孤单，就用暗黑影调，拍雪山拍湖，就用慢门长曝，这都是多滥大街的手法！

如果这个人像你说的这么差，为什么还会得奖？还能开个展？

因为他有一把子傻力气，这家伙靠着卫星地图在尼泊尔山区徒步两个多月，找到了山里一块从没人发现过的湖，然后绕着圈拍了一星期，拍了几千张片子。

她看着第五岳的脸，惊讶地发现他其实是嫉妒了，而且乐于在喜爱的女人面前贬低同行。这一点点属于"普通人"的坏，像素描画里的阴影线，反而让他变得具体。她在肚皮里嗤笑了几声。

看完展览回去的路上,她想起在百度百科上读到的媒体报道,故意说,我记得你也到秘鲁的安第斯山脉去徒步过。

他说,那些片子拍得,都不好。我全删掉了。

跟第五岳在一起时,栗栗不好意思拿出手机来拍东西,后来第五岳发现了,说,不要紧,你就照自己的喜好随意拍,我从来没笑话过非专业人士的照片。你用手机拍出来的,是你的视角,是你对世界的理解。总不能因为世上有了拉斐尔、伦勃朗,别人就不画画了吧?

这段话通透宽容,让她颇为感动。她说,是,我估计伦勃朗家的小孩上幼儿园,也要画恐龙和蝙蝠侠的。

后来她在他工作室中看到了那一辑"亲唉的",主题是地铁,拍地铁的照片很多,这一组的中心是地铁车厢中间竖立的铁杆,有人倚在铁杆上用手机看电视剧,后面抱着小孩的女人回过头偷偷一起看;地铁刹车那一刻,有人像跳钢管舞似的手抓铁杆身子往后仰倒;几只手在铁杆上挨碰着握成一串,有老有少,有的手背有文身,有的粗壮手指上套着极粗的金戒指,最下面是一个四五岁小男孩的手;铁杆两边各自伸出两对人的两双鞋,脚心倾斜着相对,一边是黑丝绒高跟鞋和红色滑板鞋，另一边是覆盖泥灰的旧皮鞋和军绿解放鞋。

最后一张是第五岳曾给她看过的自拍，当时栗栗的注意力都在第五岳身上，没注意到画面里的铁杆，那根杆立在画幅中间，把摄影师的身子切成两半。

她说，这一组真好。

她现在知道，不能夸某某照片美，在摄影师那里美是贬义的，是个"脏"词，不知道怎么形容的时候，说好就行了。

但他说，并不好。是约稿，没有办法。

不久后她收到 Z 城寄来的一件快递。她从没给过第五岳自己的地址，应该是他找编辑常姐要的。大信封里装着一沓冲洗出来的照片。一共三十二张，都是她。

出于自尊，她在他面前从不主动要求他为自己拍照，但每次他对她产生兴趣，端起相机对准她咔嚓一声，她心中都会亮起跟亲吻相同瓦数的激动和快乐。快门的一声可媲美一支短歌。那不是地下情人在表达爱意，不仅仅是。更重要的是艺术创作者的青眼把她人生中的某一瞬间从平庸生活中打捞起来，放进了排队等待不朽的艺术品队列里。

不过因为没有修片，她浑身的瑕疵都清清楚楚，困倦时失神的双眼、硕大的眼袋，生理期颧骨上起的痘疮，鼻翼两侧粗糙的毛孔，随意坐着吃冰激凌时忘记缩回去的小肚子，仰拍角度拍出的双下巴，还有她睡着时嘴巴张开的样子。有一张是并坐吃饭时，他把相机伸到两张椅子中间拍的，能看到松弛的下巴肉和因咀嚼而变形的脸颊。

有几张堪称丑照，她看一眼就扣着放在书桌上，不愿再看了。面对真实的自己，实在没那么容易。

最美的一张，是她穿戴红帽子红围巾走过石头牌坊。那时她心知自己在镜头里，挺胸收腹，脚尖在高跟鞋里绷着劲。

她真想用这张图当微信头像，真想把它传到朋友圈上，发到微博上，发到豆瓣广播里，但想想跟老王编谎话太累，还是作罢了。

他们也尝试互相了解。她问他，你有什么喜欢和不喜欢的东西？

第五岳说，喜欢好看的。不喜欢不好看的。

能不能举几个例子？给一些有操作性的条目？

比如，喜欢熨得很平的衣服，不喜欢皱巴巴的衣服，喜欢颜色协调的菜，不喜欢一塌糊涂的菜……

如果有可能，你会不会选择纯黑色的菜，搭配纯白的米饭？

有可能。哦，还有，我很讨厌女人一边哭一边小心地擦眼泪，用手指关节在眼睑下面蹭掉眼泪，还要看看手指头，看有没有把睫毛膏蹭下来。

他拿出相机，找了一通，找到一张照片给她看，葬礼上一个女人正查看手指。

她耸起鼻子表示不解。他说，因为这样很假，真的。如果你是全心全意地哭，根本就不会顾及会不会哭花了妆，根本想不起那种事。

她说，我明白了，是不是你曾有个前女友，跟你分手时一边擦泪一边看手指，从此你就对这个场面产生了恨意？

他说，不要乱想，不要乱讲。

八

十月底老王回国了一趟。跟他同在埃塞俄比亚的同事踢球摔断了胫骨，公司派他把伤员护送回国内，可暂留两天，放个小假。栗栗在家赶工作，没到机场接他。他们一向不搞接机送机这些阵仗大、性价比低的花样。将近午夜，老王坐出租快到家时给她发消息，她换了鞋下楼去迎。

站在小区铁栅栏门里等待时，她心跳得很快，不是因为

· 纪念日 ·

有罪恶感,而是怕自己会产生安娜·卡列尼娜那种反应——安娜在火车上初遇沃伦斯基后,再见到丈夫,觉得丈夫的耳朵都变丑了。

然而老王没变丑。她远远看他低头从车后备厢拿行李,那个侧脸还是顺眼的。她长长地松一口气。

浴室里备好了换洗衣服和毛巾,老王进去洗澡,门虚掩着,栗栗倚在门框上,两人在哗哗的水声里说话。

她问,照顾同事麻不麻烦?他说,帮他上飞机上的厕所最麻烦,其余还好。

又问,飞机餐给的什么?吃得饱吗?要不要我再给你做点吃的?

答,咖喱鸡米饭,味道还行,就是量少,不管饱。不过现在太晚了,我不吃了。明早咱们出去吃早饭,吃顿好的。

等洗完澡出来,她已经把吹风机插好插销,让他坐下,给他吹头发。拨弄他的短发时,她的心慢慢定下来。屋里开着两根橙红灯管的电暖气。他说,怎么不开加湿器?太干了。她说,加湿器不知怎么回事,响动特别大。

他说,我明天看看。花洒喷头那个水线也开始乱喷了,该除一除垢了。也明天弄吧。

吹完头发,她收好吹风机,两人爬上床。他问,盖一层被子会不会冷？

应该不会。

你昨天盖了几层？

两层，但是今晚多了个你，你就是 36.8 摄氏度的一个加热器。

但是刚才天气 APP 发了提醒，说今天夜里大风降温，咱是不是再拿一条毯子，搭在下半身，保险一点？

哎呀，天气预报真的准吗？真降温了再说。

你是说，等夜里冻醒了，再爬起来盖毯子？

不行吗？

冻醒了多难受啊，你不嫌难受？

嗐，你要觉得肯定会冷，那你现在就把毯子盖上，盖你那半边，我先不盖，万一冻醒了我自己起来盖自己，这行了吧？

这行！老王赤裸身子爬起来，到柜子里找毛毯。他的背影皮肉紧绷，动作时有小条的肌肉在皮肤下窜动，臀部浑圆地鼓胀，粗壮大腿侧面有一道股外侧肌造成的长条阴影。她躺着，欣赏这不管看多少遍还是忍不住凝睇的景致。第五岳的肩膀比老王窄，更肉一些；老王瘦，肩宽而薄，不过她还没看过第五岳的裸体，没法完整地做比较。

老王回到被子里，她伸出手臂拧灭了床头灯。他翻个身，在五秒钟内入睡，发出睡眠时特有的松弛的呼吸声。她平躺着回忆他们的谈话，发现聊的商量的全是吃呀喝呀，冷呀暖呀，什么东西坏了，盖什么被子，全是这些。

她也转过身，跟他背对背，身子往后挪一点，臀部碰到了他的臀部，一块热乎乎的肉体，她又把一个脚尖尽量向后伸，直到触上一个圆滚滚的小腿，脚趾感觉到那上面软中带硬的毛发。

老王没有醒。他睡眠一向好得出奇，高考、结婚典礼、时差都不能影响他的睡眠。多了个男人，被子里暖得像窝藏了一个夏天。她想起第五岳的话：有时不具有审美价值的东西，具有实用价值。

第二天老王整日在家，忙于修理他不在家时滑出正轨的家具和电器。栗栗照常工作，画图，开着音乐，老王在听歌上没什么进取之心，他不去记歌手和歌曲的名字，平时需要听歌，就把音乐网站的排行榜打开，顺序播放 Billboard 和 UK 单曲榜的前 100 名。他把加湿器拆开，检查，修理好了，加足水，让它喷出雾气；拿小苏打兑了热水装在塑料袋里，套在花洒喷头上化解水垢；给抽油烟机清理了油斗；又找出备用的椅子脚套，给家里所有椅子更换了保护套。

栗栗说，你再看看阳台的花，不知道是不是闹虫子，最近叶子都黄了,一片接一片地死。

老王到阳台去看,远远地大声说,是虫子,是红蚜虫。他把七八盆植物,薄荷、天竺葵、八宝景天等等,都搬到一起,打开窗户,用喷雾器逐片叶子喷杀虫水。

遇到他喜欢的歌,他就跟着哼哼,说,这歌在埃塞俄比亚也特别火,卖烤肉的小摊子上都在放。

她看他怡然地忙里忙外,心想如果是第五岳干这些家里的杂务,是什么样子?他那双拿摄影机的手,去刷抽油烟机的油斗?难以想象。出于多年习惯,她非常想给老王讲述第五岳这个人,讲他的工作,他的长发和光头,他不同于常人的说话行事方式。他们一向如此,把所有单独获得的见闻倾诉给对方,逐个细节讨论,然后就像一起经历了那件事。但现在她需要悄悄锁起一个抽屉,不让他翻动。这种罪恶感带来的刺痛也被藏进抽屉里,留待无人时拿出来,咂吮那新奇的苦味。

夜里他们过了一次夫妻生活——用的还是十九岁那年第一次交媾的姿势。他们尝试过新体位,但总不如最开始的熟练舒服——过完了,先后去卫生间清洗,又回到床上躺平。她说,你在那边,会想这个吗?

有时候想。

会憋得慌？

有时候会。跟你说，我有几个同事会去找妓女……他翻个身面向着她，夜灯照上去，还是中学里那个后座男生的脸，带着难以消除的天真和轻信。他说，他们不敢找黑妞，怕传上艾滋，但当地一个小黑居然能给他们找来白种人妓女。

她笑了。那你动心没有？

我没有，真没有。

……哎，等等，这是什么？你下巴上长了个痘痘。

我知道。每次坐长途飞机都会上火长痘。

顶头已经有小白点了，我给你挤出来吧。

他捂住下巴。不行，你不要动它。

她掰他的手，掰不下来。他的身子在被子里半真半假地挣扎，弄得被子抖动出一道道的暗风，在身周窜来窜去。他说，你从来就不接受教训。你高三那年冬天冒出一脸痘，你天天挤，挤得脸上一块块红肿，老师都问你是不是过敏了。你都忘了？

想起来了。我那么难看的嘴脸你都记得？

他笑道，当然。

哎呀，真想杀了你灭口。

可是你好看的嘴脸我也都记得，从比例上来说，还是好看的更多。

她忽然觉得这对话变得无趣,像吃太甜的蛋糕吃腻了一样,一抬手关了灯,晚了,睡吧。

老王转身睡着之后,她从后面抱住他的背,下巴搁在肩胛骨上,那里有一道浅浅发白的疤痕,是大学时他踢球摔倒,被对方后卫的钉鞋踩伤的。

她尽情用全部肢体去感受他,用手臂内侧和大腿内侧磨蹭他弹性良好的皮肤。那是一具沉重结实的男性身体,像一件大得不可思议的礼物,一个巨型玩具,一个皮肉储蓄罐,储着她人生里几乎所有形象,好看与难看的嘴脸,十三岁、十六岁、二十三岁、二十六岁,他替她保存着她知道但没见过的自己。

他的嘴巴微微张开,发出私密的呼吸的声音,像一种发音简单的语言。

第二天下午五点多,她送老王下楼去机场。他们一前一后进电梯,里面还有四五个人,有一男一女都牵着狗,都是早早吃完饭出去散步、遛狗的。两个女士向老王脸上身上打量了几眼。到了一楼,电梯门开了,有人进来,栗栗趁机往老王身边挤了一下，双手抱住他手臂，头靠上去。

老王侧头看看她，见她卫衣后面帽兜的里子翻在了外面，伸手替她翻过来。电梯里人人都静止不动，只有他专注地做着那个动作，她一动不动，心满意足，他肉体的热度从外套里透出来，到达了她的太阳穴。

每次在陌生人环绕的场合，她总是会被激起更多的爱意。她早就知道，即使完全出于虚荣的理由，她也必须要有这样一个丈夫，无论在陌生人还是熟人那里，他都能为她引来嫉妒的目光。如果这两个人调换位置，结婚对象是第五岳，她会不会在面对王佩锵（这是老王的名字，意为君子的佩玉铿锵有声，多年来除了吵架，她极少用它。这个采自《诗经》的名字其实很美，但听得太多了，对她来说跟王吥呛无甚区别）时产生想要探索、占据的渴望？

电梯轿厢顶部是一块亮得能当镜子照的钢板，栗栗把头使劲往后仰，看到那上面自己的影子，一块白面孔，浮在灰黑的人头之间。

九

有些秘密是用来交流讨论的，否则就尝不到最有滋味的香气。不能跟老王说,总得跟谁说说,不然憋得太难受,最后栗栗跟一个女友说了,女友是她大学宿舍下铺,本科四年里数她俩感情最好。虽说感情好,婚后也有一年多没通话。她打电话过去,前五分钟各自交代自己生活进度。女友说,我老公今年派到厦门分部去了,一个月才能回来一趟,我怀疑他在那边不老实。真羡慕你跟老王,异国两年了一点不影响感情。

也不是一点都不影响。

女友明显兴奋起来。哎,你这是什么话?老王也出问题了?

老王没问题,是我有问题。

哎呀,哎呀!陶梨栗!哎呀呀呀呀呀呀呀!

你鬼叫什么啦。也不是大问题啦,我没做太出格的事。

那也很惊悚了!我一直以为你跟老王永远是一块铁板,人间典范,你这一出问题,我觉得我世界观都坍塌了。

不用塌太多,我说了,我没做太出格的事。根本没发展到"那一步",就只是吃个饭,拉个手。

那人什么样?我太好奇了。

是个自由摄影师,很奇怪的一个人。

摄影师,懂了,懂了,艺术家确实吸引人。咱们在宿舍里一起看过《廊桥遗梦》,是不是就伊斯特伍德那个范儿的?

没那么老啦！那不成父女恋了。也没那么帅，不过确实挺有才华。

这个人……他知道你有老公？

知道的。

一般男人找情人都是为那个事。奇怪，你不跟他发展"那一步"，他自己也不主动要求？

她想了一阵，说，他不是"一般男人"。

最后女友感叹道，你真厉害，真的，太有精力了。跟你比，我过得就跟一潭死水似的。

她挂断电话，静坐了一阵享受那种快感，她现在明白她一定要告诉某个人的原因，她要靠别人的惊诧羡慕来确认，冒这个险——后半辈子都受累于那个上锁抽屉的风险——是值得的。

十

又过一个月，又是一年书展的日子，她负责设计封面的摄影集在书展发布。在去Z城的火车上，她收到第五岳的文字微信。

——常编说你也来？

——我不去发布会了，直接跟你们吃晚饭。

——今天是我们的纪念 日吗?

还真是纪念日,他俩就是去年书展首日这天认识的。栗栗差点打了个"是",她随即意识到,纪念和日之间那个空格不是手误,立即缩回打字的拇指攥在手心里,心说好险。

她从每次跟第五岳联络时似喜似悲的昏沉中醒过来,仿佛低头走路的人咚的一声撞了墙,才抬头四顾。她想起女友说的"奇怪",又想起自己说的"他不是一般男人"。

跟去年一样,她直接去了饭局所在的餐馆。席中人员跟去年颇有不同,常姐解说道,姓赵的胖子跳槽去了香港公司当制片,几位去年见过的出版社编辑转行去写公众号做自媒体了。剩下几位笑道,我们是夕阳产业的守墓人。

第五岳坐在距离栗栗很远的位置,吃到半截,他让服务员加了一道板栗烧鸡。无人注意时他注视着她,吻了一颗栗子。她没有回报微笑,只向他投去复杂难言的目光,心中回响那句话,本来没有声音的文字,被她想象出了声音:纪念,日吗?

终席了,有人起哄让第五岳付账,第大师刚拿了个国际大奖!必须用埋单来补偿我们嫉妒到流血的心灵。

有知道这事的,立即跟着说,对对对!还有几个不知道的人说,哇,好犀利啊,老第,什么奖?

· 纪念日 ·

栗栗是不知情的那拨人中的,她有点惊讶,又有点失望,因为她自觉跟第五岳关系比在座的人都亲密,怎么拿奖这么重要的事,外人知道她还不知道?

知情者说,是荷兰一个摄影博物馆的奖,圈内也挺轰动的了。

第五岳的神情淡淡的,并无欣喜自得之色,我只拿了个提名奖,没什么厉害的。他站起身说,不过埋单我去,满意了吧?

众人走出包房时,栗栗收到一条信息,是个酒店的地点定位。她跟在人群尾巴上,听到第五岳在最前排大声说:不,那张绝对不是我最好的一张,你懂什么叫影调节奏吗?你懂怎么读摄影语言吗?……不不,你这样拿出来,这样看能看出什么?你们在手机上电脑上看图看太多了,照片是要在墙上看的,用什么药液什么相纸,放多大篇幅,一个环节选不对,照片就不对了,懂吗?

她低头给他回复:

——不,第五岳,我没做好准备。

她把手机握在手里等待。他仍在激动地贬抑对方,自人丛中看去,能看到他那颗头,头发长度长过了耳朵,在脑后扎起一个栗子大的小髻。

回复在她手心里一振：

——今晚我心情很差，陪我。就今晚。纪念日是玩笑，可以只纪念，不日。

她没有立即回复。她不喜欢他这样用双关语开荤笑话。这时第一部分人站在餐馆门口，三三两两进行最后的告别，询问别人怎么走，打车开车还是坐地铁。有人欢快地大声说，哎，你跟那谁同路！你让他开车捎你一段呗。

推开玻璃转门之前，她又收到一条信息。

——就今晚，栗子。我明早就走，赶飞机去荷兰领奖。

有人越过她，替她开了门，说，陶老师，来。她朝那人笑着，踏进一角比萨形状的空间里，跟着面前一堵移动的玻璃墙慢慢走向前，看见第五岳站在台阶下面，离人群三四步的地方，正低头点烟，摄影包歪斜挂在肩头。

她在台阶角上站住，回复道：

——好。

——我去开车，开到下个路口的地铁口。你走过来。

十一

在驶往酒店的车程中，他们几乎没怎么说话。她有一种不愿表露出来的慌乱，遂把脸转向车窗，装作陷入沉思。接下来该怎么发展？他说可以不做那种事，但毕竟他动了心思。动心思是真的，"可以不"是不是真的？在海边走走，欣赏海浪，那很好，真的跳到波浪里弄个浑身精湿就是另一回事了。她细看过那条酒店房间预订信息，不是双床房，是大床房。她还从没跟老王之外的男人同过床呢——在他工作室里那晚不算数，他全程没睡，也没上床。

他们默不作声地走进酒店大堂，第五岳拿出身份证登记。登记结束，服务员递来房卡。他们跟在另外一对中年男人身后走进电梯。轿厢上升时，栗栗又仰头往上看，但这架电梯顶上不是亮亮的钢板，贴了广告。

第五岳用房卡开了门，插卡，打开所有灯，她跟在后面进去。他把摄影包放在行李台上，走到窗前拉拢了窗帘。栗栗站在房间中央，又有一瞬间的不知如何是好。第五岳在关闭的窗帘前回过头来，朝她笑了一下，笑里仿佛有很多意思，庆幸的，感激的，暧昧的，充满多种暗示。他历来最可爱的地方是明晰、纯粹，因此她觉得他这种笑很陌生，而且不好看了。

她把小行李箱也放在台上，脱掉外套挂进衣柜里，打开箱盖，换上自带的布拖鞋。第五岳拿出床头柜里的拖鞋换上，那种纸一样薄的简陋白拖鞋又让他丑了半分。她找到化妆包，说，我去卫生间卸个妆。

卫生间的灯都打开了，分散且亮度不一的光像没搅匀的饮料，让人精神涣散，她双手撑着洗手台，喘一口气，大理石台面冰着手心，倒觉得有些舒服。她打开化妆包，把几个瓶子翻出来，排成一列，有一处高度参差，又调整了一下。

她取出棉片，蘸了卸妆乳，正一下下擦拭眼皮，卫生间的门把手一动，门在面前镜子里开了，闪出第五岳的身影。

她叫道，哎呀！你怎么进来了？

他走到马桶前，劈开腿站立，平静地说，我憋尿。你又没在用马桶。

她惊愕地看着他拉开裤子拉链，掏出那截器官，一手叉腰，一手握着，一道啤酒黄的液柱从那短短一节肉体里射出来，他喉头发出呃的一声。

一股臊气迅速弥漫开来。在那股尿味里她整个人都僵硬了，所有爱怜荡然无存。

愤怒混合慌乱在她胸口搅动，感觉像晕船似的，她快吐了。他怎么能当着她的面，倾倒这种难闻的液体？他怎么竟全不顾忌地把这一面袒露在她面前？

老王和她在一起多年，仍然像男同学上男厕所、女同学上女厕所一样，锁门如厕，几乎不让对方看到自己小解大解时的样子——她见没见过老王撒尿？当然，当然见过。但是……她不记得老王把她困在尿味里。

哗啦啦……尿柱冲击马桶水面的声音仍在继续，男人膀胱大，他这一泡尿特别长。她想冲出去打开抽风机，又觉得那样会惹人反感，只能死死屏着气，转回头盯着洗手台上的东西：一小桶洗手液，一个护手霜，一个小白瓷盆里用两口水养着绿萝，绿萝枝子上有四片绿叶。排尿的声音终于停止了。

她回头看一眼，他用手急速抖动那一小段肉管子，收进裤子裆口里。她说，你怎么不冲水？他若无其事地说，你也来尿一泡吧？然后再冲。省水，环保。

她简直要晕过去了。她从未想到会被人邀请讨论她的尿。他当然看出她的窘态，冷笑一声，走到她身边扳开水龙头洗手，说，你觉得不好意思？有必要吗？人活世上谁不要吃喝拉撒？可以讨论吃饭吃什么菜，却不好意思讨论它们变化成的东西？

她僵硬地笑笑，过去按一下按钮，水哗一声冒出来，把颜色近似果粒橙的液体吸了进去，那种液体在管道里回旋搅动的咕噜咕噜声，让她感到自己的喉咙一紧，仿佛那些尿液灌进了自己的嗓子。

他一边用毛巾搌手,正面反面,一边说,如果讨论杜尚的小便池,你会觉得不好意思吗?

她说,等你给大小便拍出的照片让博物馆收藏了,我再跟你讨论。

他脸色一沉,轻轻把毛巾摔在台上,走出去了。

她愣了一下,想起他获得荷兰博物馆那个提名奖的事,跟着他走出去,对着他后背说,我没有讽刺你的意思。

他背对着她站在床前脱牛仔裤,先抽出一条腿,再用这边的脚踩住裤子,抽出另一条腿。她看到了他的屁股,内裤卡了一条在屁股中间的缝里,他回手揪出来,这景象太刺眼,她看不下去,走到一边,找出充电线给手机充电。然而写字台前也有镜子,她不可避免地看着他抬脚一踢,把裤子甩到床前,像蛇蜕似的软塌塌堆在那儿,又扬手把毛衣从头上脱掉了,随手一丢,露出里面的打底长袖T恤,喃喃道,屋里好热。

她说,你说今天心情不好,是因为这个吗?只拿到提名没有获奖?

嗯。他拿起床头柜上放的皮面大厚本。之前初选结果出来,我跟他们嘲讽过其中几张片子乏味,影调不够饱满,没有张力……但最后获奖的居然就是那几张。你想喝点什么?

啊?

· 纪念日 ·

今天是纪念日嘛——好吧,纪念,没有日,咱们叫一瓶酒上来喝?

她半真半假地说,你这个想法很危险啊,你想干什么?把我灌醉了然后任你糟蹋?

这句话不幸又重了。他面色又阴下来,皱眉道,你真认为我是那种人?我要是想要……

他抿紧嘴唇没说下去,吁一口气,掉转眼睛去看天花板边缘,她笑了一下,给他接完,你要是想要睡女人,有大把的女徒弟求之不得,愿意倒贴上来,还是你要想我跟你睡,早就开口了?

不要乱讲,不要乱想。全都是你瞎猜的。你为什么一定要说得这么难听?他把大厚本扔在床上,走到衣柜前,拿出白色浴衣穿在身上,低头拴上腰带。

她深吸一口气,过去把那个大厚本捡起来,它最后面是客房服务内容,附带菜单和酒水单。她用缓和的语气说,我酒量很差,你要想喝,点一瓶度数低的行吗?

酒水单上的国产酒是小瓶白酒、啤酒、干红等,洋酒都是英文,他在原地站了两秒,也以缓和的姿态凑过来,说,我看有没有德国百人城,那种可能适合你。哦,有的,有百人城焦糖奶酒和森林浆果酒,你想要哪种?

焦糖的吧。

好。不能喝寡酒,要点什么下酒的?

来两只螃蟹?

他终于笑了,翻两下那个厚本子里用硬塑料包裹的书页。螃蟹是没有的,能不能拿蟹黄味花生凑合一下?

没多久服务员送来酒、酒杯和花生,替他们开瓶,离去。两人在窗边圆几两边的沙发坐下,倒酒,碰杯,叮一声,第五岳说,栗子,谢谢你出现在我的生命里。他抬手捋一把自己的头发。她向他微笑,却不太敢看他。

按说,情人之间偶有口角很正常,一说一笑就该过去了。但她总提不起劲,无法集中精神,方才的一幕的打击太深重,她眼前总晃动那条散发臊气的弧线,一种气愤和羞惭从心脏里喷涌出来,雾气似的凝聚在四周,令世界在她眼中变形。她眼前这个男人,好像被什么狸猫换太子的阴谋偷偷换过了,不再是那个才华出众、古怪得可爱的摄影师,只是一个尿味难闻的男人。她终于明白接受一个人最关键的程序是什么。

第五岳给她的杯子斟满酒,她命令自己取杯饮酒,像控制一个纸傀儡。焦糖奶酒在她嘴里只剩一个焦字,焦虑焦躁的苦涩。

花生食罄,酒饮尽,时近午夜。房间里弥漫着惨淡、朝不保夕的气氛,好像什么东西颤颤巍巍就要崩塌似的。她说,咱们睡吧。

他说,好。朝她挑起一边眉毛。

她说,不,我没改变主意,咱们安安静静睡一晚,行吗?

行,有什么不行。我从来没图你那个。他站起身说,我去上厕所。

她走到床边,看到他随意扔在地上的毛衣牛仔裤,蹲下捡起来,把毛衣和裤子都翻到正面,拿到衣柜处挂起来。衣柜就在卫生间对面,她挂衣服时,听到门里传来扑通一声,什么东西坠入水中的闷闷的声音。

一道厌恶的闪电从脊椎尾端一直蹿到头顶,她转头从衣柜前跑开,差点尖叫起来,不知道怎么躲避下一次可能来到的声音。她几乎是扑向电视遥控器,揿下红按钮,默默祈祷道,快,快开。一阵鼓掌的声浪突如其来地爆出来,像一群撞破门冲过来的救援人员,房间里顷刻充满饱含安全感的喧闹,她松一口气,坐在床沿上。

几分钟后,隐隐有抽水马桶的响声传来。门开了,他走出来,皱眉道,开电视干什么?

没什么。你不想看就关了吧。我先去洗澡。

不一起洗?

她摇头，笑一笑。

走进卫生间，她呆住了。马桶那一小摊水面上方的白瓷面上，有两个深棕色的斑点。那是大便没冲净的痕迹。她没法坐在这样的马桶上，手足无措地转了两圈，没有找到刷马桶的刷子，扯下一格卫生纸，抛上去，遮住那两个斑点。

十二

她无法接受不修片的真实图景。真相、真正的第五岳和她真正的情感，突兀地显现出来。水像被什么魔法瞬间吸走了，河床底子露出来，还有河底的污物与骸骨。

飞着的蝴蝶很美，你忍不住想去追它，然而一旦捏住蝴蝶翅膀，一切就毁了，你只能得到两根手指上糊涂一片的粉末和一只再也不美丽的虫子。

所有跟第五岳相关的美好时刻和遐想，犹如蝴蝶翅膀上的粉一样脱落了。

十三

他爬上床时，说，你记得一年前那次饭局上，我跟一个人翻了脸……

她说,我记得,那人说"我跟女朋友上床也带着肚子,你上床时带不带相机"。

他说,下次再有人问我这个问题,你替我答。

她说,我可答不了。人家问的是女朋友,我不是你女朋友。

一上床她就转向自己那半边,裹紧被子。第五岳在她身后靠近,在她后颈上吻了一下,又一下,软软的又一下,翻译过来,是有点可怜巴巴的探问,请求,甚或撒娇。

她铁石心肠地摇一下肩膀,说,早点睡吧,你明天不是还要坐长途飞机吗?

身后窸窣声离远了些,他没有纠缠下去。

夜里她醒过来,蒙眬中还以为身上盖了一层沉重的热毯子,清醒过来才发现那是第五岳。有一瞬间她感到恐惧,想一把推开他,逃到地上去,但她随即发现他并无那方面的意图,他趴在她身上,呜咽着小声说,栗子,栗子,我难过死了,我太孤单了。我该怎么办?我不知道我该怎么办……

她更想把他掀下去了,这次是因为恶心。他的脸靠在她胸口，像在跟她胸口的树洞说话，一边吸溜鼻子一边抽气。她记起在那个海滩上，她第一次吻他时的念头：到底什么时候、什么事情能让这张脸失衡失控？现在她终于有机会目睹了他的失控。恶心在加剧，但毫无反应是不行的，毫无反应违背她的良知，毕竟这一夜她仍是他的情人。她伸手胡噜他的头发，努力让动作显得温柔，转达抚慰的意思。他没洗头，头发油油得涩手。

她的手顺着他肩膀滑下去，滑过手臂，肋骨，腰……那些皮肉的密度、凹凸、手感都陌生得像拶指之刑。不，这里怎么可以多出一圈赘肉，这里本该有春草似的毛发怎么能光秃如盐碱地。手指尖读取的痛苦反射到神智中，具象成一个四面八方压迫过来的柔软斗室，她困住了。那不是亲爱的礼物，是软绵绵的迷途和悬崖，是一路跌倒滚落下去的石头阶梯，是一脚踩穿桥板漏下去踏到的淤泥。

一切都变得可怕，变成了有嘴巴和牙齿的东西。到这时，她唯一的愿望只是熬过这一夜，终结这一切。

他哭了很久。

后来她睡着了。

·纪念日·

清晨他先去卫生间洗漱，她起来换衣服，在写字台的镜子前梳头，平静地等待离散的时刻到来，就像火车将要到终点了，所有令人不悦的环境都变得可以容忍。

到床头找发圈时，她看见白枕头上有一根头发，不是她的，她的更长。是他的。她把那根头发拎高，吊在眼前，大概一只手掌长，那就是他们所能拥有的长度。

他回来，浑身只有一条内裤，露出膨起的小肚子，内裤橡筋圈上勒出汤锅把手似的两块肉。晨光里，她望着镜子里的自己，一下一下梳理长发，不敢看他。

他从摄影包里拿出相机，端到眼前说，栗子，不要动。

十四

她本想在回Y城的火车上就跟他说,好歹又忍耐了两天。最后那句话还是发了出去：

——第五岳，你该剃头发了。把跟我有关的头发剃了吧。

他的回复仍然没有文字，只有一张图，一张她在窗前梳理头发的照片。

他们没再见过面。

十五

老王回国,两人回老家过了春节,度完年假再回到 Y 城,休息两天,他还要回埃塞俄比亚去,外派期还有半年。

晚上临睡前老王关门如厕,她忽然闯进去。哗啦啦的声音里,老王背对她站在马桶前,不回头地叫起来,哎,陶梨栗同学你怎么回事?这是男厕所!

她转到侧面,叉腰看着老王尿尿的样子,就像从没见过一样。她狠狠地死盯那条弧线,那种气味和姿势,然而什么都不能令老王变得丑恶,因为她是把他当成最肉体凡胎的人来看待的,她早就全盘接受了他的所有,他如此稳定而庸常,无论如何都不会让她失望。

老王又说,你就不怕把我吓出毛病来?他尿完了,撕了一格纸,小心地擦擦那个玩意,按下冲水键,问她,突击检查,查出什么问题了吗?我下次可要锁门了。

下午五点,她再一次送老王下楼去机场,地上还有没扫干净的鞭炮纸屑。老王扶着行李箱站住了,仰头看天,说,嘿,你瞧晚霞多好看!

他们原地不动，并肩站着凝望晚霞。蓝天已黯淡下去，撕碎棉絮似的云和搓成长条的云，都染成了粉色、紫色、橙色、金红色、靛蓝色……那颜色像美人眼上的眼影，美人困乏了想睡，眼皮半开半合，那层层蓝紫金粉也跟着困乏了，光快要收尽了，马上要沉入黑甜的梦中。

老王举起手机拍了一张，又横过来拍了一张，她抱着他的胳膊，头靠在他手臂上。他低头看她，说，怎么哭了？……没事，只剩半年了，再坚持半年，咱们就大功告成。

她肩头抖动，带着哭腔说，王佩锵，我爱你，我只爱你，永远只爱你一个人，你知道吗？

正月十五，她独个儿在家，给朋友们逐个发祝福微信。唯一知道她秘密的女友打来电话闲聊。

我看到你朋友圈发的自拍了，你的皮肤好像比去年还好，好厉害啊你，怎么保养的？

嗐，哪有变好？美颜镜头，加滤镜，再修修图嘛。

对了，你跟你那个摄影师情人，还在一起吗？

还在一起。

唉，你太厉害了，活得真精彩，那叫什么，风起云涌，波涛起伏。跟你比，我简直是一潭死水啊。

春之盐

平躺着从门里出来的那个年轻女人,不是我。一群陌生人从走廊里朝她猛扑过去,两个老男人,两个老女人,一个年轻男人。他们趴在缓缓移动的轮床侧栏杆上,往里张望。

走廊里的灯光真亮啊,一切无所遁形,这样的光里,你们能看清她吗?我认不出她,虽然她留着跟我一样长到腰间的头发,没舍得刈除。她多狼狈,多丑!她的后脑勺在待产室的枕头上蹭了一整天,又在产床的斜坡上猛烈搓动了三个小时,头发一条条,成了手擀面。她身体中部的巨型膨肿消失了一多半,但面上的黄肿并未随之而去,好在此刻,没人注意她皱皮的嘴唇和眼角一粒眼屎。她侧躺着,弯得像张弓,弓弦位置搁着一只小得难以置信的包裹,顶上有张茶杯垫大小的紫红面孔,所有目光都聚在那儿。

只有她没有看,她困得睁不开眼。我知道她想洗澡,五十个小时里,好多手指和工具在体内体外出入,而且刚才她在产床上可耻地排泄了。现在她全心全意想象着热水滑下皮肤的快感,洁净将如圣光降临,驱邪一样,赶走污垢和窘迫。

她被推过走廊,进入另一扇门。一道白布帘子把房间隔成两半,那一边闪出两人,都衣着整齐。这是一幢日夜不分的楼,因为新人口迈入世界的时间多半凭兴趣,没有规律。

人们讨论怎么把她运到病床上,穿白衣服的人用下巴一点,指示那个年轻男人来抱她。他慌张地出列,双手抄到她身子下。被单滑掉一半,她的下体和肚皮露出来。我转过脸去。

她闭上眼,直到陌生人离去。几个人在她床边坐下,轮流抱那个包裹。

人们以为她睡着了。其实她在回想,困倦地回想她把塑料棒放在他面前的那个早晨……他在屋里吃早饭,她坐在马桶圈上等着。"砰"一声门响,跟他们合租的人去上班了,她才走出来。站在从盥洗室通往卧室的走道里,她留恋地看着他。房间里有刚烤的面包香气,他忘了拿勺子,用手指头挑出一撮沙拉酱,往面包片上抹,咬一口,翘起当餐具用的指头,换另一个手指去滑手机屏,专注地盯着看。

多可爱的年轻人,自己还像个孩子,下一刻就要跌入"父亲"这两字的网罗。她把塑料棒藏在身后,走过去,在他对面的椅子上坐下,静静等他读完廉价航空网站的最新消息。

等等,他们原本计划买廉价机票去哪来着?瑞士和意大利。这场旅行在心里孕育的时间甚至长过十月怀胎,每个细节都呼之欲出。她把那东西放在他面前,它是粉色和白色的,肚子上打开一个小窗,好像里面住着一伙小人儿,飞快做好测试,就用红笔把结果画到小窗上。

他眨眨眼睛。她半真半假地说:要留下它吗?我更想去看百花大教堂怎么办?

他低下头,翘着那根餐具手指,依次删掉旅行锦囊APP、德语意大利语翻译APP,不抬头地说,咱们可以等……等这事完了再去。

这时终于来了一个有点迟的相视一笑,他们笑得迷惑、惶恐,伸出双手握在一起。春日的晨光,从阳台上高悬的长裙衬衣之间射过来,像沙拉酱一样抹在手背上。从这一刻起他们都开始有了我未见识过的表情。

我在纸上列出接下来的月份与胎儿的月龄,安慰她:别怕,你还能度过一个轻盈正常的夏天,还可以继续穿露脐装、短裤和两截式泳衣。等它逐渐膨大,秋冬的厚外套就能接上力,让你看上去不会太扎眼、太像孕妇。

当别的孕育者筹划如何把四季果蔬编入胎儿食谱,她想到的是四季中的自己。我得说实话,她一开始对它的态度就很漠然。

很快她被迫走上那条隆隆向前的传送带，被自然规律加工成最稀松平常的孕妇。那个在她体内慢慢有了体面的肉团，有没有带来一些欢欣？我想是有的。

但他眉毛里的阴云日渐浓起来。有一夜她因为胃胀翻来覆去的时候，他在黑暗里说，咱们必须买房子了。这本是他们对生活保持乐观的最后底线——没有大宗借贷、不背高额债务的线。

第五个月，他终于向父母借了钱，借了很多，没办法不多。第六个月他们到公园散步，她一脚踏空，从台阶上摔下去。后来一觉醒来，房间里多了一位中年女士，那女人坐下来，温柔地说，以后她会陪她一起住，照顾她，替他们解决房子等等一切问题，一切。

拒绝是不好的，会教别人伤心，况且女士要住的是自己出一半钱的房子，要照顾的是自己未来的孙子或孙女。

她温驯地笑一笑，她对不能拒绝的东西一般就这么笑。那女士展开一件质料奇怪、比帆布软又比棉布硬的衣服，说，来，俪俪，穿上它。

她钻进去，眼前暗了又亮，走到镜子前看看，衣服像有自我意识似的，在她体外支棱出另一个形状，衣角绣有一只带着奇诡笑意的鸟。她想把衣服脱掉，那女士走过来温柔而权威地说，不行，不穿它你就不能用微波炉，不能靠近电视，不能用手机……

最后她只剩永恒温驯的笑，犹如婴儿降生第二天她出院时，再次被一层棉被似的外衣裹住，人们喜气洋洋地逼她一定要装备重甲，这时她不再试图脱掉。婴儿在别人手里，那人走得矫健，快出好几步，她被过于沉重的布枷锁负累，往前赶几步，拖几步。

我朝那人喊道，等一下，为什么不让她抱？她还没在日光下好好看过那婴儿！那人又转身安慰她，别急……这不就要回家了吗？

"家"在第七个月定址，他和他父母奔走多日，她没有参与。由于急用，房子买入时已经装置好了。他们接她去观看，她的腰身朝后微拗着，走进去，走了几步就停下来。墙壁地板上还留着生疏的气味，忽而一阵恶心击中她，她的身子像被人从后面猛推一下，浑身爆起一片粟粒。人们慌忙把她领到盥洗室，于是她对"家"道出的第一句话是：哇。她不想制造太夸张的噪音，像某种炫耀或者表功，但盥洗室里奇怪的气味更杂、更霸道，她只能脊背抽搐着，一直哇下去。

现在她终于能够独自面对盥洗室的镜面了。那套眉毛眼睛还在，只是折旧了七成，皮肤比白更白，一种不新鲜的、陈牛奶样的暗白。七个月前，世上所有镜子都是爱她的朋友。擦得晶亮的旋转门和商店橱窗，每当她走近，里头都有个清俊的影子，步履轻捷地过来迎她，跟她一起侧身，端详她们共同的线条。

后来那影子变得蹒跚，线条失控了，她不再往任何有镜面的方向看去。这种沮丧和厌恶无法说出口，她因为自己有这样无理取闹的、可笑的沮丧而更加沮丧。

现在镜中的她仍像是某场战争留下的废墟，她原来以为，拿掉婴儿就像放掉皮球里的气体，瞬间就能得回原版的自我。但皮肤自有物理，不按她脑中的想象发展，肚皮仍圆滚滚地撑起。她失望地转过头去，拧开热水龙头。门开了，她飞快弯腰护住自己的身子，门外关切的声音说，不行，你现在不可以洗澡，照常理……

他们喜欢说，"照常理"……

照常理，你一定会爱它爱得心肝酥软，所有人都是这样，那种法术潜伏在决定你性别的基因里，只要你看它一眼就会发作。照常理，所有母亲都欢天喜地，你为什么不能开心一点？

面对这种"谆谆娓娓"，她实在无话可说。几十万、几百万无形的人站在"常理"背后，雄辩非凡地否定她的坏心绪。"常理"是怎样一个妖怪？它是一条无所不能的舌头，像小孩子舔冰激凌一样，一下一下把所有异常和例外舔得圆融、模糊。

新生儿入主的头一个月像一百年。一百年的孤独。她与婴儿父亲分房间睡，因为人们认为他需要好睡眠，白天才能有精力工作。她跟别人躺在大卧室里，婴儿床放在一边。闹钟总像是刚歇过气，就又响起。婴儿以无声的霸权统治所有人，更用责任感和负罪感的长鞭来驱使她。

她每隔几个小时抱起他，让他咂吮。他像是她总也填不满的业绩表。他还没有牙齿，仅靠光秃的牙龈，把她的日夜嚼成了碎片。

我说，洗澡吧，不管他们了！洗完少活十年也先洗了再说！于是她终于洗了澡。她锁了盥洗室的门，有人在外面敲门，提醒她洗得太久了。热水前仆后继地流过皮肤，感觉没有想象中那么好，但也足够好了。她用十个指腹在肋骨、腋下、脖颈、大腿根又搓又拧，狠得像惩罚怀春少女的修道院女院长，直到浑身像用鞭子抽过、排布一组一组红痕。

以肚脐为中心隆起的丘陵上，多了很多断续的裂纹。那个才被撕开又缝合的通道口，仍然陌生地肿胀，因充血而温度稍高，触感如一朵肉花。她双手慢慢伸到背后，抓住两块肩胛骨，搂紧自己的身体，像拥抱一位并肩作战的战友。

又来了一个拽着行李箱的人,她认出是母亲。母亲为这套房间丰富了调门,感叹如果自己早点来,之前她就不会因为胀奶疼痛而哭。她加入了烹饪和洗涮的行列。一个厨房难容两个主妇,何况是三个。雇来帮忙的妇人时而发牢骚,因为两种指令往往相悖。

她们在如何吃、吃什么、尿布与纸尿裤的使用比例等一切事情上拌嘴,像故意别苗头的女中学生一样,兴致勃勃地争辩,努力说服对方,证明自己的正确。她躺在薄被底下,听人们焕发的声音,落着泪。

他总是回来得很晚,她只能得到他歉意的一吻和迅速入睡的背影。哺乳后,有时她走了眠,困得睡不着。母亲们扯着不同口音的鼻鼾。她悄悄起床,去他的房间,推门进去,拖着臃肿的身体上床,掀开被子,在他背后躺下,卧在他睡热的褥单上,让表皮吸收他散发出的温度。她比任何时候都需要这种男人的气息和温度,气息像是无形的丝线,吸在她身上,将她暂时拔离脚下的泥沼。

他几乎不醒,醒一点,也只是潦草地回身拍拍她,再转身睡去。台灯的光也弄不醒他,他为什么这么累?比她还累的样子。她不知道为什么,眼泪又要落下来。那面淡赭色的阔长脊背分明还是原样，只是从前的身体语言都哑然了。

她蘸着眼泪，画在他后背上，最微弱的一种谴责举动。以前他们坐冬天的公交车，车窗上尽是雾气，她在雾气上画他的简笔画脸谱，双眼皮、直鼻梁、薄嘴唇，再画一个心形装起来，自觉很罗曼蒂克地向他一笑。他小声说，你知道那些雾是什么？是车里这些人鼻子嘴巴里呼出的气，亦即你手上现在都是他们的唾液。她做欲呕状，举手要把手指往他衣服上揩……

这时她把泪星子抹到他起伏的脊椎骨上，心中说，你知道这些是什么？是埋怨你的话。埋怨的话，说了就是怨妇，嘴脸难看，所以不能说出来，只能哭出来。哭亦不能有声，有声又成了哭诉。

她就这样无人知晓地吞声，直到下一次威严的婴啼把她唤回去。

安静点吧，安静点！我在床前蹲下，想捂住那个播放噪音的洞。她朝我没办法地笑一笑，把婴儿抱起来，握着乳房，搭在他嘴边。他面无表情地接受了，像个没心肝的小暴君。

她继续呆滞地无声哭下去，似乎并不为什么地泪如雨下。眼泪往下掉，掉在他面颊上。他睁了睁眼，又冷漠地闭上，样子奇像他父亲。将来如果他能记得，他会记得人生里第一场雨是热的。她用手指把那热盐水引到他唇角，让他和着乳汁吞下去。就在这一刻，她决定给他取名"盐"。

胶质而透明的宁静包裹她，从四面八方困住她，她端坐在一整块宁静里，像果冻中央一粒蒟蒻丁。

真正的雨点在外面唰唰打下来，一整块宁静很快就浸湿了。

他们觉得一切都是常理。但她无法强迫自己感到正常。唉，没有什么可羞的！所有人都是这样过来……不，不是的。吃饭中间，胸口薄衣忽然湿润，人人注目这不正常；袒开衣襟哺乳时，人人都能推门而入也不正常；人们公然讨论、询问、担忧她的伤口等私密部分的健康也不正常。

她一直不能忘记羞耻，乳母这个新身份褫夺了言说羞耻的资格，两种情绪像抢着结账的人一样激烈地推来推去，抢着要用自己的名义钤定这桩事。

不，也不能倾诉，可别说出口！朋友们会不知所措，未婚未育的年轻人无法明白，为什么不能爽性按自己的想法来，为什么不树立自己的权威，为什么要忍东忍西，不肯撕出个痛快。已婚已育的人则宽容地一笑，觉得你还不够到达怨怼的级别，因为她们总是经历过、听说过更悲壮的。

· 如雪如山 ·

永远有更糟的,在极低的地方,还有无数在土炕和马粪纸上分娩、让裹小脚的姑婆们拘得一月不洗涮的母辈。甚至,玛利亚也是在马棚里生养了耶稣,经文上没有记录她洗濯过,或被移动到什么更体面的地方,所以她就是半露天地任由客店闲人和东方三博士围观,你们以为她享有助产士和隐私了吗?所以,闭嘴!

这样过下去,过到了春天的尾巴上,再不去赏花,花就不等了。

他跟她说,桃花正是香美的时候。过些天又说,又有一处的郁金香开了,牡丹与芍药也旺盛起来。她都摇头。她明白他在想法子,想帮她提振精神,找闲谈的话题。

把别人不能帮忙的痛苦扔在他们面前,是不对的。她抚摸他耳后的短发,替他找了个话题:什么时候去佛罗伦萨呢?这是早在"盐"成形之前,就有鼻子有眼的东西。他在她身边依偎下来,愉快地沿着这题目谈下去,从圣母百花大教堂到日内瓦湖……

她母亲偷偷进来,手背到腰后关上门,开口跟她告状。她提起双手,捂住脸哭了。母亲呆立半响,转身出去。

躺着流泪，泪珠会从眼角进入耳朵，像一种小时玩过的塑料玩具：贝壳大的塑料小壳子里，一颗小珠子卧在弯弯曲曲的通道中，要有技巧地左一下右一下晃动，让珠子左拐右撞，进入迷宫中心。她感觉着眼泪在耳廓曲线里左一下右一下地转，动慢了，又动快了，消耗掉所有温度之后，滑进耳孔。

这时眼角再派送出一颗珠子，等待耳朵去听。这是她给自己发明的游戏。

一，二，三，四……五，她要我负责给哭泣计数。后来我们画满了两个正字。一个早晨，他告诉她明天晚上有一对朋友夫妇来探望。她说，我不愿意见客，我太丑了，也没什么衣服可穿。

现在是一个有婴儿家庭的标准早晨，窗外天气晴朗，妇人们逗弄婴孩，炖煮利乳的食物和中药，生机勃勃地聊天斗嘴。一片喧哗中，他远远坐在房间另一头，耐心给自己的九孔马丁靴穿鞋带，不抬头地说，不，俪俪，你还跟以前一样美，穿宽松衣服就好。

哈！她朝我抛来个眼色。怎么可能跟以前一样美？前身后身贴上二十斤肉片，再用原来的皮囊裹起来，会跟以前一样？他每天让目光在她身上逡巡的时间，还不到以前的五分之一。

但她闭了嘴,因为婴儿张开了嘴,所有人都肃然聆听,她晃动着他征召的两只胀乳,走过去。

对话中止,等她整理好乳头、衣服和婴口之间的关系,再抬起头来,他已穿好鞋子,装束停当,立在屋子中央。盐一样的洁白衬衣,黑色紧身裤包住两条长腿,他还跟从前一样敏捷颀长,像不属于这个混乱房间与泥泞现状的一道亮晶晶的光。

之前的分歧断得太久,接不下去了,也许就是这些时刻,让人们认为孩子能稳固婚姻?她神思恍惚,朝他凄然一笑,既是羡慕,也是求救。他迈动两条长腿走过来,小声说,你就像《项链》里那个玛蒂尔德——没有好衣服好首饰,不愿意去舞会,不愿意见客。其实真正的美人(他凝视她,笑出了一个看美人的深情的笑),根本不用担心穿什么戴什么……怎么啦?还不高兴?那不如咱们也去借一条项链?你有没有什么阔朋友?……

他历来有幽默感,她笑了,不笑怪不好的,一年前遇到这种机会,她可要给他接上几回合,两人抢着说一堆俏皮的废话,不过她现在只剩下笑的精力。他弯腰面向蓬头散发的她和怀里的婴儿,背后是窗户外面的春日的蓝天。阳光从铁丝之间射过来,像乳汁似的涂在室内的物体和他的轮廓上。她几乎认不出他，不，是她自己面目全非到无法跟他相认了。

他又说，今天下午我请个假，带你出去看海棠花，好不好？说完他就笑一笑走了，没等她答就走了，路过厨房时，彬彬有礼地跟妇人们逐个道别。

婴儿饱腹后睡去，她到衣柜前选了两件宽松上衣和裙子，挨个换上，去给镜子看。镜子还是不肯原谅她。以前宽衣服在她清瘦肩胛上，一动一晃，大号衣服的精髓，在于不合体地飘动起来，像现在这样被肉撑满不会动，就不是藏拙，而是献丑。可惜，她也没有太多能穿得进的衣服了。

海棠花很好，雪白里透出血色，像皎洁孩儿面。看花的人又多又吵闹，个个喜气洋洋，仿佛看完花出门有钱领。真花不许攀折，到处有卖假花的，用来抚慰人们亲近自然之渴，妇人、老人、小儿耳边手上尽是花。人们忙于跟花合照，开得排场最大的一树，想照相需要排队。他拉着她排队，排到了赶快推她过去。快站好！她笑不出来，他叫道，笑一下嘛！为什么不笑？

她漠然看他一眼，转头走开。他追上来给她看手机照片，瞧你站在海棠下面多漂亮……她夺过手机，一扬手摔进花丛里。

宾客伉俪到来的晚上，手机已经修好了。他给每个家人看照片里的她，抱怨道，明明很好看！她非说自己丑死了。人们都很当真地肃然道：真的好看！

她又捡回了那种温驯的、没奈何的笑。比起这种过于明晃晃的假话，镜子的冷酷倒变得好接受了。

她穿着看花时穿的衣衫，一动不动坐在那儿，等待敲门声起，等待他拉着她到门口迎宾。男客她在前年尾牙宴上见过。那个新婚不久的小太太极热情，握手寒暄时笑得松弛、无心事。客人被引去看熟睡中的婴儿，像参观主人新买到的珍奇古董。

站在婴儿床前，凝视一段足够礼貌的时间后，宾客伉俪交换了几次无声惊叹的目光。女客细起嗓音说，天哪，他好小噢，跟一只玩具一样，那生出来也应该不太难吧？

大家都笑了，妇人们笑得默契而宽厚，是过来人对还没生养的稚气女孩的那种怜爱的笑。但她笑不动，虽然她知道不笑怪不好的。

饭桌上，人们继续谈论孕和育。妇人说，他们是"一下子"就中的，你们真该讨教一下经验，俪俪，快给人家讲讲！

她不出声。她很久没说话了，别人的声音犹如雨点打在蜡纸上，滑下去。那些话是什么意思？"意思"像珠子要走穿迷宫一样，在耳廓里转呀转，想转进耳孔里。转呀转，左摇右晃，转呀转。她为了配合甚至晃了几下脑袋。她的沉默让谈话出现一个不大要紧的缺口，人们脸上笑意还留着，挥手说，吃菜，吃肉。

她突然开口了。她用平静的语调说，不，如果你没想周全，就千万别生，千万不要！别在乎别人怎么劝，装聋作哑总能混过去。她们没事干，嫌丢脸，就让她们自己去生！万一你不得不妥协，记得跟你丈夫签一份他要承担的义务的合同，条文列细一点。你也不要允许、不要容忍任何人插手这个过程，她们插进来就不会放弃干预，她们相信自己有资格掌管一切。不要用顺从巩固她们的相信，否则你就会一败涂地，什么都丢掉……她滔滔不绝地朝人们越来越不好看的脸色演讲。我想伸手捂她的嘴，但我的手只顾上给自己堵眼泪，我跟她共享一副泪腺，我就是她。后来她笑了，一边笑一边拍着桌子，像给自己打拍子，她好久没笑了，这次，她笑得由衷极了。

雪山

刚到一个陌生城市，会觉得那里一切都不像真的，街上的人都假装去上班，卖水果的是卖着玩，楼房公园地铁站是供大家演戏的背景。生活的真实感，需要给它时间才能渗进来。巫童跟男朋友站在路边等出租车，她往远处看，天边的雪山也不真实。长天辽阔，雪山建筑在大块的云上，白山上的紫色阴影像累累刀痕，是个壮伟又有柔美细节的世界，阳光从云里透下来，白雪成了辉煌的金橙色。

他已经打了好几个电话，司机一再道歉。他盯着手机地图上追踪到的车子图标，说，这么几百米路，我跑步三分钟就到了，他开了五分钟。早知道在机场租辆车，这两天用。巫童说，今天只是彩排，明天才正式婚礼，迟到一会儿没事。

她说完话又望了他一阵，他今早穿的是为参加婚礼买的墨绿波点衬衣和苔色皮鞋。她喜欢从侧面看他，他不知道自己有好看的后背和臀部，脖颈微微往前伸的线条柔韧有力。在这些时候，她决心好好爱他，爱他后脑勺的形状，爱那一块小点心似的圆耳朵,以及他欠发达胸肌下那颗欠机敏的心。

这些时刻,就像心电图山峦线里突起的尖尖,报告爱情一息犹存。

她说,我想到一个游戏:数一数路过的人有多少会抬头看那座雪山。他说,为什么人家要抬头看雪山?

因为好看啊。

开着车,骑着车,走着路,不要看路吗?哪能总看山,那不撞了?

住在一个抬头能看见雪山的城市,多有意思,如果是我,我一有机会就看。

如果你真住这儿,就觉得没意思了。他像大人陪孩子讲孩子话一样,笑着抬头望一眼,竖起一个手指数道,一。

不,我跟你不算。

为什么不算?咱们是外地的,也是"路过的人"。

他们到的时候,准新郎新娘还没到,宴会厅里聚着一些人,他往前走,有人用余光看到他,回头大喊他的名字:马闯!很多人转身,欢呼道,小马,你总算来了。他连后脑勺上都出现愉悦的表情,好像笑容的墨汁太浓,力透纸背。她在他身后一步远的地方停住,让他独享这亮相的一刻。他迎上去与人拥抱,叫出一些暗语似的外号。人们乱纷纷地说:

从毕业到现在，八年没见啦。不对，哪有八年，七年七年。你坐高铁还是坐飞机来的？飞机？是了，你住得远。真不容易，要不是老刘结婚，咱们班还聚不了这么齐。

每个人背后都站一个带笑的女人。他转身招手让她过去，给她叫出一个个名字，仿佛这些人对她很重要似的。每个叫到名字的人，又再介绍自己的携伴。她不停握手，上身往前俯一点，停一秒钟再直起来。有人跟她说话时，他含笑侧过脸看。她知道他正借用那些人的眼光审视她，揣摩旁人的评价，感到满意。

扰攘未完，要结婚的两人和双方父母也到了。女人瘦高，浑身绷着劲，脸上放出大事将近的、振作的光彩和享受瞩目的淡淡得意，男人敦实，有一组反复看、刻意记也记不住的五官，一笑露出门牙中间的缝。又握了一轮手，所有人都胡乱笑着，像发名片似的朝各个方向散发笑意，每张脸上都回荡着别人笑的回声。司仪走上最前方的舞台，拍着手说，二位新人请过来，咱们抓点紧，今天要练的东西太多，穿着婚纱怎么走，怎么转身，新郎怎么掀头纱，快！

两条胳膊左右搂住他肩膀，把他揽到人群中，他们走到舞台最前方的座位坐下，充任观众，女人们夹在其中，以清脆的笑作点缀，像牛排盘子边上的西蓝花、胡萝卜片。

· 雪 山 ·

巫童往后退,走到最远的一张圆桌边,坐下来,双肘支桌,假装感兴趣地张望一阵,嘴角用力,像两枚图钉似的,把笑固定在嘴上。她这样坚持摆了会儿姿势。音效师试播音乐,厅里响起瓦格纳的《婚礼合唱》,女助手给那两人讲解路线。宴会厅没窗户,看不到雪山。巫童从包里掏出电子书,把大腿上的桌布推一推,打开书。她临行时选的这本书叫《进入空气稀薄地带》,讲了一九九六年珠穆朗玛峰上一场九人遇难的山难,"空气稀薄地带"即指珠峰。

有人走过来,巫童拉起桌布,盖住腿上的书,抬头微笑。那女人也朝她笑,坐在她身边。看她笑容里的欣慰和坐下的姿势,会认为她是亲手栽下婚事的树苗的人,现在可以在果树下坐着歇歇了。她说,真不容易,哦?我是老刘他们班长。当时他们宿舍四个人,老刘跟马闯关系最好,我们开玩笑说:老刘要对人家马闯负责!现在总算他俩都有了终身负责人……巫童继续微笑,她发现笑已经严重通胀,无法表意了。

彩排结束后,人们一起吃了"待客宴",由新人的父母做东。下楼时马闯说,得去买双袜子。巫童说,你不是带袜子了吗?他显出心烦意乱的神情。早晨跟你说了呀,我只带了一双蓝袜子,一双红波点袜子,没带黑袜子。

一定要黑袜子?

搭配一身黑西服，一坐下，裤腿底下露出波点袜子？像话吗？

有什么像话不像话的？像谁的话？你要问我的话，我觉得没什么。我喜欢你的波点袜子。

嘿，我早晨跟你说"晚上陪我买双袜子好不好"，你还答应了，说"好"。

我是不是在卫生间？……想起来了，当时正刷牙，电动牙刷嗡嗡的，没听清。

没听清就随便答应？那我说"我把你卖了好不好"，你也说好？

把我卖了？我这个岁数，领养家庭可不太好找，人贩子买了就折手里。

算了，我自己去买。你回去看书吧。

我陪你去，我陪你去。

没事，你回去看书吧。黑袜子又不用挑。

我陪你去。我记得酒店对面有个挺大的商场，就去那儿买，行不行？

行。

他们在住的酒店门口下了出租车，过马路。这个商场，跟别的城市无数商场一样，是个镶玻璃的大水泥盒子，二

· 雪 山 ·

层外墙悬挂几张著名的好看面孔。商场的门，是有三个出入口的玻璃门，在门口已经知道门里一切毫无新意。虽然无新意，在厌烦之中也有点安心，因为千篇一律是一种承诺，承诺你能找到所有熟悉的东西。她站在商场口，夜间城市的灯光太亮，天显得暗淡，藏青色的天里，雪山只剩极远一个影子，像漂在咖啡上最后融化的一角奶沫。可惜雪山上不卖袜子。

所有商场一楼都卖金银珠宝，生怕抢劫犯走错楼层，另一半地盘属于护肤品和化妆品，怕舍得花钱的女人走错楼层。地板一尘不染，顶灯在瓷砖上映出一颗一颗光点，四处弥漫安逸富足感。他们在金色灯光里慢慢往里走。扁扁的玻璃柜台里，有金项链、金戒指、带钻的，都放在大红毡子的小斜坡上，黄黄的一挂，一圈，也并不耀眼生花，只是黄得十分浓重，除了黄金自己，别的东西极少这么黄。

马闯说，我们那里，结婚送"三金"或"五金"，你要三还是五？巫童说，都不要，我不觉得黄金好看。马闯说，黄金不需要好看，就像国王不需要长得美。

卖首饰的一律是年轻女孩，都化了没头没脑的妆，面皮铅白，眉眼口鼻像一些小而轻的物件漂在牛奶上，穿着煤灰色套装，两手垂在小肚子处互握，呆呆地侍立，好像是那些珠宝的丫鬟。一对客人坐在柜台外边，探着头看，像看鱼缸里的鱼。女客指了一样东西，售货女孩掏出一枚指节长的小钥匙，从里面打开玻璃门。红毡子黄链子之间，突然冒出一只大肉手，项链纷纷显出被打扰的惊慌。

依从马闯的喜好，他们每周末都到商场里散步，像上公园似的。他喜欢浸在人群中，看人，看店铺里各种玩意儿，商场里油脂色的光就是他的鸡汤。巫童也理解，每个人精神上都有一部分是充气的，像自行车胎、游泳圈，用一阵就需要往里打气。不同的人，要充进去的气体不一样。马闯需要人世里蓬勃的热气，巫童需要空房间里平静的冷气，没有高下之分。他们轮流陪伴，耐心地尽伴侣的职责。

马闯说，刚才光喝酒了，没吃什么东西，胃不舒服。巫童说，那就去顶层吃碗面，再下来买袜子。

他点头。不用看楼层信息灯箱，他们都知道几层卖什么东西。这是所有商场通例：第二层卖年轻女服，永远最热闹，赚钱、揽人气，全靠这一层。店铺里里外外洁净透亮，像勤于擦拭的香水瓶、酒杯。门楣上印英文，橱窗里的模特挺胸扬臂，脚尖努力地踮在一对鞋里。墙上挂的衣服跟放烟花似的，虾粉，牛油果绿，蜜瓜黄，蘑菇灰，果酱红，经看不经摸，少不更事的薄棉布，洗几水就起球的涤纶，轻浮的雪纺，绷带一样的锦纶，质料差倒像一种体贴，预先给人备好始乱终弃的理由。店都很大，往里一望，深不见底。巫童试和买的时候不多，只是尽义务似的，跟马闯从一边走进去，导购女孩跟在后面嘟嘟囔囔：有喜欢的吗可以试穿，有喜欢的您可以试一下嘛。他们走到底，拐弯，再走出去，背后的声音停了。

再上一层是年轻男服和运动衣，人永远不多，有种操场式的简洁空旷。运动服店的墙上大幅广告摄影，冠军们露出好看的皮肉、肌腱，浑身是膨起的肌块投下的阴影，还有些男女演员，一看就不懂运动，是在"演"运动，也混迹其中，紧绷俏脸。马闯第一次送巫童的东西，就是一双运动鞋。

他们相识于一次城市马拉松。巫童跑了大概半小时路程，到达一处僻静的路段，前面一人慢下脚步，停住，弯下腰，她路过那个佝着的后背，本来都跑出去好几米了，又回来，原地颠着步子，嘿，你没事吧？

只见那人抬起一张发青的苦脸。她凑近一步，他却摇手示意不要靠前，巫童问，怎么了？那人鼓了鼓嘴，一张口，哇地吐出来，噼里啪啦如倒水，巫童的白鞋成了泼溅花色。

马拉松是不跑了,路过果蔬店,巫童进去买了串香蕉。他们找了家咖啡馆坐下,半根香蕉配热咖啡服下,那人脸上恢复人色。巫童说,你没怎么练过吧?这样太危险了,真的,跑步很容易死人的,每年马拉松都会有人猝死,平均五万参赛者里就有一人死亡。

那人说,我是跟人打了赌……其实我练了一个多月,水平没这么差,坏在今早不该喝豆浆。

他们交换名字。他说,你的名字真有意思,女巫的巫,这姓少见。巫童说,你的名字才有意思,马进了一扇门,什么门?

马闯说,窄门。

是这句答话,让巫童愿意跟他交换微信。第二次见面,马闯带来一双新跑鞋,胭脂粉和灰紫拼色,鞋帮上缝着珊瑚色对钩,不像鞋,像花色礼品纸包裹的一个东西。巫童端着鞋,手势好像端一个古董盘子。她假装欣赏一阵,说了赞美,又说了感谢。她不爱花哨的东西,但她喜欢这上面看得出的心思。

他说,号是我估的,你试试,不合适我去换。

巫童伸手到鞋膛里,把填空的报纸团拿出来,那报纸异常沉重,还硬硬的。打开,里面是个水晶球,球里封着一朵玫瑰花。他莞尔一笑,水晶球,送给女巫。

第四层总是卖中老年服饰,再往上,五层六层都是吃饭看电影的地方。中老年这一层,不知怎么回事,总有点萧条。大多数模特就一个腔子,没头没胳膊,底下一根稻草人似的铁杆。好不容易有几个带四肢的,摆的姿势又僵得像广告里表演骨质疏松的老人。衣裤颜色一律沉甸甸,浓得透不过气,紫是大牡丹花的紫,是高锰酸钾溶液的紫,粉是加深再加深的桃花粉,是那种老式被罩窗帘的笨粉。还有黑底子上塞了满当当的红花图案,像一身黑米红枣粥。衣服设计也敷衍得很,几乎等于没设计,衣裤一律没腰没臀,没男没女,上衣胯骨处缝两个四方大口袋,怕人不注意,还在口袋标上菱形绣花。又为显得隆重,显得有身份,镶了假毛领子,假碎钻拼出大花大朵大凤凰,缝在肩上、手肘上、胸口和腰间。

巫童每次走过商场里的这一层,都觉得难受。为什么把中老年人隔绝在美感之外?他们不能穿点好看的衣服吗?

她惦记困在珠峰上的人,书里的故事读到一半放下,就像人物暂停了原地不动,雪花和狂风都悬在半空,等着她。她很想赶快下去,买完袜子就回,可电梯在很远的地方。很多商场故意把上行电梯和下行电梯放得远远的,逼人把这层走一遍。走到一半,听一个人说:巫童?……您是巫童吗?

声音不大,好像不是喊人,是跟身边朋友说话,但人总是对自己名字特别敏感。两人都转过身,几步开外站着一个中年妇人,四五十岁模样,穿着水泥灰色的西服上衣,同色西服裤子,里面是白衬衣,小小一个脸盘严严实实化着妆,烫过的头发云似的簇着,眉毛涂成灰咖色,上下睫毛都涂了睫毛膏,眼睛很大,抹了橙红唇膏的嘴因为醒目,也显大,一个瘦脸就像是小碟子装了过多的果子。她是那种窄肩小胯的南方女人身条,那种身材年轻时玲珑悦目,穿衣服也容易穿出俏来,一旦老了,脂肪枯竭,就显得干瘪可怜——脂肪并不永远是敌人,胖女人会在长跑的后半截报复回来。那妇人的身子往前探一点,嘴巴张开一条小缝,端详巫童的脸。

马闯看看巫童,她叫道:嬢嬢!……脸上展开惊讶和热情的笑,像个帘子刷地拉过来了。

他知道那是假象。绝大部分人只看到笑,他看得出帘子后边的惊慌。那惊慌就像……就像一个曾经溺水的人被拉去看海,不知情的人还问她,海美不美?这倒不能说明爱得深,作为伴侣,学会看懂对方表情,就像水手学会看云识天气一样,是种让自己过得更舒服的能力。

那妇人喜道:哎呀,真是你!哎呀,小巫童,多少年不见。女大十八变,变得这么漂亮,变成大姑娘了,差点认不出你了。

这话都十分陈滥，长辈见小辈的套话，听不出她跟巫童具体什么关系，他感到巫童使劲捏他的手，不是暗示，只是一种无意识的借力。

其实巫童都不知道手在使劲，她好像劈面撞上一个冷气森森的黑洞。这妇人从黑洞里一步踏出来，念出一道咒语。咒语唤醒了另一个巫童——好多个巫童从大到小，按年纪排列，套娃似的一个摞一个，藏在她体内。一刹那，时间变得不是时间，她也想起自己不是自己，是一个逃犯。

巫童说，天哪，太巧了，太想不到了，在这儿会遇上您。她偏过身子介绍说，马闯，这是我老家人，初中同学的妈妈，我打小喊她丽丽嬢嬢。嬢嬢，这是我男朋友，马闯。马闯说，阿姨您好。

妇人的表情比跟巫童相认更喜悦，低声叫道，哎呀，你好你好！小马哪里人？

马闯说了籍贯。妇人说，我就知道肯定是北方人，瞧瞧这个子又高，模样又伸抖，大鼻子大眼的。我们那小地方可没这种人才，是不是，小巫童？

这话巫童没法点头，贬家乡贬马闯都不是，她低头一笑，混过答话。

那，你俩是在这工作、出差，还是来玩？

巫童转头看着马闯，意为我是陪你来的，归你解释。他说，阿姨，都不是，我大学室友明天结婚，我们坐飞机过来喝喜酒，顺便预习一下，明年我们也打算办事情。

她倒没料到他说这么多，多得溢出来了，"办事情"这个事他们还没讲定——亲热最甜的时候讲的那不算数，它们跟呻吟、呢喃一样无意义，仅供助兴。

妇人以真诚的荣幸腔调，重复着说，真好！真好……那，你俩参加完婚礼，还在这里玩两天？

巫童说，不玩了，孃孃，我们俩工作都忙，这里也没啥好玩的。

妇人笑道，也对，这地方小得就跟个洗脸盆大，建筑都是假古董，那什么塔，说是宋代名塔，其实连块新中国成立前的砖头都没有。除了那个雪山，真没啥玩头。你们吃晚饭了吗？小巫童，我请你们去楼上吃饭吧。

巫童犹豫着，又看一眼马闯，他的表情居然蛮有兴致，这一迟延，妇人手挽到巫童胳膊上，一屈臂锁紧了，拖着往电梯口走。来来来！咱们十几年没见，跟孃孃整饭去。

巫童身子往后倒，两脚在地上刹车，笑着说，不吃啦，我们吃过饭来的。

那就陪我吃！我还记得你那时去我家，就爱吃我擀的面条，桐桐也爱吃。我在厨房擀、切、煮，你俩围着桌子埋头吃，两个娃娃一顿吃大半锅，一个面剂子的面，稀里呼噜就报销了。

马闯落后半步，跟在后头，只见那句话之后，巫童的上半身收回去，恢复直立，分明是那句话里有什么东西打动了她。她说，好吧，孃孃，咱吃碗面。我们倒也是，本来就想吃碗面的。

他们搭电梯上一层，再上一层，到了顶层，卖食物的店面一半是全国连锁，水饺、火锅、西洋快餐和自助餐，连服务员的制服配色都眼熟。路过的人，有的不看他们，有的淡淡扫一眼，巫童从别人视角一想，他们三人宛然一家三口，婆婆、媳妇和儿子，或者母亲、女儿跟女婿。她臂弯里夹着的那条胳膊，瘦得发硬，皮肉松懈，离了骨随意乱跑，衰老就是这么凄惨，隔件衣服都遮掩不住。

妇人带他们进了一家面馆，选了个靠里的四人桌。桌子是漆成酱红色的大方木桌，椅子也是同色，铺着蓝底蜡染花布椅垫。她先坐了其中一边的椅子。马闯站在椅子口等待，巫童从桌椅之间蹭进去，坐在里边，马闯在她身边坐下。

这时是八点钟，饭点已过，室内很安静。女服务员送来热水壶和菜单，站在桌边等点单的时候，她疲乏地把胯支出老远。为配合店里的复古氛围，她穿着白底蓝花对襟褂子，墨蓝的洒脚裤，两条麻花辫，辫根严谨地用红头绳捆着，让人想起"扯回了二尺红头绳，给我喜儿扎起来"的喜儿。妇人点了个面，菜单递给马闯，马闯跟服务员说，我也要同样一份。然后把菜单直接放到巫童面前。

这句话其实是从巫童那儿来的。很久之前，她跟马闯闲谈时说：男士跟女士吃饭，挑菜单挑太久，拖拖拉拉，就没意思，最好是先请女士点餐，然后直接说，我也来份同样的。那才爽脆。

不过平时他们两人出去吃饭，还是会各点不同的，交换着吃。这次在外人面前，马闯猛地想起那话，立即施行，既"爽脆"一次，又显出女友的话字字记得清，他暗自得意，晒着巫童，看她有没有注意到那句话。

令他失望的是巫童仿佛没听见，只顾看菜单，前几页整幅的彩图，是几个大菜，角落价格处贴了一小块橡皮膏，好像那儿有个伤口似的，涨了价，店家又不舍得印新菜单，新价格用圆珠笔写在橡皮膏上。

巫童心不在焉地抠了几下橡皮膏，马闯小声说，嗨，你抠它干什么？再给人家抠掉了。她就停手了，把菜单一合，说，我其实不饿，从你碗里搛两箸吃就行。

服务员收了菜单，唱道，两碗面！驼着背，脚上带襻的灯芯绒黑布鞋无声擦着地面，慢悠悠走开。巫童一个个拆开薄膜包裹的一次性餐具，马闯拿起剥掉的薄膜，团一团，丢到桌下纸篓里，他把三个圆筒形的白瓷杯排开，斟上热水，妇人伸手拿了一杯。巫童又掏出自己包里的消毒湿巾，把木头桌面揩一遍，她抹到哪里，马闯就把哪里的盘子碗拿起来。妇人的目光跟着她的手看，笑道，你们俩一看就感情特好，瞧做事情这个默契！

马闯笑了一下。店堂里放着琵琶曲子，声音伶伶仃仃的，一个面馆，弄这么雅致，非常有上进心的样子，但曲子不是古调，不是《塞上曲》《阳春白雪》什么的，而是一些当代流行歌曲，用琵琶弹出来，非驴非马，本来有几分姿色的调调也怪里怪气的。

他们索索地喝了几口水，是该说点什么的时候了。巫童抬头对着三人中间的空气软绵绵地笑了好几次，眼光飘来飘去，却不说第一句话。马闯心里对她有点局外人的同情，他知道跟这种"老家人"叙旧的难处，小时确实很熟，但这么多年过去，什么都变了，深深浅浅的，到底说什么，怎么说，都不好拿捏,需要摸索。

他还觉得那种笑陌生又眼熟,过一会儿他想起来,是她跟那些筹备婚礼的人借来的,倒也是见贤思齐。

妇人放下杯,杯底磕到桌面,笃的一声,犹如五线谱开头的高音谱号,要引出一篇唱词来,只听她自言自语似的喟道,哎呀,时间真快!小巫童都快当人家媳妇了,太快了。

巫童说,也没那么快,说是明年,谁知道。

妇人沿着自己的话往下讲:我印象里呀,一直还是你那时的模样。我去开家长会,你跟桐桐站在教室门口,给家长们发油印材料。你细眉细眼的,瘦得像根毛衣针,校服在身上晃,就跟毛衣针挑着块布料似的,脖颈底下两个盐罐窝窝能当肥皂盒。最后这句带出了方言口音,她笑,露出一口细小、略见稀疏的牙。

巫童给马闯解释道,盐罐窝窝是我们那里的话,锁骨坑的意思,这里。她伸手在锁骨上捏了一把。嬢嬢,你是没见我高中那阵,胖到一百二十多斤呢。

妇人鼻子里喷出一丝遗憾的气声,苦笑道,我哪能见过?你们搬走了嘛。

巫童说,是。我爸调动工作,我们就搬了。后来我们过年回老家,想去看你,但艳芳嬢嬢说你家也搬了,连那个老房子都卖了，多可惜。

妇人一下下慢慢点头，犹如往事坠在脖子上，不堪重负。不光房子，老家具老物件，扔的扔，卖的卖，送的送，养了十几年的君子兰都不要了。就只扛着两张嘴，惊风扯火地上了火车。我当时想啊，搬去一个新城市，就能重新起头，日子就能过下去了。

她嘴边一个恍惚的笑，拿起壶给三个杯子添水，添完了，壶嘴处余下的水，落了两滴在桌面上。她不说话，拿手指来回划拉，像那种给硬币蒙一张纸，歪着铅笔涂涂涂，让它透出图案的动作。水滴摊成了一大片。马闯盯着那根带红指甲的指头，觉得那动作怪幼稚的，少女做出来也许可爱，一个五十多的徐娘做出来，有点不合身份。

巫童说，那您跟吴伯伯，后来还挺好的？

妇人的手指头急躁起来，最后把手往大腿上一捶，抬头惨笑道，好个鬼，是我痴心妄想，哪能那么撇脱！地方是新的，人还是旧的。好多事不是旧家具，说声不想要了，扔到大街上就完。我们咬牙挺了三年，真挺不住。老吴出来一年就后悔了，天天埋怨我，说就不该听你的、不该搬。他不想看见我，连吃饭都躲着，总说要加班，你把饭留桌子上，我回去自己吃……根本不是加班，他去公园里溜达，坐在湖边听人家拉琴唱戏,看人家跳舞,坐到八九点再回。后来他说,离了吧,捆在一起是一条死路,分开了还可能是两条生路。我说,咱们说出来不想了,扔下,你是要连我也一起扔?

她停下来,停一会儿,说,我也就依他,离了。

巫童面色有些惨淡,低声说,我明白,孃孃。其实我也没扔下。

听那意思,仿佛她也要诉起衷情来,作为酬答。妇人却不接茬儿了,眼睛调到马闯脸上,笑一笑,像点标点似的喝一口水,以刷新了的平静情绪说:这半天光讲我那些陈年破事情,小马肯定听烦了。小马,跟小巫童回去没有啊?

马闯朝巫童看了一眼,见她也低头拿水杯喝水,头发从耳后掉下来,挡住了侧脸。他说,回过,去年国庆节假期,跟她回去,住了一星期。

喜欢我们那里吗?东西吃得惯?

喜欢,真的喜欢,气候比北方湿润,舒服,饭菜也好吃。阿姨,你们那里的青菜种类真多,我都认不过来。我每天早上陪着巫童妈妈上菜场,就跟逛植物园似的。

妇人笑了,巫童也笑。方才那段惨淡似乎就像菜单上一页,轻轻揭过去了。巫童说,他在我家可受欢迎了,连狗见了他都猛摇尾巴。每天早饭桌上,我爸妈就开始问,小马中午想吃啥？晚上想吃啥？吃不吃夜宵？

妇人说，哎，我好多年没回去，都不知道咱们那里变成啥样了。你爸妈都蛮好的？老人还硬朗？

我爷爷奶奶都没了，前后差半年。我姥姥姥爷跟我家住，我爸妈伺候。我妈早就办了病退，去年迷上摄影，现在时不时跟她们摄影群的群友约着出去，拍花，拍猫狗，拍日出，过得还挺有滋味。我爸还没退。

你爸还没退？哦，想起来了，你爸是幺儿子，属蛇的，比我小四岁。

嬢嬢你也挺好？你还那么漂亮，时髦，不减当年。这唇膏是最兴的胡萝卜色吧？我这个年轻人都不如你，你看，我连逛商场都没化妆。

那妇人嗐了一声，脸往侧面一躲，有点羞涩，有点得意，还有点凄凉，扬起巴掌握住脸颊，半像自怜的美人捧腮，半像掌掴。什么兴不兴的，我就是瞎涂瞎化。都这岁数了，不图漂亮，只图遮丑。没办法，干了这个工作，开会培训每次都强调，必须化妆，不化妆扣工资。

是什么工作啊？

我刚才没说？瞧我颠三倒四的，老了，老了！……我就在这个商场干，楼下男装部，导购员。小巫童你说好笑不？领导非让我们化妆，可能是想多揽点男客人，可哪有男的一人逛商场的？人家男客人都是挎着女客人来的，让我们作什么妖？

三个人都笑。马闯说，阿姨，您那店里卖不卖袜子？男袜。

卖呀！当然卖，袜子、领带、内衣裤，拿我们店长的话讲，客人光身子进来，让他能穿成个新郎官出去。你们要买袜子？

马闯说，对，黑袜子，给我的，明天婚礼上穿。

妇人愉悦起来。快来快来，吃完面就上我那儿去，嬢嬢给你打折。

马闯借口去卫生间，去店堂另一边的收款台结了账。回来见两碗面已经来了，他坐下，那妇人才扶起筷子吃。他们像齐心合力完成任务一样，专注进食。马闯偶尔抬头看一眼，发现那妇人吃面的方式，是夹起一筷子，手腕一绕，把更多面条绕到筷头上，一侧头，咬下去。

他想起巫童好像也是这么吃面，他们刚在一起不多久那阵，她嫌他吃面吸吸溜溜的出声音，不雅。他辩称：我在外人面前绝对吃得秀气，在亲密的人面前才豪放一些，再说，吃面不出声，那也太难了。巫童说，你不要往里吸，咬断，咬断它。

他把面碗推到巫童面前,说,我吃好了,你吃两口。

黑筷子像条船篙插在水里,倚在船边,巫童扶起筷子,眼皮向那妇人抬了一下,又把筷子撂到桌上,说,我也没什么胃口。

妇人从桌上纸巾盒里抽了纸,抹抹嘴,她的唇膏大半吃进去了,只剩嘴唇边缘一圈红线,以及唇纹里沁着的颜色,她起身说,我去趟卫生间,回来咱们就走。

桌边只剩马闯跟巫童,他觉得他们像并肩坐着的两个考生,一门考试刚结束,卷子收走了,迎来短暂的休息。他松一口气,对巫童笑道,你说也真是巧,异乡异地的,大晚上出来买双袜子,居然能遇到你老家的人。

是啊,写小说都写不出这么巧的事。

说了半天,你那个初中同学是男是女?

男生。

马闯半开玩笑地说,我懂了!怪不得你这孃孃看我眼神有点怪,她早就相中你,想让你做她儿媳是不是?结果今天一看,完蛋,被一个帅哥抢了先。

巫童木木地一笑,有些惨然。平常她一定会针对帅哥两字嘲笑一番,但今天她奇怪地沉默着。

马闯又说,你这个同学在哪工作?

巫童用一种迷茫轻柔的声音说，他去世了。

啊？什么时候？

很多年前了……初三上学期，在学校里突发心脏病，还没送到医院，人就没了。

马闯张嘴说不出话，他这才明白适才谈话中，那两人偶尔显出的怪情绪是怎么来的，有一种被告知考题答案的恍然。

他忍不住握住她放在大腿上的手，拇指捻着她手心，表示一种安慰。她整只手冰冷，手掌心湿热，像一片微型泥沼。他再不敏锐也知觉得到，她的伤怀并未被时间冲淡。她仿佛真是女巫，猛揭开一角衣襟，让他看自己身上一个联通阴阳的秘密创洞。这时再听那琵琶，滴溜溜的，催得人心惊肉跳，竟然听得出悼亡的味儿了。

远远地那妇人走回来，边走边甩手上水，嘴上重新填了唇膏，大声说，怎么小马还抢了我的呢？说好我请这一顿的。

巫童把手抽了出去，快得跟痉挛似的。马闯吸一口气，感觉是监考老师带着新卷子走回来，他起身笑道，阿姨，男士给女士付账是规矩，不然回去巫童可得批我了。

三人搭电梯下楼，男装楼层的客人跟平常一样少，每个"凵"字形店面口都站着女导购员，挡在一片衣冠楚楚的高大

· 雪　山 ·

男模特身前。妇人跟她们都相熟,一路走过,像领导视察似的,朝这边笑着扬扬手,跟那边说一句今天真清净。走过一家外国男装牌子的店,她停下,咦,小毛,你咋上黄姐这来了?

叫小毛的是位个头矮小的姑娘,年纪很轻,胸前和裤子后屁股那一块都空荡荡的,身量像个没长足的中学生,脸盘圆如满月,皮色苍黄。小毛走过来,看了看后面的巫童和马闯,要说不说的样子,眼神像一条亮幽幽的卷尺,刷地伸出去量量,刷地又缩回去了。妇人说,他们是要买衣服的客人,没事,你怎么了?小毛的神色并不觉得"没事",但实在憋不住要倾吐,皱眉道,丽丽姐,那个死胖子又来了。

妇人说,哪个人?……哦!

小毛说,上次你去把他支应走了,这次我一看,他又来了!又在我们店里晃。我怕得心都要从鼻孔眼里跳出来了。想再喊你过来,往对面一看,你不在。我问马姐,丽丽姐呢?马姐说,吃饭去了,去半天了还没回。哎呀,我一下急得,一脊梁白毛汗……

妇人说,瓜女子,你咋个不让马姐替你应付?

小毛说,一来,我跟马姐不熟嚷。二来,马姐刚干两个月,没个心理准备,把人家吓个好歹的,那我不造孽?菩萨保佑,正好黄姐上厕所路过。黄姐是知道这事的,咱俩跟她唠过一嘴,我就赶紧拽住她,贴着耳朵求她。黄姐蛮仗义,说,行的,你去看我的店面,我对付那王八犊子。

妇人在小毛肩膀上按一按,说,我现在就回去,看那人走了没。

巫童和马闯在后面听着她的话,听懂一小半,大概是有个恶客,胖,男性,小毛很怕他,一看他来就要躲,央这个央那个替她接待。至于一个瘦小姑娘为什么怕一个胖男人,似乎也不言而喻。

妇人离开那个外国男服店,主动给巫童解释:小毛是我对面那家泳装店的。一个杂牌子店,店面蛮小。上个月来了个四五十岁的男客人,一个胖子,说要买泳裤,让小毛给推荐。小毛就认认真真介绍产品嘛,这条弹性大,那条配色是今年流行的,时髦。讲着讲着,那男的突然拉起她手,往自己身上一搁,说,你测测腰围就能推荐得更准了。把人小毛给吓得!赶紧抽回手,但也不敢说什么,人家是客人嘛。后来那男的挑了一条,进试衣间试去了,进去一会儿,喊"妹坨过来",小毛过去一看,哎哟个老天爷,他整个人精赤大条,就穿条泳裤站在试衣间门口!拿手一下下揪裤腰,弹在肉上啪啪直响,说,这松紧行不行,妹坨你看呢?……

她疾首蹙额地摇头,冷笑。巫童说,还有这种人!马闯说，这应该报警的，这是性骚扰。

妇人说，嗐，真闹大了，我们导购也没啥好处。那回，小毛好歹把那男的应付走了，下班她跟我坐一趟公交，在公交站边说边哭，哭得眼珠都要脱出来。我说，莫怕！他要再来，你就来找我，我去换你。过半个月，那人果真又来了，又要买泳裤。小毛趁他进试衣间，赶紧跑到我那里去，我过来替她。那人在试衣间里说，妹坨，再给我拿条大码的。我拿了一条大码的，站到门口说，先生，给你。他一听声音不对，从里面一开门出来了，咦，那个妹坨呢？我说，她上厕所了，您有什么要问，问我也一样。他笑眯眯地说，大姐也挺好，大姐比小姑娘有经验，那您给我参谋参谋嚜。他嘴里说着，手就伸进去挠他裤裆里那一嘟噜。我才不怕，我这岁数了，啥没见过。我就盯着他那地方，也笑眯眯跟他说，大哥，我看你就买这条！这一款游泳裤它为了贴身、显身材，裆处留的空间小，刚好你这个家什，尺寸也比一般人小，正合适！

巫童和马闯都笑了，马闯竖起一个拇指，说，阿姨您真棒。妇人面有得色，这叫以毒攻毒。她又说，嗐，讲了半天这些乱七八糟的，你们年轻人不爱听吧？

马闯说，爱听，阿姨，您这是见义勇为，智勇双全，简直有点女侠的风范了。

妇人笑道，哎呀，嘴巴太甜了。小巫童，你跟他过日子，小心耳朵得糖尿病。这么说着，一转弯，妇人指着门楣上有头狼的店说，到了。玻璃门敞开，门口倚着一个瘦高个女人，正举着手，拔指甲旁边的肉刺，妇人说，马姐谢谢啦。那女人笑着一挥手，离开了，一面走，一面还低着头揪肉刺，手肘一动一动的。

妇人暂时不进门，立在门口，朝对过一个小店面里喊：黄姐！雅冰！柜台后面冒出一个烫过发的脑袋，哎？丽丽你回来了。妇人说，那人走了？

这黄姐名字很柔美，却有个老爷们似的喳啦喳啦的沙嗓子，大声说，走啦。就照你上次教小毛的那些话，我也笑模滋儿地把他阴损了一顿。那人有点要竖眉毛瞪眼睛，我还是笑模滋儿的，反正他不能投诉我服务态度不好。最后他臊眉耷眼地走了。哎，让他明白明白，客人来了有好酒，他这种变态来了，迎接他的有猎枪。

妇人笑道，瞧把你厉害的。舒坦了吗？

舒坦了，可替小毛报仇了。你还带着客人呢，快招呼人去。

妇人带着巫童和马闯进了店门，说，进来，你们俩坐坐。我去给小马拿袜子。

衣架中间有一张长长的黑皮革凳子，他们并肩坐下。店

· 雪　山 ·

不大，是一个雇员能照管过来的那种规模，米色瓷砖地面亮得令人不安，像泼了油，映出天花板上的灯，像一枚一枚钉子头。墙上一个个方格子里也挂着射灯，照亮悬挂的衫裤。他们身边玻璃架子上摞着两沓男裤，下面一层配好了三双不同颜色的狭长尖皮鞋。男鞋在女性眼里出奇地大，像小船，巫童很怕男鞋，总觉得那上面有一具隐形的庞大身躯，走太近会撞在人身上。

妇人回来时，手上没拿袜子，却一手提了一个衣架，左手衣架上是一件亚麻色棋盘格薄呢西服，里面套着白衬衣，右手衣架上是跟西服上衣同色的浅灰裤子。她手指钩着衣架的天鹅头，举到视线的高度，说，小马，帮阿姨一个忙吧。

马闯站起来。您说。

我有个朋友的儿子，也快结婚了。阿姨想送人家一套衣服，又怕我选得不好看。那孩子高矮胖瘦正好跟你差不多，你试穿一下，让阿姨看看，行不？

马闯说，当然行。他接过衣架，妇人很欢喜，回手一指，试衣间在那边，里面有试装皮鞋。

等马闯去了，妇人一拍髋部，说，瞧我这糊涂，都忘了给你们倒水。她快步走回收款台，影子在瓷砖地上急急跟着。黑木头的台子像一片水里的孤岛，她俯身忙活一阵，用一次性杯子倒了两杯温水,拿过来。巫童说了谢谢,一杯放在身边,一杯拿着喝。杯子装得很满,蜡纸不堪重载,很有在手里变形、瘫掉的趋势,她赶紧喝下两大口。

妇人又从口袋里掏出一只拳头,像学校里给要好同学送糖果似的,伸到她面前,一下把手掌张开老大。巫童扮出好奇的样子,抻长脖子看。她手心皱纹多而碎,比手背还显老,又因为瘦,掌纹特别深,纹路中心放着一个半透明白色小袋,非常珍贵的样子,车辐似的所有路径,只通向那一袋财宝。

巫童愣一愣,笑道,咦,这不是无花果吗?我们学校外面小摊上五毛钱一袋!她拿起来看,小袋子大概四张邮票大,深紫色油墨印着繁体字的"无花果",那个酸甜味道的记忆涌过来,舌头两侧立刻泌出唾液。

妇人欣然道,对呀!你还记得。

哪能不记得?我们天天课桌抽斗里放一袋,趁老师回身写板书,赶紧塞一根到嘴里含着。

妇人说,吃吧吃吧!嬢嬢没请你吃成面,请你吃个无花果。

巫童便撕开小袋子口,捏出一根,软软一条像个白虫子,浑身粉末。放到嘴里,手指上沾了白末,她像小时一样舔干净手指,说,还真是以前那个味儿。嬢嬢,这玩意早没人卖了吧?你怎么买到的?

妇人得意道，现在你只要想买，还有买不到的东西？她也伸手抽了一根吃，两手拍打一下，拂掉指头上粉末，说，以前桐桐最爱吃这个，一天到晚裤兜里放一袋，我好几次洗裤子忘掏裤兜，都给他洗了。我在厨房做饭，他到厨房找我，给我讲学校里今天又怎么了，边说边给我往嘴里喂无花果。他总提你，十句有五句讲的是小巫童。我说，你是不是喜欢人家？他不说话。我说，喜欢也没什么，要真喜欢一定告诉妈妈。我还说他，你也买点贵的零食，别总买最便宜的，让人以为爸妈舍不得给你零花钱似的。他说，不爱吃别的，就爱吃这个。

她又拿了一根吃，嘴上沾了一点白，笑道，也奇怪，这东西就跟会上瘾似的。我跟你吴伯伯搬走以后，咱那里的吃食我一样都不想，只想这个无花果。后来总算找到卖的了，一买就买半麻袋，慢慢吃。

巫童微笑不语看一眼沾在手上的白粉，觉得那是未洒尽的骨灰。

试衣间那边传来响动，马闯焕然一新地走出来，大声说，阿姨，看看行吗？

妇人转身走过去，边走边说，哎呀，太漂亮了，太帅了，小马，这衣服太适合你了，你觉得呢？阿姨眼光怎么样？

马闯站在试衣镜前，看看正面，又偏过身子，扭着头看侧面。还真挺好看,我一直觉得我皮肤黑,不能穿浅色的。

妇人在他身后说,谁说的,男人皮肤黑才好看,才百搭,才有男人味。一白遮三丑,那是过时的观念。你瞧我们男装店里的海报,哪个模特不是晒成古铜色?

巫童也走过来,站在马闯另一边,笑道,嬢嬢开始给我们当导购员了。

马闯说,您要觉得行,那我就换下来了。

妇人说,等等,等等,我忽然想起,我那个朋友的小孩,皮肤跟你还不太一样,可能这套颜色适合你,不适合他。小马你帮人帮到底,等阿姨再拿一套,你再试一回,好不好?

马闯说,有什么不好的?换衣服又不是啥体力活,您拿去呗。

妇人走开到较远的架子处翻找,马闯在镜子前又转了几遭身子,点着手让巫童过去,悄声说,你说我该不该把这套衣服买下来?

巫童微笑道,纳喀索斯,被自己的美貌震惊了?

不是!我是说,咱应该支持一下她的业务吧,第一是你跟她以前这么熟,有个情分,第二,毕竟她一个女人离乡背井的……话说她再婚了没有?再生小孩没有?你也不好意思再问了吧?

巫童摇摇头，马闯不知道是"没结婚"，还是"不知道"，还是"别说了"，他也不敢多问，男人多嘴多舌地打探女士婚姻情况，也是一种不体面。

等马闯接了第二套衣服去换，巫童的嘴巴好像自己做主似的，问了出来，孃孃，你这些年，也没有再走一步？

妇人攒起眉，像讲一件有点讨厌，有点恶心的事，嘴角往下按一按。怎么没走？走过了，没意思。跟你吴伯伯离了之后，人家给我介绍了一个，也是没了小孩，他家没的是姑娘。比桐桐大好几岁，快高考了，晚自习下得晚，本来夫妻两个轮流去接，碰巧那天她妈妈打麻将手风顺，舍不得下桌子，给女儿打电话说你自己回吧。结果就那么巧，就那天晚上出了事，让车给碰了，司机肇事逃逸，一直也没抓着。你说她爸能不怪她妈吗？肯定心里还是有怨气。但要怪吧，她妈妈也伤心得天天哭，又不能说出口。她爸爸跟我说，那时候是真没法过了，再看着她、看着那间屋我就要疯了。他也跟我一样，离婚，离开老家，想重新开始。

巫童听得面色渐渐变了。她直着眼说，孃孃，我也不敢问你还怪不怪我……

她才说半句，妇人就一串"不不不"拦上来，两只手在空中晃出了虚影，连带她颊上肉都震得颤动。千万别！孩子，好孩子，千万别这么想。桐桐的情况不一样，孃孃谁也不怪，只怪命不好。我一直都这么想。老天爷要收人，他就想要桐桐，咱有啥办法……嗐，我还跟你说那个老石吧！他姓石，叫石漱云，真的蛮好一个人。

她遗憾地摆头，语气平静极了，回顾自己的败绩，故意淡淡地说出来。当时人都讲，你们俩同病相怜，一块堆儿好好过吧，跟别人不能说的话，跟对方说说，互相安慰，互相温暖。哪知道，同病是同病，疼法可是千差万别，我们俩比别的夫妻更说不到一起。

怎么会说不到一起？

比如老石跟我说，丽丽，我真羡慕你。我说，怎么呢？他说，你桐桐十三没的，我们朵朵没的时候都快十八了，你白疼了儿子十三年，我比你多损失五年。我说，这话可不对了，什么叫白疼，我倒情愿桐桐长到十八，多给我留五年的记忆。再说，你至少知道你朵朵长大了啥样，我桐桐一辈子是个毛都没出齐的小男娃。我每天走大街上，看见哪个小伙子都想：他要是成年了是不是这样，肩膀宽宽的？是不是那样，腿上汗毛重重的？……

巫童静静听着，攥着手。灯光雪亮，太亮了，这个玻璃拘押室里，全世界的灯都照在她身上。那些无头人虚握双拳，

· 雪山 ·

防着她肇事逃逸。

妇人说,在这上头说不到一起,慢慢就句句说不到一起。做了三年夫妻,散伙了。我们俩从来没当着对方掉过一颗泪蛋子,当初结婚时说好,谁哭孩子,去外面哭,屋里头一定要有笑模样,要好好过。结果领离婚证那天,走出来我们两人抱着哭了一大场,倒感觉三年从没这么亲过。我说,哥呀,怎么这么难呢?他说,丽丽,是难哪,以后你也不要再找了,我也不找了,咱这种人就是残疾人,跟谁也过不到一起,不要连累别人,要是认了这个命,可能反而能过好。后来我真死心了,不想找什么"伴儿"了。也不想回老家了,在外边倒轻松。反正还干得动,自己赚钱自己花,足够,周六日跟这里认识的妹子们看看电影,吃吃自助餐,蛮开心。有时太开心了,脑子嗡的一下,想,你配开心吗?小巫童,你不会觉得孃孃没有心吧?

巫童说,怎么会,怎么会!我……门帘一响,马闯出来,两人都闭了口,往他那儿看,这次的一身是海军蓝平驳头西装,里面配黑色高领衫,下面蓝白格裤子。

他精神奕奕地大步走过来,问,女士们觉得怎么样?妇人和巫童都说,好看,好看!

他走到镜前,挺胸,两手揣进裤兜,又抽出手,垂在两边。妇人在他旁边，踮着点脚，伸长手臂，把窝在里头的后领子翻过来。小巫童，你看，小马穿海军蓝多帅哟，以后你要多给他买这个颜色的衣服。巫童漫应道，好的。

她也往镜中看去，三个人映在镜子里，宛如一幅镶了框的全家福照片。妇人的眼睛从镜中看看她，又看看马闯，露出慈爱的笑。

巫童背上一凉，突然明白，什么"朋友的儿子快结婚了"，什么"高矮胖瘦跟你差不多"，根本没有这回事，没有那么个人，她是把马闯想象成吴桐。她一定想过：如果吴桐不死，很可能到今天还跟巫童是一对，差不多该张罗婚事了，他会一套套试穿母亲帮他选的衣服，傍着未婚妻……马闯的玩笑话，歪打正着。

他正跟妇人说笑，有商有量，浑不知自己成了剧里演员。阿姨你觉得哪套好？我觉得刚才那亚麻色西服，配上这个黑高领衫也好看。他又喊巫童：我手机放在裤子口袋里了，你帮我拿一下，我给这套拍一张。

巫童走到试衣间，他原先的衣裤搭在椅子背上，裤子长长拖下来，像个抽掉筋骨的昏迷人。她翻动一下，掏出手机。说话声从前面店堂传来，听着不太像他的声音，仿佛她熟悉的马闯脱去一层人皮，被魔法变成了另一个人。她回去把手机递给他，等他拍了几张，说道，该回去了，明天还得参加人家婚礼，你是不是忘啦？

妇人抢着说，哎呀，耽误你们时间了，我真是太不应该了……谢谢你小马，快去，回去休息吧。小巫童，你早点睡，好好睡，不然明早化妆，粉都不贴皮肤，不漂亮了。

巫童又觉得，这是她心里彩排的婚礼前夜会对儿媳说的台词。马闯说，那，我去把衣服换下来。他走出几步，又走回来。阿姨，我把这套买下来吧，给你冲业绩。那脸上展开十分纯良的憨笑，像个会散热的光源一样。他一向擅长这种让人心软的笑。

妇人也笑了，抬手想要拍拍马闯身上哪里，最后手掌落在他手腕袖子处，极轻柔地打了两下，说，不用啦，这些定价都不实在，虚高虚高的，阿姨每天揽上几个冤大头，业绩就够了。她的手又拍了一下，像拍在睡着的婴儿身上那么轻。刚才我跟小巫童加了微信，等你们结婚，一定告诉我，让阿姨送你两套好衣服，行不行？

马闯说，行！

走出商场，巫童说，咱们在里面待了多久？马闯看看手机。一个半小时。

· 如雪如山 ·

她嘈道，才一个半小时？我以为好几个小时了。实际上她以为小半生过去了。她抬头在夜光里找到雪山，山影像远远守着望着、踟蹰不去的阴魂。

他忽然说，哎呀，袜子！

他们在街边停住脚，互相看。旁边有个卖花的老太太，坐小马扎守着一只白泡沫箱子，里面一束一捆的康乃馨、玫瑰、石竹，还有黄的白的菊花，百合在苍绿叶子里打着青白的苞。老太太看他们站着不动，以为想买花，对着马闯大声说，玫瑰便宜了便宜了，百合便宜了！都是今天的鲜花，到晚上贱卖了。

最后马闯主动说，算了，我就穿波点袜子吧，人家都看新郎，谁去注意伴郎。巫童点点头，只觉得十分疲乏，像刚跑完一趟马拉松。她说，你要是早这么想，咱们就不用来这里了。

马闯说，我还以为你会庆幸，幸亏来了，遇上你十几年没见的阿姨不好吗？我还挺喜欢她的。年轻时候肯定挺漂亮吧？现在也比一般人强。呀，我是不是不该在你面前夸别的女人漂亮？他说完，嘿嘿一笑。

他们回去，洗澡上床。酒店房间里的灯光昏暗，淡啤酒那种黄色，像永远睡眠不足的一双困眼里放出的光。时间确实晚了,明天五点多就要起来。他们只吻了几下面颊,就各自转过身去。马闯关了床头灯。

那边很快响起绵长沉缓的呼吸声。酒店的窗帘特别厚,屋里一点光没有,不光黑,是黑的曾祖母。巫童侧身躺着,等了一阵,打开枕头下的电子书,接着读那本《进入空气稀薄地带》。她需要一些人一些事,把脑子里那个人的影子覆盖掉。上次看到哪里?一位叫罗布·霍尔的登山团队领队陪伴客户上山,暴风雪袭来,后者体力耗尽,无法下山,两人都滞留在珠峰顶上一处叫希拉里台阶的地方,它不是台阶,是海拔8790米处的一块巨石,是上下山最难的一道难关。温度持续下降,留守大本营的人用无线电呼叫霍尔,为了鼓励他下山,又通过卫星电话给他接通了新西兰的妻子。

马闯醒了。被子窸窸窣窣,他转过身来,惺忪地说,你还没睡?她合上电子书的外壳封皮,不回头地说,你睡吧,别管我,我看完书就睡。他听出她声音不一样,鼻子堵住了那种闷闷的声音,伸手搭在她肩头,说,怎么了?哭啦?她仍不回头,没事,我说了不用管我。没什么,就因为这书的结局特别惨,让人有点难受。

肩头的手缩回去,他放了心,依旧转过身,声音隔着一道肉体传过来,像隔了一道门板似的,听不真。嗐,难过就别看了，你也真是，明天有事，看什么书……赶紧睡，啊。没多久他又睡过去。不深究的人过得真容易。巫童松一口气，她躺在黑暗里，想着那个人。

他名字是吴桐，初一下学期从别的班转到她们班。两个名字读起来太像，他刚来那几天，常是老师喊一声，站起两个人。当时的通行办法，是给同音的名字加前缀。班里还有一个刘佳和一个刘嘉，分了大小，一个大刘佳，一个小刘嘉。叫了几个月，大伙慢慢感觉他们生下来就该叫大刘佳和小刘嘉，上户口时就该这么报，没加大小是父母的疏忽，现在总算补上了。

按年龄分，吴桐就是大吴桐，巫童成了小巫童。他俩逐渐成了固定搭配，老师说，来！来两个人，跟我去写学生手册——就大吴桐小巫童吧！再过一段时间，叫他们两个人，只需叫一个名字，他们成了彼此默认的另一半，老师说，这周咱们班值日，得有人去画一楼的黑板报，大吴桐，你俩去吧。

由于那些共同任务，他们有很多时间要同进同退。吴桐的妈——姜丽丽，嘱咐吴桐：记住把人家女同学送回家，你再回，啊。两家本来离得近，只差一个路口，家里大人在卖菜场、杂货店照面的时候，额外多寒暄几句，慢慢就更熟了。

也难免掺杂一点功利色彩,巫童学习好,永恒是班里前五名,吴桐虽然总分始终中不溜,但一门数学总是鳌头独占,多难的卷子,他丢分不超过三分。两边家长都嘱咐孩子:多跟人家学学,啊。取长补短,不会的多问!

他们不但学业上互补,闲书上也互通,那时同学们互相传看武侠小说,金庸、古龙、梁羽生,还有漫画书,女生看《阿拉蕾》《雪椰》,男生看《七龙珠》《城市猎人》。巫童家里管得松,吴桐家里管得严。吴桐借来的武侠小说,放在巫童书包里,让她带回家保管。巫童也都读了。男生们爱郭靖、张无忌,课间吆喝着比拼降龙十八掌和乾坤大挪移。只有吴桐崇拜李寻欢——她喜欢他这点不一样,认为是很重要的优点——他在课本边缘画带穗子的飞刀,刀尖两边各画几条猫须一样的斜线,表示刀飞在空中。

她喜欢上吴家去,也喜欢他妈妈。姜丽丽在百货大楼站柜台,卖手表,是远近数得出的漂亮人,外号七仙女。一条街的女人都看着她穿衣服,桑绵绸的连衣裙、肉色丝袜、裙裤,丽丽穿什么她们就跟着穿。他家三口人衣服上总有点淡淡香味,吴桐曾拉开大衣柜,给巫童看他妈妈埋在柜子角落里的香皂。

那个年纪的男生,邋邋得全无心肝,能把白运动鞋穿成腌咸菜色，鞋尖上还有半年前雨天踢上的泥痕。但吴桐的鞋永远干净。

她记得他家有张大圆桌，他俩在桌上写作业，吃小袋无花果，吃桃酥、龙眼酥。桃酥放在一个铁皮饼干筒里（吴桐捧来饼干盒，巫童负责用指甲撬开圆盖子）。吃完了，筒不收起，就放在桌上书本和铅笔盒之间，像一片平房里起了大楼。她写作业写一会儿，趴着，嘴里含着无花果，看筒上四面印画，两面是女电影演员照片，两面是姚黄魏紫的大牡丹花。

姜丽丽所记得的吃面桥段，也发生在那张桌子上。有一阵巫童妈妈做手术住院，她爸每天中午去医院送饭，忙得脚打后脑勺，姜丽丽就让巫童中午到吴家来吃饭，通常是吃面，面快。平时铺着白色带镂空花的桌布，吃饭时桌布撤掉。桌布洗得像海上泡沫一样白。

每周有两天，下午只上两节课。她跟吴桐到他家写作业。大人都没回来，世界是他们的。阳光穿透窗玻璃，处处一片迷蒙绵软。静默之中，吴桐爸爸养的热带鱼在缸里喳喋一声。地上一排赭色大花盆，君子兰、四季海棠、仙客来，都是有点老气横秋，但又很温馨的花。

她有时抬头四望，让眼睛休息。衣柜上的长方大镜在不远处，像一个打开门的隔壁房间，一抬腿能迈进去。那里也

· 雪 山 ·

有两个人，有些陌生，一个低头写，一个抬头看，桌下四条腿井然地各有姿态。镜像边缘，还装饰着君子兰那报刊图案式的苍翠的叶、珊瑚色的花，犹如一张明信片。

那是她人生的黄金时代。都是琐事，都是平庸家常，单个拎出来也没意思，但远观是无尽水面上一片粼粼波光，她躺在船里，半梦半醒，金光在眼皮上跳，桨声轧轧，搴舟中流，操桨的是吴桐。

她后来读到"意绵绵静日玉生香"，觉得每个字都贴切极了，正是那张明信片背面该印的。又看到美国女画家玛丽·卡萨特的画，也亲切，那种不太明亮的室内光，半旧的家具，人们平静的心无旁骛的依恋。

曾经那么亲近，可她现在竟不记得吴桐的长相。都是零星印象，像一张照片撕得太碎，风又刮走了一些，剩下的碎片，有的有一点鬓角，有的有半边眉毛，似乎什么都在，只是拼不出一张面貌了。

她记得他脸色白白的，像他妈妈，皮肤皎洁，一颗痣一粒雀斑都没有，颧骨那一块像白瓷碗的弧。眉毛很浓，侧看是立体的，因为她总在他旁边，看得最熟的是侧面。他眼睛不太美，有些溜眼边，忧愁相，随他爸爸，但鼻子又很好，一个规规正正的六十度角。姜丽丽说，男观鼻子女观眼，我们桐桐鼻子好，眼睛差点不要紧。像小巫童，有这样的大毛毛眼，将来也绝对没问题。

"将来"像有一百年那么远，下辈子的事。漫画里有那种男孩女孩互相表白的情节，接下来就是个手拉手的特写画面。她模糊想过：如果吴桐拉她的手，她不会拒绝。

他手很大，比一般少年大，骨节分明。姜丽丽拉着儿子的手说，大手大脚，我桐桐将来是大高个。高个子穿起西服三件套，那才好看。我们那个小领导，白胖子，又矮，没脖子，就像搪瓷缸子成精！又非要天天穿西服，像搪瓷缸子加个布套。当时在场还有几个孃孃、奶奶，都笑得不行。

巫童曾听见长辈聊天说：丽丽当年结了婚，心还是有点野，跟小吴不大牢靠，没想到有了儿子，还真拴住了。

姜丽丽是真爱儿子。有时吴桐正讲题，她端一盘草莓来。头顶绿萼片都去了，莹红的，撒着一层白砂糖，糖粒半化不化，像矿物渣子——现在的草莓甜了，倒退十年，草莓都很酸，放了糖才能可口。姜丽丽退得远一点，歪着头听他讲，眼神是爱慕，还有点惊喜："哟，我儿子还有这能耐！"

他们最亲密的时候，有两次。一次是他用橡皮啦啦地擦练习册上写错的题，一吹，橡皮丝飞到她眼睛里，她哎呀一声，闭紧了那只眼。他说，别动，我给你吹出来。他身子挡着光，立在她面前，扳起脸，拇指食指慢慢拨开眼皮，说，你往旁边看。她依言转动眼珠，看着地上的君子兰。余光里一张脸越变越大，一座山的阴影压下来。噗一声，一股风袭来，眼珠一凉，凉意一直钻到颅骨深处。他松手说，好了好了。

还有一次，元旦联欢会演，老师让他们搞一个双人配乐诗朗诵，他们在礼堂侧幕等上台，两人都被涂了腮红和唇膏，不敢互相看，一看就想笑。白色连裤袜老往膝盖底下掉，窝在脚心里，她弯腰捏着往上提。刚好一个群舞演员匆匆跑过，裙子风筝一样从她头发上带过去，裙摆的亮片一下把头上一大绺头发挂了出来。只剩半个节目了，赶紧重梳，她揪掉双马尾的两边皮筋，好歹用手指理顺，转过身，让他给重分头路。

几个犹豫的指头爬上来，在头发里拨了几下，像在草丛里寻失物。她催道，快点！于是一个指尖从头顶心启程，一路很慢很慢地犁下去。指甲划着头皮，发出极轻微的嗞嗞声。

她整条脊椎骨都酥麻了，头皮和耳朵一阵阵过电。闭上眼，脑子里亮起一幅画面，是用后脑勺看到：他无辜地睁着一对溜边眼，大白手像走夜路的白衣人，穿过了黑发的茫茫荒原。

人生最后一天，他到底拉了她的手，然而是为考试。

· 如雪如山 ·

那个岁数,她不爱运动,很奇怪,照人体的生理发育,青春期本该最好动。也不光她,除了女体育委员,几乎所有女生都不爱运动。大家以缺乏运动能力、病歪歪娇滴滴为荣,为美,好像是。每学期体育考试,都是公认的集体劫难。考试项目里,短跑、立定跳远、一分钟跳绳、一分钟仰卧起坐,还有球类,这些都好办,最恐怖的是八百米跑。提前半个月,大家就唉声叹气,就愁起来,常常一个人忽然惨呼"怎么办要考八百米啦",然后一群人跟着大声哼哼成一片,哀鸿遍野。

因为讨厌"八百",那段时间教室里有人背课文"八百里分麾下炙",都会激起联想,激起惨呼和哼哼:"哎呀,别提八百!七百里,七百里。"

其实哭惨是种风潮,巫童考试后也会假情假意地陪别人抱怨题太难,这也错了,那也没答对,完蛋了。但八百米她是真怕。每隔一段时间,课上老师让练跑八百,她到终点都濒死了,一嘴巴血腥味,胸口疼得撕扯着,此后几天下楼梯都犯愁。有一回,最后一百米她是流着泪,连喘带哼地跑下来的。

那个期末第一次考,五人不及格,下节课补考,还有两个没及格。两个里就有她。体育委员说:下节课最后一次补考了,最后一次机会,老师说,你们可以找个人"带跑"。

带跑不是代跑。八百米的路线,是绕教学楼两圈,老师站在楼的阳面,终点线附近。带跑的同学,候在楼的阴面——老师装不知道——等人跑过来,就拽起手,拖着快跑一段,抢一些时间出来。等跑到转弯处,放手。

巫童想都没想就说,我让大吴桐来带我,行吧?体委说,行啊。

考试那天,是个初冬的大晴天,她一出门只觉四处刀光,惨烈得刺眼睛。体育课是第三节,第一节课间,她拿着古龙的《流星·蝴蝶·剑》,走到吴桐座位处给他。

她个子小,坐第二排,他坐倒数第三排。教室又大又吵,像《清明上河图》似的有无穷的杂乱幽微角落,从"前面"去"后面",跟出趟国差不多。吴桐把书收进抽斗里,仰脸看着她,问,怕不怕?她拉长声说,怕死了。他说,没事,有我呢,说不定带你拿个第一名。

一起补考的还有别的班的四个,一共六人。她刚站上起跑线,腿就软了,老师口中的哨嘟一声,左右人都冲了出去,她被撞一下,歪斜几步,也赶快加速,竭力不落后太多。第一圈跑到楼后面,她排倒数第二。带跑的六个人都等在道边,像接力赛一样,两个人都伸出手,一连在一起,立即飞跑起来。

吴桐也在其中,她把手向他伸过去,他准确地一把抓住。

她的手落进一个又软又硬的套子里，一股力量透过皮肉骨骼传来，上身被猛拽过去，上下身几乎错位，腿被迫加快频率，追赶身体。巫童看着他的后脑，仿佛第一次发现他脑后发旋长得很好玩，像电风扇叶片转起来的样子。他却毫无绮思，只顾专心往前冲，好像她能不能及格，是他性命攸关的大事。他们两人超过了一对，又超过一对，到了第三的位置，前面只剩两组人。

教学楼挡住阳光，整段路都沉浸在阴影里。她大口喘气，也听到他的喘气声。转弯就在前面，这一段路也快到尽头了。她手上束缚松了，他放开手，步伐迅速慢下去，然后停止。

惯性令她继续往前冲，他的影子成了火车窗外的电线杆，消失在余光里。她没觉得异样，以为他松开手，是要留下等第二圈。跑出几大步，身后一片惊叫。她一时反应不过来，又跑出几米才回头，见他倒在地上，脸向下，一条胳膊折叠着，以很不舒服的姿势窝在胸前，一条胳膊撇出去，手心朝天。几个人围着，叫道，大吴桐！

她跑过去。两人把他身子翻过来。他眼皮只闭上一大半，还剩条缝，露出一线眼珠，鼻孔里溢出的血，和着地上尘土，泥成糊，蹭在口鼻四周。此前她没见过死，但立即认出了死，在他脸上。

有人小声哭起来。她在一步外的地方蹲下来，看他朝四个方向乱伸的大手大脚，像吴家那面衣橱镜子映出来的。他已身在镜中，那是另一个世界，她跨不进去，再也到不了他身边。一阵风吹过，他头顶一撮黑发动了动，像招手叫她，又像挥手道别。

第二天她醒来，看到窗外还是一个大太阳，心里诧异，天地不是毁灭了吗？太阳怎么还会升起来：此后一大段日子，她都昏沉沉的，像瑟缩在一只透明的瓮中，瓮口上了封条。历史课本上讲，古代小孩夭折了，人们把他摆成两手抱膝的胎儿姿势，装进瓮里埋掉。

她希望被埋掉，可别人总要把瓮搬来搬去。父母带她去吴家磕头谢罪。那里已经面目全非，黑压压挤满了人。姜丽丽不在，由于昏过去两次，她正躺在医院吊水。一切都不似真的，都被阴险地换掉了，房间是轰炸之后又草草盖起的，哭的人像雇来的，热带鱼、君子兰、四季海棠都是做得粗糙恶劣的赝品，神气全无。他们又去医院探望，被病房门口的人推搡，没能进去。

尸检结果，吴桐的心脏冠状动脉先天有一段畸形，剧烈运动之时，血流突然无法进入心脏，立仆，无救。医生说，不是这次，也是下次，那就是个不定时炸弹。立即有人说，

· 如雪如山 ·

你是不是收了巫家钱,替他们开脱?

那个学期后面的课,她没再去上。她怕学校,怕走过操场,怕那幢投下阴影的教学楼。有两次她妈妈想带她去学校,远远一看到楼,她腿都软了,当街大哭着要回家。

考试那两天,老师带着卷子来家里,监着她做完,再带走。考到数学,大题的第二题,求反比例函数。她历来函数上不行,吴桐给她讲题,一大半是讲函数题。她看着那十字架一样的坐标轴,眼泪抛沙一般落下来。

女老师坐在她对面,本来在翻自己带的《读者》,见她哭得做不下去,叹一口气,拿起卷子正面反面看一看,说,分已经够及格了,要不,考试结束吧。

后来她又由她妈陪着,到吴家去过一次,归还一些吴桐的零碎物件,两支笔、几张卷子、一册笔记、一本武侠小说。大圆桌正中,摆着骨灰盒。巫童觉得它有点像那只四方的饼干筒,连上面带个照片都像。遗照是那次元旦演时拍的,虽然洗成黑白,也看得出脸上、嘴上有胭脂。

再后来她走在街上,被人扇了耳光,据说是吴家一个亲戚。学校里有人用修正液在她课桌上写白色大字:巫婆。上面波字写成两点水,她用自己的修正液再添上一个点。她自杀未遂过。他们搬了家,搬到另一个城市。她给姜丽丽写信,写了两年，大概二十多封，没得到回信。过年回趟老家，才知道姜丽丽夫妇也搬走了。她要来了新的电话地址，但没打过，也没再写信。

也就这么多了。就像从后视镜里看远远的来处，只能看到一些变形的线条、形状。那些旧事的画面，小得像一只烟盒上的图案。水面像是到处漂着金屑，但伸手一捞，终究什么也没有。

巫童在黑暗里一动不动，其实这时她没感到多伤心，眼角却不断渗水，滴落在枕上，仿佛一伙微小的囚犯趁机从她身体里逃离，一个接一个钻出小窗，跳入织物经纬的海面。她想起搬家前，有个要好的女同学来跟她告别，忧愁又郑重地小声说，你怎么办呢？你这辈子算是完了。

这话可能是从大人那听来的。当时她暗自愤慨，心想凭什么看扁我，我偏不"完"！当时赖有这些零星的残忍，跟小锉刀似的，慢慢把她心脏外边的死皮锉掉了。现在她明白，那人说得对，她的某一部分是真"完了"，不认账不行。她像是那年因罪获刑，被散弹枪打过，此后的年头，自己一次次做手术，把弹片一块块挖出来，但总难免有遗漏。弹片永远取不干净，总在阴雨天以绵绵的疼痛提醒她，有一条命、几十年和无数种人生的可能,从她手里滑脱了。

马闯在梦中动了几下,慢慢吸一口气,又静下去。巫童想起那个骨灰盒。不知怎么,总觉得不是骨灰盒,是个饼干筒。大吴桐是住进了饼干筒,睡在桃酥的油和糖的香气里,睡了很多很多年,铁皮上印着大牡丹和他凝固的脸。

装着小巫童的那个瓮,就跟饼干筒挨着放一起,旁边是君子兰、四季海棠、仙客来,映在那面大镜子里,淡金的阳光透进来,一切比真的还真。

第二天她眼皮果然肿了,马闯也没说什么,只说:用热毛巾敷一敷。他们在酒店门口的集合处等待,天色乌涂涂、灰蒙蒙,雪山惨白发亮,像没感光的胶卷底片上的景物。

婚礼很美,很喜庆,很感人,正如所有婚礼一样美,一样喜庆,一样感人。新郎上台时差点摔倒,司仪娴熟地以一个笑话带过,新娘的爸爸念演讲词时哭出声。

巫童在一片笑声音乐声里,泪盈盈地读完《进入空气稀薄地带》,珠峰顶上即将冻死的、孤独的登山家霍尔,在晚上六点二十分获得最后一次跟妻子通话的机会。"'给我一分钟时间,'霍尔说,'我嘴都干了。我得吃点雪才能和她说话。'过了一会儿,他又说话了,声音很慢,严重扭曲:'嗨,亲爱的。我希望你已躺在温暖的床上了。你好吗？'……'在这种高度上，我还算比较舒服吧。'挂断电话前，霍尔对自己的妻子说：'我爱你。睡个好觉，宝贝。别太担心了！'这是所有人听到的霍尔的最后几句话。"十二天后，两个登山者经过，"发现霍尔右侧着身体躺在一个冰洞里，上半身被埋在一个雪堆下面。"她收起书，缓缓环视四周，木然如风雪夜归人。马闯的女班长又坐过来招呼：我刚才也感动得直掉眼泪！他们这家店菜的名字都取得特别好，味儿也不错，你尝那个虎虎生风清蒸老虎斑了没有？哎，我给你夹一块这个吧，三生三世人参炖柴鸡。

九个小时后她和马闯离开了这座能看到雪山的城。

回到长居地，巫童收到姜丽丽的信息，询问她的具体住址。隔了两个月，她收到一个快递包裹，里面有一整套男人的衣服，西装、领带、衬衫、长裤、袜子。尺码是马闯的。此后只要到换季的月份，她就会收到一套应季的男士服装。

巫童心知，她正受邀品尝一种孤独的结晶。她给那些男服加了防尘罩，用不容易撑变形的丝绸棉花衣架挂在衣柜里，跟马闯分手的事，她始终没告诉她。

拜年

一

马上要出门拜年，拎什么东西还没定。书房里传来小提琴声，卫生间里吹风机呜呜轰鸣。孙娟化完妆，把一个个备选项排在桌上，等曹啸东来选。一个公司发的节日坚果礼盒、一匣茶叶、一盒曲奇……都是别人送的、寄来的，等待投入春节档的送礼循环。

每年给高老师拜年，送东西都是难题。高老师不是他俩的老师，是球球的老师。用曹啸东的话说，"人生第一位开蒙师父"。退休之前，高老师是美院油画系教授，早年在意大利留学，回国之后教学生、搞创作、开画展，高师母是中学语文老师，两人没有儿女，退休后高老师在家作画，高师母为打发时间，当日托保姆，帮人看孩子。

虽然名义上是高师母带，但送孩子来的爸妈，图的当然是能享受一位美院教授的耳濡目染。高老师也确实喜欢孩子，画室里还专门给来入托的孩子准备了小号画架，他画完每天的功课，就打开画室门，让孩子进来，球球两岁到四岁这两年，就是高老师夫妇给带的——她生日晚，四岁才能入园。这两年可不得了，球球背会了上百首唐诗、小半本《论语》，还在高老师的画室里，对着小画架创作了几十幅彩铅画、水粉画、油画。她三岁半那年春节，曹啸东所在的工作室聚餐，来了几个中层领导，有孩子的同事都带了孩子。席间一共四个小孩，岁数差不多，一片原始的追跑打闹中，球球忽然指着包厢墙上的印刷画，口齿清晰地说，那是伦勃朗，《夜巡》。

语惊四座。连女领导都动容了，亲手把球球抱到膝盖上，问，你还知道伦勃朗呀？那你给我讲讲他是谁。

底下几个小孩像尼安德特人一样，仰脸傻看。球球冷静如赫本公主接受采访，以无可挑剔的风度，昂首说，他是荷兰画家，他的画都是底儿黑、脸儿亮。他还活着的时候，他儿子就死了。

她一说完，女领导立刻鼓掌。包间里掌声雷动。那是曹啸东人生的高光一刻。

给球球选了高老师这个启蒙老师，是曹啸东在教育上的得意之作。他常说，球球现在审美这么高级，全因为这一口教育的初乳吃得好。又说，我们球宝的眼睛，是美院教授给磨过，开过光的。

后来虽然球球上了幼儿园，不在高家托管了，曹啸东仍让她偶尔跟高老师和师母发条语音、打个视频电话。她在美术兴趣班的画，也都拍照发过去。高老师每次在微信里回复一句两句点评，"色彩进步很大""很好，这张开始有空间感了"，曹啸东都截图，发朋友圈，配几句文字。有时孙娟说他，咱都不给人家交托管费了，你还让高老师给批作业？不算占人家便宜？

曹啸东圆起眼说，你这人，怎么那么功利呢？那叫占便宜？那叫忘年交，多纯洁的感情。再说高老师他家没小孩，没那个含饴弄孙的福气，球球这不是给他们填补了一项空白嘛。

高家夫妇确实跟球球投缘，看到孩子那种打眼珠子里放光的笑模样，以及见面时一把薅在怀里摸头摸肩膀的亲昵，不是全出于客套。除了春节这种大节要登门，平时小节，元宵、端午、中秋，曹啸东总记得发条问候微信，寄点礼物。不在钱多少，是份心意，现在大伙都这么忙，"记得"本身已经挺贵重了。要不是孙娟提醒他别提人家不开的壶，他连父亲节母亲节也想问候一下，恨不得靠这种人工亲密，把两家走动成族谱上的亲戚。

· 拜 年 ·

倒也不全为虚荣，孙娟早就发现，曹啸东对"父母"，或这种家族里的亲密长辈，有种说不上是纯真还是庸俗的幻想。如果做个侧写，会是这样：他们的身份不太显赫，有一份文雅的职业，没太多钱或房产，有学问，有品位，他们传给子女最好的财富，是一锅陈年好卤给卤蛋、卤鸡爪的那种东西，是"通身的气派"，以及任何一个场合都能引以为豪地谈起出身的自信。

用这个标准去看，高老师夫妇，就是曹啸东想象中最拿得出手，又求而不得的父母。至于礼物，那是关系里最不重要的部分。

吹风机的声音停了，曹啸东左手系右手袖扣，从洗手间出来。他有双"农民手"，手大，指头粗，指甲是个短短的小横道，手腕也比一般人宽，因此系扣总是费劲。那个小白药片似的扣子，在他红圆的指尖之间来回滑，孙娟说，我给你系。他走过来，亮出两只手腕给她，像个囚犯等待他的手铐。

她低头系扣，说，你快看看，定一下，到底送哪个？送坚果太普通了我知道，送茶叶行吗？那盒十年陈的碎银子普洱茶，我爸的朋友从云南给他寄的，是好东西。

曹啸东说，你忘了，高老师不爱喝茶，人家是洋派人，喝手冲咖啡的。

孙娟说，那送那盒曲奇吧，就我表妹给球球的，香港的珍妮小熊曲奇，你说要留着送礼，一盒小两百，也算拿得出手吧？

曹啸东说，光一盒曲奇，有点轻，去年送的什么来着？

孙娟说，那套台北故宫的文创嘛，你朋友王钟去台北旅游，给你捎的，怀素《自叙帖》的丝巾，文徵明书法折扇。

曹啸东说，哎，那套就特别好，特别符合高老师的身份，要照那个规格和品位，再……

他突然把一个手指举到空中，仿佛指挥家发现乐池里有人拉错一个音。孙娟噤声。曹啸东转过身，虚着脚后跟，走到书房门口，推开一条缝，眼凑上去。

过了一阵，他推门进去，回手带上门。书房里传出嗡嗡说话声，曹啸东一个人的声音，没有球球的。他立过规矩，训话时不可以回嘴，这名堂叫"父母教，须敬听。父母责，须顺承"，出自他让球球背的《弟子规》。孙娟松口气，飞快打开手机，点开APP，不用搜，大数据推荐的搞笑视频自动播起来，一个女人在街上滑倒，惊慌中拉住旁边男人的衣服，把他一套西服西裤拽了下来，露出里面全套性感胸罩内裤吊袜带。这种视频，就像挠人脑子里的胳肢窝，让人不得不笑。

孙娟捂住嘴,不敢笑出声。

三个半视频的时间,门一响,曹啸东出来了。孙娟待命的拇指一使劲,揿一下开关键,手机屏幕黑下去。他走过来,短粗眉毛往中间一挤,肃容说,刚才一连错好几个音,她又开始不认真,你看你,一点警觉都没有。而且我发现,她手臂还是控制不好,拉弓时起弓还是反的,这哪行?考级的时候,这都是评分点。以后你得盯着她练。

孙娟胡乱点头。他眼睛又盯到她手机上。又看抖音!我在那屋都听见了。

孙娟说,我没看。

曹啸东说,别总看那些低级的东西。他们挣的是下沉市场的钱,都是给那些三四线城市没受过良好教育的人看的,奶头乐。

孙娟说,我看的是一个北大教育专家的号,不低级。

曹啸东看她的目光近乎怜爱了。教育专家的视频,配那种笑出假声的音效?娟啊,教育就是耳濡目染。不爱看书是你的自由,我不 judge 你,也不勉强你,只希望你为了球球装一下。一切以孩子为重,咱不是说好的?

孙娟说,行了行了我知道。哎呀,一个耳朵监听球球,一个耳朵监听我,厉害死你了。

曹啸东笑,是把那句话当称赞的笑。孙娟头往后仰,眼皮降了半旗,三分嫌弃三分怜惜地看着他,说,刚才我想了下,突然想起个合适的——你去年在机场免税店买的巧克力和酒,不是还有没送完的?

曹啸东两手一拍,无声地竖起一个拇指,用力一抖,好像要在空气中摁手印似的。两人一个找糖,一个找酒。糖在冰箱冷冻层牛排底下压着,盒子上印着苏联风格的胖娃娃,裹着头巾,睁圆一对蓝眼睛,一共五盒五个口味。当时曹啸东去俄罗斯出差买回这两样,本来是送给退休的前办公室主任,结果人说,体检刚查出糖尿病,又有痛风,你还是带回去送别人吧。

酒也找到了,一瓶纸签上全是俄文的伏特加。孙娟说,一年多了,可别过期了。

曹啸东说,酒不怕放。巧克力……他在大胖娃娃背后的细密俄文里找了半天,断然道,没事!高老师懂英文意大利文,看不懂俄文,即使过期了他也看不出来。就带这两个,你用野兽派那个印花纸袋装上,让球球换衣服,拿上她的画画本子。

服饰方面,曹啸东虽然不管采买,但整体风格是他来抓,主要对标威廉王子的闺女夏洛特公主,以柔和粉蓝色系为主,色彩饱和度要低,"一高就村气了"。孙娟的爸妈给外孙女买过一次大红对襟唐装小袄加大红纱裙,曹啸东一见就皱眉,球球一见就爱得搂着满屋子尖叫乱跑。等二老走了,他立刻把衣服夺过来。好劝歹劝,弄得球球掉了泪,他到底把衣服送了人。

给大画家高老师拜年,当然更得注意穿搭上的美感,他给球球选了淡蓝娃娃领长袖针织连衣裙,海军蓝呢子大衣,白毛线连裤袜,黑色玛丽珍鞋。他和孙娟的衣服,为配合球球,也选了蓝色系,他是白衬衣加宽松靛蓝圆领毛衣,灰裤子灰色切尔西靴,"靴裤同色",上半身像英国人,下半身像美国人。孙娟是米色毛衣,蓝牛仔裤,白帆布鞋,像日剧里的温婉女主角。

三人打扮齐楚,拎起礼品袋,出门下楼。下楼时,遇到四楼爱捡纸箱子卖钱的大妈遛狗回来,曹啸东说,快给奶奶拜年。球球说,奶奶过年好。狗汪汪叫。大妈说,过年好过年好!嘀,瞧你们这小三口,打扮得真漂亮,跟画报上的似的。行啦别叫了,生怕显不出个你。

曹啸东平静地说,嗐,拜年嘛,可不得穿干净点,您快进去,外头凉。狗汪汪叫。球球说,奶奶再见!到了一楼,他脸上慢慢浮起一个微笑。

走到小区停车的地方，三人拉开三扇车门，各自钻进去。车的系统一启动，上次播放的音乐自动续播，蔡依林的《爱情三十六计》。曹啸东像听到什么电钻凿墙的噪音一样，拧鼻子皱脸地关了，瞪孙娟一眼。上次用车的是孙娟。球球在后座欢然道，这个歌好听，我想听这个，我要听这个。

曹啸东一边倒车一边说，球啊，咱不听这个，这歌不上档次，太俗气，配不上我们小公主。你再听一遍要考级的曲子吧，A小调协奏第一、第三，还有D大调第五，好不好？要培养乐感，你就得抓紧一切时间磨耳朵，知道吗？

球球鼻子底下噘出一朵肉喇叭花。孙娟说，大过年的，放过孩子吧。不听蔡依林，听王洛宾、张玮玮行吗？要不，山姆·史密斯？约翰·传奇？魔力红？

曹啸东拿出自己的手机，递给孙娟，一边倒车，一边下令，用手机，连车载蓝牙，打开音乐APP，找主页里"我创建的歌单"……对，选第一个，"历年全英音乐奖获奖精选"，放吧。

车在爱莉安娜·格兰德的歌声里，开上夜晚的道路。

不能给孩子听烂大街的口水歌，这是曹啸东无数条规矩之一。打认识他，孙娟就发现，他是一堆走动的规矩。自从十七岁离开家乡白泥沟子村榆树大队,他像一个勤勉的登山者,十年如一日,用"规矩"和"品位"当作岩钉、绳子,一心一意攀向心目中"上等人"的峰顶。

有匪君子,如切如磋,如琢如磨,先切掉的是名字,他一上大学就换身份证,跟整容一样,给胎里带的名字垫鼻子、割双眼皮。孙娟是结婚之后跟他回老家,听村里老人喊他,才发现他本名叫曹冬柱。大学二年级别的男生牙不刷脸不洗,打游戏,看日本女优片、看NBA,一天两顿泡面,他看的是BBC纪录片、IMDB Top100电影、网球比赛、高尔夫比赛、F1方程式赛车、美国职业骑牛大赛、威斯敏斯特全犬种大赛。他按营养书里的食谱调配三餐,拿学校食堂的甜豆腐花当餐后甜点,俨然在演一部落难贵族的电影。

三年级,他所在的学院跟国际文化学院搞联谊会演,彩排时有一个红裙女生在台上跳弗拉门戈舞,他在音乐教室最后一排坐下来。等着向那姑娘搭讪,要她的宿舍号和手机号,那个女生叫孙娟。两人头一次约会,在学校电影院看了场五块钱老电影,《风月俏佳人》,孙娟哭得两手都湿了,他冷静地递鼻涕纸,回去之后跟茱莉娅·罗伯茨演的美国妓女学了用牙线。

要学的东西还太多,岩钉越打越密:学打网球,学喝咖啡,学鉴赏西洋油画,学跳华尔兹,学花袜子配牛津鞋,学标准普通话和英式英语……如果不是城里没有培训班,曹啸东很可能会去学打马球,查尔斯王子爱玩的那种。他个头一米八五,班长和体育老师常游说他加入篮球队,他的回答是不屑地微微一笑。

读研时他买回蒸汽熨斗和熨衣板,跟个英国人似的,每天穿熨得一丝不苟的衬衣长裤去见导师。孙娟第一次跟他上床,发现他居然戴着箍在大腿上的衬衣夹子吊带(那玩意长得像女士吊袜带,用来拽住塞在裤子里的衬衣衣襟,令之不随上身动作乱窜),笑得满床打滚。

她说,过犹不及啊,东,过犹不及。

这话让曹啸东一下悟了。他一边低头解开大腿上的吊带箍,一边说,娟,还是你有格局。惭愧,惭愧。大城市的姑娘确实不一样。娟,你命中注定,要做我人生的指路明灯。

他那种天将降大任于斯人的郑重其事,有点恶心,又有点好玩。

却这么巧,孙娟从小就缺这种郑重其事。她爸妈过日子都跟玩似的,她爸顶她爷爷的缺,在国有公司当工程师,她妈一辈子嘻嘻哈哈在幼儿园当幼师。两人在舞厅跳舞相识,两根吸管喝了一瓶北冰洋,再逛两次公园,就领证结婚了。

连孙娟这个名字,都来得那么随便,请家里最老的老姑奶奶取,老太太说了个娟字,就高高兴兴去上户口了,问题是老太太新中国成立后上的扫盲班,才认得几个字?

小时看爸妈在屋里放音乐跳舞,孙娟嚷嚷也要学,她妈就送她去舞蹈班,学一阵芭蕾,学半年国标,学几个月民族舞,路过一楼教室羡慕人家飞转的大红裙,又闹着学弗拉门戈。都坚持不下去,领会个皮毛,就轻易放弃了,她爸妈都随她,不鼓励也不督促。不过小孩子学东西记得牢,那点残留的影子多年后还能唬住曹啸东。孩子是否按父母的样子选择伴侣,取决于他们对父母是否认同。曹啸东就像她爸妈的反义词,每次他露出那种咬牙切齿的认真,就让孙娟怜爱得要命。

一旦确定孙娟将成为人生一部分,他的规则就像爬山虎的藤,一条条往她身上蔓延。听通俗歌曲没品位,得听山羊皮和齐柏林飞艇——"不能让灵魂吃垃圾食品"。烟熏妆、铁钉choker、长统靴,低级,要穿赫本那样的白衬衣、束腰伞裙、平底鞋。出去吃饭,供应拉条子、锅包肉、小鸡炖蘑菇的东北馆子,档次太低,要去就去西餐厅,或日料店。《神奈川冲浪里》的棉布帘底,厚瓷酒器如花瓶,斟出一小盏碧绿梅子酒。寿司摆在筏子似的长方碟里,筷子尖如长针,轻巧地啄起一块肉，在鸟屎大小的一坨上蘸蘸。

读研那几年，他把奖学金和给导师干活拿到的钱攒起来，去做牙齿正畸，戴了一年半牙套，拔掉四颗智齿，把下齿列里稍息的两位扶正，就此有了一嘴发达国家居民的齐垛垛牙口。

到二十六岁，曹啸东认为自己已经武装得风雨不透了，他是自己的达·芬奇和罗丹。由顶至踵，每一寸都细细描画过，哪哪都是斧凿痕迹。跟孙娟第一次去她家，他穿上他第一件布克兄弟牌的风衣，第一双登喜路的乐福鞋，虽是冬天，也坚持不穿袜子，却又露了另一种怯。那天孙娟家里除了父母，还有个八岁小表妹，正是眼睛专筛别人缺点、句句刻薄的岁数。曹啸东进门，孙家父母接了水果篮，一迭声说，太客气了，过来吃个便饭，还带什么东西。又喊，暂暂！给曹哥哥拿拖鞋。小女孩咚咚跑过来，说：曹哥哥。她在鞋柜里找出拖鞋，摆在他脚边。曹啸东小心翼翼地谢了她。她蹲在地上没起来，说，你这鞋好像女人穿的。

曹啸东笑笑不答，他一脱鞋，露出光脚，小女孩哇地大叫起来，声音亮得像小刀子上的亮光。你的脚趾是齐的！好难看！像好多小肥猪。哈哈哈哈！

孙母一边把孩子拉走一边嘟囔，怎么说话呢？人家是客人,这孩子这嘴。曹啸东的脚确实难看,虽然人的脚一般都称不上美,但谁看过他的脚,一定会在心里说,这是自己一辈子见过最丑的脚。他的脚是方方正正一块肉,像从午餐肉罐头里扣出来的,厚,红彤彤,五个脚趾齐得像刀切过,指甲都是方的。孙娟一家人的脚,全体瘦长,都是第二个脚趾比脚拇指长。

如果不是脚很少暴露在外,做整容不划算,曹啸东可能真会去做。他曾略带伤感,又不无庆幸地说,娟,你这种叫"希腊脚",洋气,看着就特别有格调。你瞧西洋画里的女神,光脚踩草地,踩在云彩上,都是第二个脚趾长。我这种脚,一看就是祖宗八辈踩在水里插秧的脚。没办法了,基因里带的,我再要强,再逆天改命,也改不了 DNA。但愿咱孩子将来随你。

孙娟跟朋友开玩笑:如果有人跟曹啸东说"我睡了你老婆",他顶多骂句脏话,但如果有人说"你这人没品位",他会跳起来跟人家拼命。她偶尔觉得他活得太累。谈恋爱时她就明白,如果这辈子跟着他,就得陪他累,陪他爬那座只存在于他心里的山。可让他认真对待的也包括爱情和爱人,那让她心软了再软。一迷糊,左手无名指上已多了个婚戒。

车行途中,孙娟本想打开手机淘宝看看新款春鞋,她刚解锁屏幕，曹啸东轻咳一声。她慢慢放下手机，拉开副驾面前中控台的拉板，抽出一本书，《追忆似水年华》。

球球在后面用电子绘图板画画，偶尔一抬眼，说，妈妈，你又看书呀？

曹啸东立即说，是啊，读书就是个日积月累的过程，你也要跟妈妈一样，抓紧一切零碎时间读书，这样才能腹有诗书气自华，变成一个有气质的大美女，懂了吗？

球球说，那妈妈已经变成有气质的大美女了吗？

曹啸东说，当然！要不我怎么会娶她？我得给我们球宝找个世界上最好的妈妈呀。球球还处于笑点特别低的年纪，咯咯发笑。孙娟嘴角一动，似笑非笑地翻个白眼。

曹啸东又说，看到妈妈读的什么书了吗？法国作家普鲁斯特写的小说，《追忆似水年华》，你重复一遍。

球球说，追，一是水的，水的烟花。普鲁，普鲁……

曹啸东说，追忆似水年华，普鲁斯特。说一遍。

球球说，普鲁斯——特。她的声调忽然拔高，说，妈妈，这个人名字好有意思，就像嘴巴吹气，噗噜噜噜！她扑到两个座椅中间，伸着脸，表演一口气穿过松弛微张的嘴唇时，上下唇噗噜噜噜地哆嗦。孙娟嘻嘻笑，说，还真是，他这本书就叫"嘴一滋水，脸花"，就是说嘴里往外喷水，滋了一脸花。球球笑得更大声。孙娟也跟着噘嘴,吹气,噗噜噜噜噜。两人噗个没完,比赛谁的气长,谁的嘴唇哆嗦得剧烈。

曹啸东沉下脸来,干什么呢,你们俩?球球坐回去,坐好了。什么噗噜噜噜,低级趣味!还喷唾沫星子!太不雅观了!普鲁斯特,普鲁斯特!对经典大师要有敬畏之心,懂吗?你也是的,小孩不懂你也不懂?跟着瞎闹,以后出去了人家问,《追忆似水年华》谁写的,她说噗噜噜噜,丢不丢人?

女孩的嘴唇和笑容都收回去,露出败兴的神情,扑通跌回后座。孙娟说,你爸就是个灭嗨王。

球球问,灭嗨是啥?

曹啸东又说,不要"啥啥"的,"是什么",怎么老改不过来?上高老师家可不能这么说话。娟,还有那些网络流行语,不要跟她讲,都是些速朽的口水词。

孙娟转头看球球,和稀泥地说,不说话了,画会儿画吧。她朝她轻微地一咧嘴,分享被统治者对霸权的不满。女孩的兴致回来一点,笑着吐出一点舌尖。曹啸东都看在眼里,不过他保持沉默,宽大为怀,再专制的霸权,也得允许有人发泄不满。他看一眼后视镜,说,复习一下要跟高老师说什么。第一个问题是什么来着?

女孩快快地说,第一个问题,画素描的时候用手擦抹这种方法,该,该怎么用。

然后呢?然后跟高老师聊点什么?

聊画展。

对,"欧洲新古典主义珍品展",你都看到谁的画了?回想一下。

说完他又给孙娟派任务:给球球约一节今晚的线上外教课。孙娟说了两个 APP 的名字,问约哪个。曹啸东说,约前面那个。后面那个,我在论坛上看到人说,他家外教里有黑人!

球球被人世确认的第一天,还不叫球球,还只是报告单上"阳性(已孕)"四个字。曹啸东看着那单子,眼圈慢慢红了,把那张纸搁在床头柜上,霍地起身,转身面对孙娟,一个膝头落地,整个身子矬下去。孙娟小小地惊了一下,骇笑道,哎呀,你干什么?!求婚你都没跪,现在想起下跪了?我这是母凭子贵?他伸手摁着,不让她动,娟啊娟,谢谢你,谢谢你给我这个机会。又对着她肚子说,宝宝,bienvenue!

Bienvenue,法语"欢迎"的意思,是曹啸东会的十来个法语单词之一。后来他常说,我跟我女儿讲的第一句话是法语。

后来孙娟才明白"给我这个机会"是什么意思。

整个孕期,屋里整天播放古筝、古琴,舒伯特、巴赫、海顿、格里格、柏辽兹……听得孙娟烦不胜烦。曹啸东正色道,我是给你听吗?我是给咱儿子听呢。起初几个月,他认定是儿子,七个月产检的时候,提前托了人,塞了钱,被告知是女儿。曹啸东脸上有一秒愕然,很快拉起一个惊喜的笑遮挡了。孙娟擦掉肚皮上黏糊糊的显影凝胶,他扶她起身。走到过道里,她半玩笑半试探地说,失望吧?不能给你们老曹家继承香火了。曹啸东说,曹家有什么好东西可继承的?我是希望儿子随你。是女儿,随我,长一对齐头脚丫子,一辈子让人笑话土气,怎么办?

这答案很妙,捧孙娟贬自己,还带着些过于有自知之明的凄然。也是很久之后,孙娟才知道他没说实话,没完全说实话。他想要儿子,是想要一个小号的、克隆的自己,把自己从头养育一遍。

那个被裹成豆荚的女婴,交到曹啸东手里,他两手接过,一手擦泪,用带眼泪的手拨开豆荚皮,看她的脚,脚玲珑像枚大豌豆,五个脚趾齐崭崭的,宛如曹啸东的脚的小号复制品。更多的泪掉下来,新爸爸哭得呜呜出声。旁边人都含笑,总算抱上小棉袄了,瞧这爸爸美的!激动的!

脚是一个人的根。这关于根的耻辱,未在曹啸东身上绝灭,顽强地传了下去。

车驶过自动抬杆,开进小区门。这时大部分人在屋里团圆,马也都在厩里静伏,两边车停得满满的,曹家的白车,好比一大块年糕,蠕动在酒足饭饱、满满当当的肠子里,吞咽困难。路上有两个半大男孩放炮,见车来了,还是把捻儿点燃,才跑开。曹啸东只得停车等着,砰,第一声上天,当,第二声在半天炸开,一团白烟。还没完,车刚一开动,天上炮筒子掉下来,咚地砸在车窗上。球球惊叫一声,车外那两个男孩像小野狼似的笑出一口白牙。

曹啸东狠狠地说,不好好教育就不要生!就该有个儿童监狱,把这种兔崽子扔进去,关半年两个月的,啥毛病都好了。

球球说,爸爸你也说"啥"了。

曹啸东说,是,爸爸道歉,以后咱们互相监督。说到这个放炮,咱们中国最伟大的小说《红楼梦》里,有个灯谜就是关于放炮的。让妈妈给你说,你妈是《红楼梦》十级学者。

孙娟说,原来我还没那么俗哦?我还懂《红楼梦》呢……嗯,那个灯谜是这么说的:能使妖魔胆尽摧,身如束帛气如雷。一声震得人方恐,回首相看已化灰。她正要解释意思,前面岔路口有辆蓝车开出来。曹啸东说,太好了,这车走了就有车位了。

却见对面路上来了辆黑车,跟向外开的蓝车错身而过,打亮了转向灯。孙娟就像解说比赛似的,道,它也要进那个车位。曹啸东不说话,猛地踩一脚油门,车里三人同时倒在椅背上。对面的黑车也加了速,球球叫道,爸爸,要撞了!曹啸东说,不会,他会刹车。果然在冲向路口的最后一刻,黑车认怂,停了下来。白车在离黑车几米的地方拐进去,奖品在不远处等着,一个方正、可爱的空车位。

孙娟说,下次别这样了。万一那个司机也跟你想的一样,怎么办?

曹啸东从鼻窟窿里哼出一声笑,他双手打方向盘,盯着后视镜,往车位里倒,说,球宝,看到没?做人就是得硬,得拼,不能怂。你不怂,怂的就是别人。

他们下车,提了礼品袋,进楼门,上电梯。曹啸东对着电梯钢门,把头顶的头发反复拨松。

几年前他们第一次带球球过来,介绍人说,你看哪个门口有一大堆废报纸废木料,那就是老高家。废报纸是擦笔用的,木料是钉画框用的,高老师几十年一直自己做框子。楼道里声控灯亮起，三人走到那被几捆木条围绕的防盗门口，曹啸东回头最后检阅一下他的小部队，撳下门铃。门过了会儿才开，开门的是高师母。门打开一刻，三人同时说，周老师过年好！周奶奶过年好！

高师母姓周，叫周什么莉。人当她面，呼为周老师，她不在场时，人对她的代称是高师母，都用不上本名。她个头将近一米七，腰背那挺直的一把，永远有种中学老师的板正威仪，显得更高挑，一头自来卷的头发束在颈后，束不住的，堆在头顶和两颊周围，每绺头发上的明暗都不相同，金丝眼镜连着链条，两道弧线末端消失在头发的浓云里。

今晚这个孥着两个白面手、头发有点乱糟糟的高师母，愣在门里，低声说，小曹，小孙？你们怎么来了？

孙娟在这一刻，心轻微地沉了沉。曹啸东声音亮堂堂地笑道，春节那天跟您和高老师约过的呀，而且我们不是每年都初六来拜年嘛。他说到一半，声控灯灭了，又亮。

高师母张大嘴，用猛地往里吸气的方式说了个无声的啊。对的对的，哎呀你们瞧我，老了一年，记性又差了一大截，约好的事，忘到五里地外去了。

笑声在几张脸之间弹来弹去，到底没掉地上，曹啸东说，哈哈哈哈哈，周老师瞎说呢，您哪点跟"老"沾边了？精神

· 拜　年 ·

头一向比我们年轻人都好。看这红毛衣一衬，更显得满面红光的！高师母从遭遇埋伏的错愕中缓过来，仿佛在胸中一通紧急翻找，终于找到待客的从容面皮，披挂起来。她低头微笑，嗓子捏起来说，哦哟，小球球来啦，想周奶奶了没有？

曹啸东一推球球肩头，快说想了没？

球球不辱使命，大声道，想了！也想高爷爷了！

高师母伸手在她脸蛋上一扭，这小嘴，赛蜜甜。来，快进来，瞧我，大过年的让客人站门口说话。

孙娟把纸袋子往前一送，周老师，给您和高老师带了点东西，啸东到国外出差带回来的。高师母的脖子和头像躲避空中飞来的一拳，往后一闪，皱眉笑道，嗐，怎么又拿东西，来了坐着聊聊就很好，下次不许再带东西了啊。

曹啸东说，没问题。咱什么关系？我也不会买多贵重的，我也知道高老师什么没吃过什么世面没见过，我就是看见点好东西，忍不住想给您二老捎点。

高师母笑道，行了，好孩子，快进来，自己拿拖鞋换。球球还记得你的地板袜在哪吗？……对！最下层那里，换上吧，好孩子。

一进来就闻见松节油的独特气味，就像每个人都有自己的气息，每间房子也有独特体味。曹啸东深吸了一口气。他们在一团废纸形状的玄关灯下站住，打开鞋柜拉门。柜里有几双眼熟的平底女鞋、男式黑皮鞋，还多出一双年轻人的大码运动鞋，孙娟记得高师母曾说过老高的学生来，有人聊到半夜穿着拖鞋就走了，可爱的艺术家。

鞋柜上一只赭色陶瓶，插枯黑的莲蓬、灰白芦苇、一束熟肝色的枫叶。墙上有画，当然有，画才是这个房间的真正主人。各种尺寸的画，油画、水粉画、丙烯画，静物、人物、风景，一路往里屋挂过去，犹如博物馆的陈设——他们知道墙上某些画确有进博物馆的资格。两年前这屋子他们几乎天天来，来接孩子，有时进屋，雨雪天不进。每次等在门口，看穿地板袜的球球从房间深处跑过来，都觉得她跟早晨不一样，有种属于艺术的高贵气息，渗进她皮肤里，在里头发光。

两人跂上拖鞋，拉着球球，跟在高师母身后进了客厅。孙娟问，周老师，高老师在画室呢？几个人都抬头，望向走廊那边一扇紧闭的门。高师母把纸袋放在一把椅子上，说，啊，他今天一直在改一幅画，这阵子可能差不多了。她半转头，以低低的声音说，学院老领导找他要的。一种让听者十分受用的私密口吻，曹啸东也回以低低的一声"哦"，欣喜而领情地接住了那种语气。

又宽又长的橡木桌子上，堆满了杂物，东西分两种，一种属于高老师，一种属于高师母。一摞精装外文画册、杂志、书，有些是高老师订的，他有些学生在外国定居，也隔三岔五寄书给老师。另外几本手鞠球编织技巧、家养绿植手册，那些是高师母的。一个柚子大小的巨型马克杯是高老师喝咖啡的，杯子上画了抽象的半张人脸，杯把上还挂着油彩。一只带毛线套子的玻璃罐头瓶，高师母的，里面泡着胖大海，教师生涯留下的职业习惯，高老师笑称"这是一种成瘾机制"。两个巴掌大的石膏胸像，一个编到一半的大红中国结。一沓裁好的过期报纸，是给高老师擦画笔用的。

还有一个小面板，面板上一沓馄饨皮，一碗馄饨馅，十几只裹好的馄饨，以及半笸箩豆芽，笸箩旁边一堆掐掉尾须的干净芽头，一小堆须子。高老师喜欢吃豆芽卷春饼，嫌外面发的豆芽不干净，乱放药水，所以高师母自己发豆芽。小面板前头，一个手机用支架斜撑着，暂停在赵丽蓉春晚小品的页面，老太太正写大字"货真价实"。这张桌正如整个屋子的缩影，那些"艺术家"部分是男主人的，其余那些有点俗气、人间的道具属于女主人。

球球像个小大人似的坐下，一对膝盖紧贴，双脚悬在空中，曹啸东飞快把那摞印外文的画册推到她眼前，手掌在最上面那本上拍了两下。球球垂下头，翻开画册，一页一页掀动。高师母有点心不在焉,愣了几秒钟,弯腰收拾桌子,把绿植手册合上,在杂物间挪来挪去,说,瞧这乱的,今年过年我们没怎么收拾,老了,光应付拜年就累得够呛。

桌子底下曹啸东的脚轻轻一碰孙娟的脚,朝那笸箩豆芽一努嘴,孙娟挪了挪屁股,把笸箩拽过来,抓了条豆芽,掐去须子。高师母扬起双手,簸动着说,小孙你快放下放下,你那是刚做的美甲吧?都弄脏了。嗐,这是那谁没弄完就不管了……她埋怨一句,像忽觉失言似的,嘴边一个讪笑。

曹啸东也伸手拈了条豆芽,拇指指甲一掐,掐掉尾须,说,没事,她在家也是干家务闲不住,习惯了,一边干家务一边听有声书,最近她爱听《追忆似水年华》。

孙娟一面择豆芽一面说,您这怎么又是馄饨,又是豆芽卷饼的?曹啸东说,高老师点菜点得越来越复杂了,也就您才有这耐心,接得住。

高师母停了一阵说,今晚?啊对了,小曹小孙,今晚我跟老高可能得出去拜个年,不能留你们吃饭了,老高的老同学,夫妻俩去纽约带孙子,三四年没回国,今年好容易回来过年了,约我们去吃饭。你看就这么不巧,真是不好意思。

曹啸东忙说,没有没有,我们坐一会儿就走,其实就为了让球球看看高爷爷周奶奶,她老念叨说想您二老了,想看看高爷爷最近画什么新作品，是不是，球球？

球球抬头说，嗯。

高师母一看到小孩，眼中有了镇静祥和，行，等会儿高爷爷画完了，你去找他玩，也让他松泛松泛。

金属门球转动的声音，锁舌嗒一声弹出，走廊尽头那扇门开了，高老师低着头走出来。高老师叫高正则，网上搜索一下，能出不少网页、图片，有他在意大利留学时的照片，大高个，长发扫到肩头，下巴上毛毛地蓄一点须，搂着达·芬奇似的大胡子洋师父站在斗兽场外，背后是那个被撕去一截的圆筒建筑，好像人在明信片里。四十年过去，长发还是长发胡须还是胡须，只是白了一多半，高挺的腰板也驼了些。

他是那种一眼能看出职业的人，不跟人说话时，脸上常挂着似怔忡、似冷漠的神情，仿佛一半魂魄不在家，无穷心事，只跟表现主义或爱德华·霍普有关。一旦有人跟他说话，他先是惊一下，眼白一闪，赶紧扯风筝线把魂扯回来，挂起一副热情随和得有点过头的笑。他用那种笑来掩饰对俗人琐事的不耐和容忍，由于不真，所以尺度老掌握不好。

第一次见面谈小孩托管的事，曹啸东请二老到日料店吃饭，高老师仅作为高师母的携伴出席，前半程几乎一言不发。高师母讲自己带孩子经历时，他先直着眼把墙上挂画都看了一遍,不出声地吃光了一盘毛豆,把毛豆皮一条条垒成一座翠绿小山,又出神地凝视餐厅角落,弄得服务员上寿司时也回头看。高师母说到第三个娃娃,才嗔怪地抬肘子轻轻一捣,老高,又犯毛病了,看什么呢?

高老师轻吸一口气,抱歉地笑,目光软绵绵地,在曹啸东和孙娟脸上飘来飘去,你们聊嘛,我再给你们加个菜?他忽然兴趣盎然地小声说,我在看西南角那个姑娘。瞧她像不像靳尚谊那幅《蓝衣少女》?太像了是吧?尤其鼻翼嘴角那一块。

高师母脸上是一种听到孩子话的容忍的笑意。曹啸东和孙娟愣一下,转头去看,高老师却又挥着手急促地说,你们不要一起回头。孙娟说,我们看也是瞎看,高老师说的我都没听懂。曹啸东却说,靳尚谊我知道的,中央美院院长。高师母笑道,呀,小曹知道靳尚谊,可以可以。高老师柔声纠正道,前,他是前院长,我从国美调过来的时候他刚好离职。老靳啊他画什么都特别工稳,不过有时最动人的美感,在于那一点不确定和恍惚……他微笑看着眼前,却好像什么也没看见,宛如生公说法,不在意对面的是自己的研究生还是对艺术一无了解、毫无兴趣的陌生人。

回去时曹啸东感叹了一路:见着真佛了!这才叫艺术家,

心里全是艺术，一点架子没有。球球就该让这样的人天天熏陶，这口奶算是吃着了。

正月初六这天下午的高老师显得更恍惚些，也更"艺术"。曹啸东和孙娟双双从椅子上起身，就差喊一声"老师好"。球球这次不用提醒，自己跳下沙发，迈着两条雪白细腿跑过去，喊，高爷爷！

高老师抬头看到客人，显得比方才高师母更惊讶。小曹小孙？哎，球球！高师母说，前几天小曹约好的大年初六来拜年，你看，咱俩谁也没记住。高老师抱着趴在他膝盖上的球球，笑道，无约而至，也是一种惊喜嘛，好比苏轼看月亮很好，就去找张怀民夜游。高师母发出一声苦笑似的哼哼。

球球把脑袋仰得后脑勺贴了脖梗，一老一小四只眼对望，画面十分动人。高老师两手握着小女孩的头，笑嘻嘻地摇一摇，像人手里晃动一个大玻璃镇纸，欣赏里面雪花摇漾。球球的辫子像拨浪鼓的两条绳子一样甩了起来，她肃然道，高爷爷，你最近有什么新作品问世？

后面三个人发出笑声。高老师说，球球上了幼儿园，不得了，会用"问世"这么高级的词了。他一歪头，笑道，跟你说，球球，我倒是想"问世"，我有好多问题想问世界，但是问不出来，也没人回答。球球慷慨地说，那你可以问我！

说不定我知道,我都读过一百本书了。

曹啸东隔着半条走廊,欣赏这幅含饴弄孙图。他觉得今天高老师也有点怪,平时老爷子会一把举起球球,端在胳膊上,大步走进画室,四处转悠,让球球评价他的画,你看我这个雪地画得怎样?那个树林呢?顺口讲些什么"强明暗体系""平光顶光"。

但今天他没有。

曹啸东说,球球,还不快拿你的画册给爷爷看看?球球跑回桌边,孙娟从手提包里拿出画册,递给她。

高师母说,我跟小曹小孙说了,咱晚上得去老严那里吃晚饭,是吧?她看着高老师。高老师单手托着画册,一页页翻动,不抬头地说:啊?哦。他目光停在册子里一页,斜一斜本子,给球球看,这张地铁里的人最好,每个个体的特征都抓得很准,以后就照这样画。

那张恰好是曹啸东批评过的。他给球球立了个规矩,每天把当日印象最深的一幕画成画,作为日记。那天孙娟带球球去跟朋友吃饭,到家有点晚,十一点了,球球一进门就趴床上说累了不想画日记了,曹啸东不答应,拽她起来,说"锲而舍之,朽木不折,锲而不舍,金石可镂",球球蔫头耷脑地晃到书桌边,五分钟画了一张挤地铁图,画得很潦草,一条横线是横杆,一条竖线是竖杆,横线上一排圈圈吊环,几个人拉着吊环,人脑袋有大有小,人身子歪七扭八。曹啸东嫌她不认真,小小发了脾气,还是孙娟过来解围,抱起球球去卫生间洗澡了。这时高老师专挑这张来夸,球球拿眼使劲瞧她爸爸,直舔嘴唇,一种想得意又怕他尴尬的不知所措。

曹啸东笑道,嗐,您也别太捧她了,她那张人体比例都错得离谱,没好好画。

高老师正色道,《格尔尼卡》里哪个人体比例是对的?你看,这女人的头靠在她旁边人肩上,球球把这颗头画得非常大,我们既能感到女人那种工作一整天之后的疲惫,又能感到那男人被这颗头压着的沉甸甸的知觉。你再看这个人,他个子矮,抓吊环吃力,球球把就这条胳膊画得特别细长,好像过于用力,抻长了似的,多么生动!雷诺阿说过:我一辈子都在学习怎么像个孩子一样画画。按这个理,我得跟球球多学习呢。他朝球球投出一个赞赏的笑,球球满脸发光,报以一笑。

眼看老爷子要把球球夸成毕加索转世灵童,孙娟连连说,可没那么好……曹啸东有点愣神,在父亲尊严受损和为女儿骄傲之间犹豫,最后决定还是骄傲一会儿,又把"雷诺阿说我一辈子都在"云云,默诵一遍,誊在心里便签纸上,想象将来能在哪些场合不经意地往外一抛,让听的人惊诧钦佩。他在幻想中彩排,接受肃然起敬的眼神,悄悄地提前快活起来。今晚已经很有收获了,胡适不是说过,"进一寸有一寸的欢喜"——这句是上上次拾的高老师的"牙慧"。常来,以后还是得常来。

高老师合上画册,还给球球。球球说,高爷爷我去看了个画展。边说边看曹啸东。高老师嗯嗯两声,朝曹啸东和孙娟一点头,说,你们坐,你们坐,我出去抽根烟。画完一天的工作量抽根烟,是他的习惯。他走了没多久,门铃又响,高师母过去开门。

门咔嗒一开,像揿了什么录音机的开关,两条重叠的声音响起:哎呀!莉莉过年好!秀英,你也过年好,嗐,来就行了,提什么东西。我二哥呢?他出去抽烟了,你进来坐!不坐不坐,你们这小区停不下车,家栋开着车,在外边路上转悠呢,而且还约了别家拜年,咱自己家人,不整那套假客气,我上来拜个年就走。我说莉莉,今年勇则家还是你俩去拜年吧,这个你拿给他们两口子……

那两条此起彼伏的嗓音,因其无意义,成了白噪音,曹啸东看看球球,又看看走廊尽头那间画室的门,就像阿里巴巴的哥哥眼望堆放财宝的山洞大门。他弯腰悄声对球球说,

拜 年

球宝，你想不想看高爷爷的新画？

球球说，想。

曹啸东说，那你进去看看。

球球眼睛闪动，也压低声音说，周奶奶不喜欢别人随便进画室。

可高爷爷喜欢你进去对不对？每次他都抱你进去玩。

可高爷爷现在不在呀。

所以呀，你自己进去就好。

孙娟一边择豆芽一边说，哎，这好吗？

曹啸东舌尖牙齿一碰，喷出一声轻微不屑与责怪的"啧"。他不理孙娟，跟球球说话的声音里有了警告意味，你要不去，咱一会儿就得走了！那你这次都没机会看一看高爷爷的画，不是白来一趟？

球球显然对白来一趟有不同见解，不过儿童都有种跳过迷惑信息的本事。她驯服地点点头，滑下沙发，沿着威廉·莫里斯花纹的墙纸——第一天来这房子拜访时高老师说的——走过走廊，推开画室虚掩的门，消失在门后。

门咔嗒一声关闭，好像从老式座钟里弹出的报时小人，又沿着轨道回到那个神秘小房子里去。

曹啸东的一部分灵魂，也跟球球进去了。高老师的画室，他去过几次,那是全屋最大的房间,窗户落地,采光足够好,丰沛的阳光照进来,一地黄金,带四个滑轮的画架立在窗边,上面搁着绷好框子的画布,旁边一个放画具的小推车,车里有油壶、笔筒、刮刀、稀释剂、调色油,一头裹布的画杖,被捏得坑坑洼洼的颜料铁管,一摞摞擦笔的报纸方块。还有一张双人床大小的松木工作案,案子上淤积起厚厚一层:各种开本的画册、画纸、草稿、颜料盒子、炭条盒子。

墙上挂得密密麻麻,几乎露不出墙皮,画纸成了另一层墙皮。有的画已经完成,上了木框,更多的是随手钉起的素描头像、炭笔速写、淡彩风景……一双紧攥的手,一对踮起脚尖、弯折成九十度的脚(所有脚的脚趾,都是第二个比拇指长),菜市场一角,高师母坐在小板凳上择菜的背影,还有十几张小孩子的各种侧脸和情态动作,球球亦在其中,还有四五个陌生小孩。

房间十分凌乱,没一样东西干净纯白,东西工具都是旧的,画架、案子、洗笔筒、油壶、调色盘,裹着无法清洗掉的油彩包浆。油彩无处不在,幽灵似的,它跟随主人的手泽,萦绕在每个角落、每样东西上。每次高师母一进画室就两手不停地收拾,兼之小声抱怨。可曹啸东心里认为它美不胜收。

它由一种神秘的、至高无上的秩序统治着。真正的美人，粗服乱头，不掩国色。整齐的那是校长办公室，是档案馆，艺术的殿堂不需要整齐。

对曹啸东来说，它不只是个房间，是一种……象征。

他最深层的恐惧，就是他出身之地在皮肉骨头上钤的"粗俗"的印，会像遗传病一样传到球球身上。球球出生后，他像一台人肉榨汁机，把他认为最好的东西切片、混合、榨汁，制成营养液，好让她体内长出足够强大的免疫系统，把所有的低俗菌群抵御在灵魂城堡的护城河外。目前，球球在气质风度品位上暂时傲视群孩，但这还不够，远远不够，那种初具雏形的典雅，有时脆弱得犹如幻象。去年春节他们回老家，住了五天，不管曹啸东怎么努力营造一个精神真空舱，球球还是迅速学会了"啥""咋啦"等刺耳的方言词，又在不知哪个亲戚家孩子手机上看了《熊出没》，并且没出息地迅速爱上，跟着那群孩子乱喊"熊大，你等等俺"。

大年初四曹啸东带全家去串门，球球在后座，忽然囔囔憋不住了，车一停，她就蹿下去，蹲下在地上尿了起来。曹啸东像被雷劈了，问她跟谁学的。她说上午舅奶奶带她去买菜，半道她憋尿，舅奶奶把她领到路边草稞子里，哗哗放了水。

· 如雪如山 ·

那个蹲成一小团的身体上,扭过一颗小脑袋,很没眼力见儿地说,草叶子还扎我的屁屁了,又痒痒又好玩。

那天如果没孙娟拦着,曹啸东就要连夜开车带孩子走。这里不再是故乡,是切尔诺贝利,每寸土壤都含着有毒的辐射。球球已经中毒了,他恨不得用嘴把她体内的毒吸出来。回家两个月之后,球球才渐渐忘了《熊出没》,让BBC的非洲动物纪录片把旗帜插上她的兴趣城堡,"啥"和"咋啦"则像慢性中毒后遗症似的,不时刺耳地发作。

高老师的画室,是曹啸东心中能治一切尘世粗俗之病的高压氧舱。未来球球也会有那么一个房间,一个工作室,来储藏她与艺术交相辉映的光芒。女孩要富养,不是指物质上的富,只领会到锦衣玉食的人都是蠢材,只有他曹啸东最懂,富是灵魂上的富,是要尽最大努力给孩子世上最高级纯粹的、艺术的精华液,外敷内服。这是曹啸东的父母欠他的,他要还给球球。

门口高师母和客人已告别过两次,又被忽然想起的新话题打消,看样子还会有第三次。笸箩里待择的豆芽快见底了,曹啸东轻声说,你搞慢点,这会儿先不弄了。孙娟便停了手,后背贴在椅背上,低头看看指尖的美甲,抬眼去看对面挂的两幅画。曹啸东说,这两张好像是新的,上次来没有吧?

一幅是个一手提弹弓一手拎着麻雀翅膀的少年，立在树荫下，扭过一张光点斑驳的脸。另一幅是个赤裸的成年男人，左手叉腰，右手托起一串葡萄放到嘴里。曹啸东说，你看什么呢？孙娟小声说，高老师这画都是有活人模特的，对吧？……这模特还挺大的。曹啸东笑道，你个大俗妞。

只听门口响起高老师的声音，秀英来了？怎么不进去坐？哎呀二哥过年好，我不坐了，一直说要走，跟莉莉一拉话就没完……

啪嗒啪嗒的拖鞋声，高老师走进客厅，朝曹啸东和孙娟点点头，脸上有种吸烟后的松弛。画室门的门把一动，球球从里面跑出来，在走廊半路站住，喊道，高爷爷我憋憋了，要嘘嘘。

高老师对她何以从画室里出来有些惊讶，去，快去！球球咚咚跑向卫生间，曹啸东在她背后说，好好说话，怎么舌头又短了？

高老师说，别总训孩子，小曹，你呀，一万个爸爸里也没你这么心细的，就是管球球管太严了。

孙娟在一旁说，对的，我就总说他，过犹不及。

曹啸东笑眯眯的，又把这话当褒奖领受了。他说，高老师，球球最近在学素描，她有个问题就是……他没说完，画室门的门把又动了，门打开，一个人走出来。这次轮到曹啸东和孙娟愣住，他们没料到画室里还有别人。

那是个高瘦的年轻人，三十岁上下，驼背，头上裹着条红黑方格的头巾，像《加勒比海盗》里的杰克船长，又像美国那种专往墙上涂鸦的街头艺术家。头巾边缘跟个碗边似的紧扣眉毛，底下一张白得发青的脸，脸皮不太充裕，紧蒙在头骨上，绷出太阳穴和颧骨的形状，一对细长凤眼，眼光稍显呆滞，好像没睡足，更兼浓睫毛压住，仿佛不太亮的灯泡上，蒙了一圈丝丝缕缕的毛线灯罩，嘴唇薄如切口，犹豫不决地抿着。

他闪着眼，朝客人笑一笑，转头问，高老师，画笔刷子用不用给您泡上？那个嗓音轻柔，虚软，声音像是一说出来就随时准备消失。

高老师面色如常，说，泡上吧，我今天不画了。

外门处静了，拜年的女人终于离开，高师母提着一个纸绳捆扎的点心盒回到客厅。她一眼看到那个头巾青年，显出惶遽之色，还有点窘，倒像这头巾青年是她藏在屋里的情人，机事不密，泄露了。

高老师说，画布还差几块没绷？

那人说，两块儿，您那钉枪太难使，这拨雨露麻的质量也不大行。哎呀，困得睁不开眼了，我去打杯咖啡喝。他对高师母说，周老师，那包新的曼特宁豆子在哪儿呢？厨房顶柜儿最上层？他说话口音有点怪，尖团音像本地话，却又掺了些儿化音，驴唇对马嘴。

高师母说，对，最上层。她站在方桌旁，垂下头抓了一把笸箩旁边的豆芽须子，手一抖又扔回桌上，拿手掌一点点把棉线线头似的须子拢到一堆，拍拂手掌边缘沾的碎渣，眼镜链子在脸颊两边，晃得像风中吊桥。

高老师说，咖啡也帮我做一杯，谢了。

那头巾青年一哈腰：哎，好咧。嘴角却带起一点嘲讽似的笑意，高老师您口儿刁，您要的那个温度我掌握不好，别怪我手潮。他溜着墙角，慢慢走到厨房去，佝背探头如豆芽，走路脚底板蹭地，几乎没声音，身上一件帐篷似的肥阔白衬衣，一条旧牛仔裤，衣裤摆动，好像里头只有一副骨架子。

按说该给客人介绍一下，但高师母继续裹馄饨，两只手已镇定下来，挑一朵肉馅，一抹，压紧些，啪嗒撂了筷子，双手握着皮子一并，一捏，一枚白莲花似的馄饨摆到盖帘上了。她说，老高，你看你，光顾自己，你也不问问小曹小孙喝不喝咖啡。

曹啸东忙说，谢谢周老师，我不喝。只听球球的声音在过道里急急地说，喝什么？我也喝！人们回头看她，见她裙摆一角还留在连裤袜的裤腰里，都笑起来，方才差点陷入尴尬的气氛被笑声冲散——这就是为什么家庭需要孩子这个工具。球球看了这个看那个。孙娟招手让她过去，替她把裙摆抻出来。高师母每次跟球球说话，声音就会变成一个苍老的小女孩，哦哟，小球球也想喝，那你猜我们喝什么好东西呢？

就在这时，厨房里响起电动磨豆机的吱吱声，球球说，哦，咖啡，高爷爷最爱喝的。那我不喝，苦。高老师说，对，苦的不喝，以后你有大半辈子时间喝咖啡、喝苦东西，不着急，现在先紧甜的喝。走，我给你倒杯汽水。莉莉，冰箱里汽水还有吧？高师母一皱眉，不能给孩子喝碳酸。高老师说，过年嘛，让球球放松一下。高师母仍皱眉，不过下巴往厨房一指，表示放行，冰箱里有芬达，有七喜，昨天那谁……买来的，小曹小孙，你们跟球球一块喝点饮料吧？

孙娟说，不喝了。高师母笑道，我知道，你们年轻人现在都要控糖，见了甜的就躲，像我们小时候，家里让上合作社买糖，回来路上就忍不住拿手蘸着吃。高老师牵着球球的手往厨房走，说，你就别提以前老年代的事了，招人烦。高师母对他背影说，当然了，你是大少爷出身，天天下午吃牛油蛋糕，哪像我们穷家小户的孩子，吃了苦就记一辈子。

孙娟掐掉最后一条豆芽根须，响亮地拍拂双手，择完了，周老师，给您洗洗去。高师母说，谢谢了小孙，拿到厨房就行，我这馄饨也包完了，搁冰箱冻上，明天早晨煮。孙娟起身把豆芽根须抹到笸箩里，转头跟曹啸东说，赶紧的，搭把手呀！曹啸东从沙发上弹起来，伸手一抄，把装肉馅的搪瓷盆抢到手里。

高师母端着放馄饨的竹盖帘，走在前面，笑道，你们这代媳妇有福气，小曹多好，愿意干家务。你们高老师那双手啊，就跟金子打的似的，让他扫个地，都推脱来推脱去，我总说他：拿根扫帚能让你手上镶的钻石掉几颗？曹啸东笑道，周老师，这我得替高老师说两句，高老师是大师，大师的手那确实金贵，听说毕加索的手还上了巨额保险呢。

过道里飘满了厨房来的咖啡香气，高家厨房是西式的，吊柜炉灶溜边，中间一个黑色大理石料理台，台子正上方一圈铁丝，倒挂七八个郁金香形酒杯。球球坐在高高的吧台凳上，小手捧一个雕花玻璃酒杯，杯里装着橙子汽水。孙娟一进来就哎呀一声，高老师您怎么拿玻璃杯给她用？您这杯都好贵的，人小手不稳，打了怎么办？

高老师在吊柜里找出一根吸管，走来放在球球杯子里，笑眯眯道,这一直是球球的专用杯,她一直都能拿得稳。再说,打就打了,彩云易散琉璃脆,人间哪有千年万载的东西?高师母对孙娟说,豆芽放台子上吧,我来收。

那个戴头巾的人也站在料理台前,面前是一大堆器具,电动磨豆机、电子秤、计时器,好像要搞科学实验似的。咖啡粉已铺在卷成圆锥形的滤纸上,像沙漏剖开,露出沙子。他提起黄铜手冲壶,细细地把水注入,头巾尾巴从脑后垂到胸口,那张小白壳子脸笼罩肃杀之气,太阳穴和颧骨处有一长条发亮的区域。倒入一点水,他暂时放下手冲壶,在计时器上按了个时间。曹啸东知道那叫"闷煮"。

那人双手撑住台面等待,十根细长手指屈起,像蜘蛛腿。高老师倚在台子边沿,接续之前不知何时的谈话,幽幽说道,我啊,现在主要是体力不如从前,下笔没那么有劲,没那么准了,到现在我才明白,无论什么工作,拼到最后,还是拼最原始的体力。

高师母从冰箱里拿出分格收纳盒,把馄饨一只一只填进格子,说,现在想起锻炼体力了?我让你跟我去跳广场舞,你怎么不去?

曹啸东和孙娟都笑了,孙娟说,是呢,跳广场舞其实可累了,特别锻炼人,高老师可以考虑考虑。曹啸东说,高老师去跳两天，回来可以创作一幅组画，《跳舞的人》，绝对跟马蒂斯有一拼。

高师母笑道，他？哎哟，他才不去呢，他嫌掉价。

戴头巾的人盯着滤纸上的咖啡，蜘蛛腿弹动几下，他不抬头地说，要让我说，您大可以换画法儿，不一定非抱着老章程。职业球员踢球踢到职业生涯后期，身体机能下降，都会换打法。再说，您那种宋画儿式的、文艺复兴式的工笔，也该改一改，您这岁数，再不改可没机会了。高老师轻拍一下台面，仿佛钟子期一句话说到俞伯牙心缝里，对！我去年给你写信时也说过要换，可是嘛，you can never teach an old dog new trick。

曹啸东在一边听着，这句谚语他懂，"老狗学不会新花样"，心里一阵窃喜。

计时器轻响一声，戴头巾的人执起手冲壶，打着圈在滤纸上浇水，手法十分潇洒，好像不是在浇水，而是用壶嘴画一幅画。他目不转睛地看着水说，嗐，又不是被动地 teach，您是自觉自愿，自学，有充分的主观能动性，那差别可大了。人家监狱里喊口号儿都说"重塑自我的最佳时机，是从下一秒开始"……

砰的一声，高师母把冰箱冷冻层的门甩上，打开冷藏层的门，提高声音说，老高啊，真该除霜了，你瞧这霜花，半尺厚。孙娟说，周老师，你们换个自动除霜的冰箱吧，这冰箱都多少年了，打我们第一次来就在。球球嚷道，冰箱不能换。高师母说，为什么？球球伸手一指，上头还有我的作品呢。那是她在彩泥课捏的一朵向日葵，背面嵌了磁铁，作为冰箱贴。大家笑，高师母笑道，不管换多少冰箱，一定把我们球球的作品陈列上去，啊。

水声汩汩，戴头巾的人把咖啡依次倒进两个带托盘的瓷杯，双手扶着托盘，往高老师面前一推。高老师端起杯子闻了闻，啜一口，评价道，这次比上次好。慢慢又找回手感了，是不是？这玩意也是个肌肉记忆，就像骑自行车，十年不碰，一上去还是会骑。

球球说，为什么咖啡闻起来香，喝起来苦？高老师说，人生大多数事，都是这样，等你长大就知道了。

曹啸东对球球说，等将来你也学这个哥哥，做香喷喷的咖啡给爸爸喝，好不好？球球说，好，刚才维伦哥哥还说要教我拉琴呢。

高师母转过身来，球球，你跟哥哥都认识了？什么时候？戴头巾的人朝球球莞尔一笑，眼角颧骨堆起细纹。球球说，就刚才，维伦哥哥绷画布的时候。高师母说，哎，维伦，你那摊不是还没弄完？你拿着咖啡到工作室去喝吧。

戴头巾的人又笑笑，不说话，朝高老师点一下头，又跟球球一挤眼，站起身，三个手指尖捏住咖啡杯的把。他身上又出现那种瑟缩的神态，仿佛随时想要匿入空气里的一个洞，驼着背，伸着头，脚板蹭地，慢慢走了。走过曹啸东身边时，两人互相点点头。戴头巾的人目光在他面上轻轻一溜，滑过去了，那眼目的窗牖偶一开，露出半面，是个不知如何被压抑、摧残到有些变形的灵魂。

高师母从抽屉里找出印有超市名字的塑料袋，窸窸窣窣地抖开，把豆芽装起来，孙娟说，周老师，您今年不打算再带一个孩子？

高师母把眼镜摘下来，揪起一块针织衫的衣角擦镜片，不带了，过完年，我们打算搬个家。她脖子上细链子跟着手的动作一下下颤动。孙娟说，为什么呀？这套房子不是挺好的？高老师嗦嗦地喝一口咖啡，看着咖啡液面，淡淡说道，我呢，是不想搬。你们周老师说不搬她待不下去，那我就听她指挥喽。高师母说，反正您那金手又不动，全是我受累。

至于"为什么待不下去"，做客人的身份，不好问，不能问。曹啸东说，您二老都不用动手，什么时候搬家，招呼我一声，粗活重活，我包圆儿。他被自己这话激起一阵豪情和柔情。

高师母也柔声说,哪能总麻烦小曹你,以后我们就……

外面响起一连串鞭炮声,人们在单调的噪音里闭了嘴,却稍不自在,都赶紧找些事做。高师母走过来,收拾那些做咖啡的器具,孙娟扯了张湿纸巾,配合着擦拭台面上的咖啡粉屑。高老师喝完咖啡,杯子一搁下,曹啸东立即过去拿起杯子,走到水槽前清洗。炮声一停,静寂里只听咕噜噜的声音,球球的杯底只剩一点橙色底子,她咬着吸管一口气一口气地嘬,一心要吸干净。孙娟像忽然想起什么,眼皮往上一撑,咦,咱该走了,高老师你们晚上不是还要出去吃饭?

高师母说,哦,对的,对的。老高,你准备准备,差不多咱也该走了。又说,球宝,去趟厕所吧?刚喝那么多饮料,回家路上估计要憋憋了。

球球摇头。孙娟说,那改天我们再来看您二老。高师母说,小曹,那个小画架你们给球球拿回去用吧。

曹啸东说,给球球?不给以后的孩子留了?高师母摇头,过了这一年,我们俩又老了一块,嘴头上不服老不成,以后我们也带不动孩子了。曹啸东笑道,那我们球球就是关门弟子啦?那她可太幸运了。娟,你给球球穿外套,我去拿画架。

穿过走廊,远远画室的门开着半尺宽的缝,他在门板上轻敲两下,不等回应,推门进去。

画室仍跟以前一样，凌乱无序，充满迷人的气息，此时烟灰色遮光窗帘紧闭，灯光是那种淡淡的黄，给病人喝的姜汤的颜色。或者说是——印度黄。他曾听高老师给球球讲，伦勃朗画中用的印度黄，是尿液里提取的，一种专用芒果树叶喂养的奶牛的尿，那种叶子牛吃了不消化，一生受肠胃炎的折磨。美，往往脱生于污秽不堪之中。

在凌乱中心，那个戴头巾的人盘腿坐在地板上，腿上摊开一本画册，好像坐在风暴眼里一样宁静。他跟这房间出奇地协调，一种高贵的神秘感。房间大，暖气片少（去年高师母曾让曹啸东来看看，有没有可能加几片暖气片），又因不住人，四处是清冷之气，他反而摘掉头巾，露出一个光头，头皮上留着发际线的印子，像先画了轮廓，再用笔淡淡填色。头巾团成个球，跟空咖啡杯搁在不远处，肥裤管底下两只赤脚，白皮上凸出叶脉似的绿筋。

曹啸东说，您好。他倏地翻起眼皮，看着这个闯入者，显出被惊动的样子，有半秒钟好像没回过神来，那几声敲门他显然没听见。随后他羞惭惊慌地一笑。那个笑跟高老师的笑有点像，是过头的、用来掩饰对庸人琐事的容忍。

从站立的角度，曹啸东看见那个秃头顶上爬着一条疤痕，几点针脚对称地排在两边，像两组蚂蚁抬着一根树棍。他说，打扰您了,高老师说让我把小画架拿走。

那人指了一下,在那儿,刚才球球一进来就告诉我,那是她的画架。我给您拿。他双手支地,要站起来。曹啸东忙说,不用不用,您忙您的,我自己拿就行。他走到画室角落,那里立着几捆木条,肚脐高的小画架跟一群粗壮木条绑在一起,像战俘营里的童囚。曹啸东解开绳子,把小画架提在手里,绳子重新拴好,一幅半裸的老妇人的肖像正在那里晾干,高老师曾告诉球球,一幅画完全干透,需要六十年。

回头看时,光头人正快步走到书架前去找书,背弯得更厉害,好像实在急不可耐,连直起身子这点时间都不舍得花。他左右晃动身子,在书架的几个格子里巡视一番,把靠在书架上的几幅画搬开,嘴唇微动,像母亲跟婴儿、主人跟猫狗念叨的独有昵语,找到一本新画册,抽出来,蹶着愉悦的小步,回到工作案旁。

他拿书手势很怪异,两个手指尖捏住书一角,像拎一块刚从饼铛上揭下来的热饼,其余几根手指翅膀似的向外张开。曹啸东对那手势陡生一丝妒意,但他马上觉得自己简直疯了。

那人背对他,仿佛不记得屋里还有别人。他倚在案子边缘,捧着画册,打开,随手拿起一张高老师的画稿对照看看,又抛下，一只赤脚的脚跟搭在另一只脚背上，后背像条弓，衬衣在背上贴紧，透出一串脊椎骨的疙疙瘩瘩，枯细手指急速翻页，犹如拨动草丛找遗落的珠子，哗哗的声音显得不耐烦，又有种熟不拘礼。

他惬意得像鼹鼠待在洞里，海豚待在海里。其余人都是访客，是聒噪的割草机，是闯入的潜水员。曹啸东心里泛起熟悉的酸楚，这人年纪跟他差不多，命运的手无意中哆嗦一下，悠然坐在这里的也可以是他。他慢慢走过来，笑道，听您跟高老师谈话特别有收获，您也是画家吧？

那人轻吸一口气，猛地抬头，额头上堆起一组抬头纹，他摇头，我会画两笔，也懂一点，不过不是画家。

曹啸东说，您是高老师的学生？

那人的眼白在睫毛底下闪几下，好似深潭里狡黠的鱼翻腾，两个嘴角往上一挑，笑道，不是。我是老高的儿子，我叫高维伦。

曹啸东一时不知说什么，两片嘴唇开了缝，合不拢。叫高维伦的人看着他的脸，似有歉意，也有一丝恶作剧得逞的快意，嘻，我从小就管我爸妈叫老师，高老师，周老师，听着确实像学生，教您误会了。我还有时直接叫我爸名字：哎，高正则，要不就，正则，这样。

他嘴边声音里都有笑,但笑意总被颧骨的玉门关拦着,吹不进眼中。曹啸东点头,好,直呼名字最好,西方家庭不都这样嘛,高老师观念一直先进,父母跟儿女平等相交,处得跟朋友一样,才是高级的教育方式。

高维伦不置可否地一笑。我听周老师——听我妈说,这两年您总过来帮忙,去年楼上漏水把厨房泡个一塌糊涂,也是您过来帮着处理的,谢谢您了。

曹啸东说,应该的,球球跟高老师周老师特别亲,特别有缘分,我跟他们二老也投缘,就跟半个家人一样。您这几年是在外国吗?留学,还是搞教学?

高维伦呵呵地笑出声,拖长声说,没——有!不是在外边儿,我在"里边儿"呢。他抬手摩挲头皮,面上表情变得似笑非笑,单睑下眼珠一转,猝然从厚睫毛里射出一道冷光。我是那个,刚刑满释放。我爸妈从来不提这事儿,是吧?我一看就看出来了。本来应该是到三月。表现好,画宣传画领导喜欢,算立功,减刑了,教官说,早点回吧,帮家里人贴贴春联,包包饺子,好好过个年。

告别时,高维伦没出来,高老师和高师母送到门外,天已全黑了。高师母牵着球球的手,球球往前走,她的手跟着拉高,最后才松开。曹啸东一手拎着画架,一手摆摆,没说话,还是孙娟说,高老师周老师,我们回去了,到搬家的时候您一定喊我们帮忙。

直到车开出小区,曹啸东都没怎么说话。孙娟说,你说也奇怪,从没听说高老师他们有孩子,结果人家儿子都这么大了,我看他岁数跟咱差不多,应该也是搞艺术的。曹啸东眼睛看着路灯照亮的路,鼻孔里哼出极轻的一声。

小画架倚在后座,球球爱惜地摸了一阵,说,妈妈,那个哥哥的名字可好玩了,他告诉我,高维伦,是凡·高、维米尔、伦勃朗三个名字加在一起,那是高爷爷最喜欢的三个荷兰画家。

孙娟说,哟,真有意思。

球球说,他跟我一样,会画画也会拉小提琴,他还会滑冰呢,滑真冰,不是单排轮。咱什么时候再来?

曹啸东说,不来了。

球球和孙娟都愣了一下。孙娟转头看他,她暗暗观察了半日脸色,知道他心里有事,换了体贴探问的声音,为什么不来了呀?

曹啸东喃喃道,什么搞艺术的,屁。他是个搞犯罪的!刚刑满释放。球球在后面说,爸爸,你说"屁"了,你怎么能说这个字？刑满释放是什么意思？

孙娟说，什么？真的假的？她身子不由自主往那边一探，又像撞上一个透明的障碍一样，往相反方向弹开。她说，人家开玩笑的吧？是你给当真了。曹啸东阴沉沉地说，不是玩笑，是那小子自己说的，还不以为耻，好像坐牢是留学去了。你没看见他那个囚犯头？怪不得在屋里还捂着头巾，一个蹲班房的，最低贱的人下人，愣装艺术家，狗屁！

这次球球不说话了，孙娟也不说话。曹啸东说，孙娟，你同学家那小孩，是哪年让那俩人带的？孙娟想了想，嘴里数数，二，三，四，五，今年她家豆包七岁，所以是五年前。等等，我好像记得豆包妈说，她们也是听说别人孩子让高家带得很好，才送去。是"好像"，我记不清了。

曹啸东说，那就是说，五年前高家已经没这人了。赶紧给豆包妈发消息，问问，问豆包前面是不是还有个孩子。

孙娟说，大过年的问这个，多奇怪。曹啸东突然提高声音，快给我问！这是大事，关系到球球一辈子的大事！你咋分不清轻重缓急呢？车里空间小，回声嗡嗡的。孙娟说，你别嚷嚷，我问。她在手机上点了一阵，放下，等着。很快手机嗡地一震，她低头看了看，答道，是。豆包爸公司同事家孩子婵婵，比豆包大两岁，是高师母给带过。

春节期间，路灯上挂了大花篮形状的红灯，一排红彤彤的，红光透进来。车上了一座桥，桥两边都是大楼，方块身子上亮着些眼似的灯，永远有人在加班。曹啸东说，要这么算，那小子刑期至少是七年，至少。他咬着牙，舌头在牙关后恶狠狠地一下下蠕动。×他妈的，那两个老东西，自己教育出个罪犯，居然还好意思觍着脸给别人带小孩。

他说到一半孙娟就不断拦他，别说了，别说了，孩子在这呢。你这是什么话，太难听了。曹啸东喉咙里跟一串鞭炮似的炸响了，我说的难听？你咋不说那俩老东西做的什么屎事情！

孙娟看一眼后视镜里孩子的脸，往后座伸过手去，在球球头顶拍两下，试图拍掉些惊惧。曹啸东说，你搜一下，犯什么罪，判七年以上？

孙娟叹一口气，那口气的意思是，好，我会照办，只为让你消停。她又在手机上连点带滑了一阵，念道，抢劫公私财物，处三年以上十年以下有期徒刑。曹啸东冷笑，你看那人怯得像个窝里耗子，瘦得像个抽白面的，不可能抢劫！他要真敢抢银行、绑人质，我倒敬他是条汉子。面前浮起高维伦的音容，那瑟缩的神色，豆芽似的体魄，高师母欲藏又藏不得的窘态……宛如一出过年的灯谜儿，射中了谜底。又想起高家父子谈话时自然而然的知己感,儿子虽是罪犯,却仍被大画家父亲引为谈话对手。那让他更有种难言的愤懑。

孙娟又念,《刑法》第一百三十三条,交通运输肇事后……因逃逸致人死亡的,处七年以上有期徒刑。这儿有一个持刀伤人的,犯故意杀人罪,判了七年。

曹啸东说,你再用他的名字当关键词搜:高维伦,判刑。

安静了一阵,孙娟盯着手机滑动,说,没有,没这个名字。曹啸东又说,有时关于案子的报道,会把嫌疑犯的名字藏一个字,你再搜:高某伦,有期徒刑。

孙娟又点了一通,摇头,也没有……咦,这儿有个高某某,是强奸案,伙同他人强奸多名妇女。《刑法》第二百三十六条,以暴力、胁迫或者其他手段强奸妇女的,处三年以上十年以下有期徒刑。奸淫不满十四周岁的幼女的,以强奸论,从重处罚。最高可判处死刑。

车子猛地打个弯,急停下来,歪歪扭扭贴着便道。曹啸东一扳车门,跳下驾驶座,急冲过去,拽开后门,厉喝道,躺下!让我看看。

球球眼睛睁得比嘴还大,那小画架斜靠着像个木头人,曹啸东抓起它来,转身一挥手,掷到远处,画架在一根路灯柱子上撞出响声,折断落地。他回过身,一把推在球球胸口,她仰面躺倒,又挣扎爬起。他上半身扑进车里,手撑着车座,吼道,过来!听见没有?

她退到后座另一头,啊地哭出来,夹杂尖叫,爸爸我害怕!妈妈救命!妈妈!曹啸东抓住女孩脚踝,一拖,拖到眼前。海军蓝呢大衣蹭得卷到腰间。她一条腿被固定住,另一条腿不断蹬踹,踢在他胸口上、肩膊上,他蓝毛衣上很快印满小小鞋印。

孙娟从副驾驶跳下地,跑过来,拦腰抱着曹啸东,脚在地上一前一后吃住,上半身往外撬,像卡通书上的兔子拔一个极大的萝卜,嘴里破口大骂,姓曹的你他妈魔怔了!我×你妈!……

曹啸东充耳不闻,侧身一挥肘,把孙娟顶开。他掀开淡蓝针织连衣裙,露出白毛线连裤袜,握着裤腰一扯,扯到不停翻腾的髋部之下,边脱边问,那个人在画室里有没有摸你?有没有扒你衣服?有没有捅你这个地方?说呀!有没有?他抬手按亮车顶的灯,拽下印着白雪公主的四角内裤,垂头查看裆部。

一阵鞭炮声噼里啪啦响起,把女人和女童的哭号声埋在里面。

二

桌上放着秀英送的一盒点心,还有方才客人提来的东西。周家莉打开纸袋,一样样拿出来,一盒印着卡通小熊彩图的曲奇,一沓五盒印着娃娃头的巧克力,一瓶酒。高正则从后面看一眼,说,伏特加,小曹他们送的?周家莉说,嗯,这个是秀英拿来的,瑞禾堂的什锦点心,说今年勇则和小菊家还让咱们去,哦,这里还有钱。

高正则拿起曲奇的圆形铁盒来拆,周家莉嘴里哎哎哎地拦他,别拆!还送人呢。高正则笑了,咱能走动的人家,都老眉咔嚓眼的,不是糖尿病就是"三高",这些甜东西还送谁?自己吃算了。他掀开饼干盒盖,尝了一块曲奇,嗯一声表示欣赏,又打开巧克力纸盒,把银光闪闪的小板子抽出来,脱衣服一样撕下半截薄薄银箔,掰下一格,放进嘴里,又掰下一格,问,莉莉,你吃?

周家莉沉下脸,我不吃,这么多年你见我吃过巧克力吗?还总问。她把那瓶伏特加放进装点心的纸袋里,看了看,觉得小曹小孙提来的花纸袋更好看,更体面,又把酒和点心盒统统倒换到花纸袋里。她说,今年维伦已经回来了,他们还让咱去大哥家拜年,合适吗?高正则说,合适!不管维伦回不回来,他都是小辈里混最差的,你说是不是?

这时高维伦从卫生间出来,甩着手上水,高老师,笔给您搁在泡笔罐里泡上了啊,有根儿排笔根本不能用了,我直接扔了。高正则说,来吃块曲奇,还有巧克力。高维伦说,嗐,刚才喝咖啡时怎么不打开吃?他慢慢走到桌边,坐下,选了一块放嘴里,欣然道,真不错,我去找个好看的碟子。他去了又回,取来一只金边白瓷小碟,把曲奇一块块叠成小塔,再拈最上面一块吃。周家莉说,天天就鼓捣没用的,没点正文。高维伦嘴里吃,手底下不闲着,捏啊捏,把巧克力的锡箔纸捏成一个葫芦形的小玩意。

看到那只纸袋子,他念上面的字:野兽派。咦,这名字有意思,这家店是不是卖马蒂斯和马尔凯的画?高正则笑道,不知道了吧?他家卖床品、瓷罐子、碗什么的,一个彩绘小瓷盘一两千。高维伦说,那高老师你该给他们画盘子去,跟毕加索似的……

周家莉把野兽派的纸袋拎到桌底下去,正色说,维伦,那个,以后屋里来客人,你就避一避,在你爸画室里待着,别出来了。她自觉语气重了,又软下声道,等搬了家就好了,行不行?

高维伦头也不抬,食指和拇指来回搓一块锡箔纸,捻成一条银针，笑道，行，周老师，有什么不行，咱家可不都听您的。但还是得说，我小时候您一重大失误，就是只打脸和屁股，忘把我腿打折了，您看这贻害无穷。现在呢，您最好找一捆铁条来，把我屋门拆了，重焊个铁条门，再打根铁链子，钥匙都您拿着，反正这些年我习惯了，木头门的屋子我待着还觉得没安全感……高正则弯起指头，指节在桌面上笃笃敲两下，行啦！越说越离谱。

周家莉鼻子里喷出粗气，两条眼镜链子无风自动，晃了好一阵。高正则说，你那是什么东西？他问的是高维伦捏的锡箔纸。

高维伦抬头一笑，牙龈和牙上尽是赭色巧克力溶液，说，小提琴呀！他左手拈着"琴"，作势放在腮边，右手捏着那火柴梗似的弓子，拉了两下。

出租车停在一片小区外，鞭炮砰砰咚咚声中，司机不回头地说，三十七，后面有二维码，您扫微信支付宝都可以。周家莉在皮挎包里掏手机，说，微信，我扫微信。

付完车钱，她和高正则各从一侧车门出去。车开走了，两人四顾，不远处有一家人出来放炮，两个老的，老头牵着穿羽绒服的大孩，老太太抱着襁褓，厚花被子顶上一颗小脑袋,戴着红缎黑边瓜皮帽;两个年轻的,一个手拈一根点炮的香,一个左右手各提一大塑料袋的挂鞭、花盒子……周家莉说,他们那个二十五号楼是在东边,还是西边来着?高正则背起手说,你去吧,我不上去了,我看这家放炮。你替我跟勇则和小菊说声过年好。

周家莉便拎着野兽派的纸袋子,自己走进楼宇之间。她凭借记忆,拐几个弯,进楼门口,一楼墙上钉的手写木牌"盲人按摩请到203室",字迹比去年旧了些。上到三楼,她站住脚回想是302,还是303。302门上倒贴一个福字,303猪肝色的防盗门上光秃秃的,除了锈迹什么都没有,周家莉在303的门上敲两下。里面传出一阵狗叫,有个女人的声音斥道,别吵,回去。周家莉提高声音说,大嫂?小菊,是我。

铁门里的木门开了,一只白毛京巴狗先冲出来狂叫,狗后面的黑暗里,出现一条人影。隔着防盗门铁条,一张女人的脸迎出来,一头椒盐色灰白头发,眼泡肉腾腾地肿起,肿起部分上两道缝隙是眼睛,睡衣外面套着一件四处起球的驼色男式毛背心。周家莉说,小菊,过年好。狗持续吠叫,女人荡着腿,用脚跟踢它,进去!宝贝蛋,乖啊,这是咱家自己人。狗缩了回去。女人抬头笑道,莉莉呀,我估摸你这两天就要来了,快进屋。

一进屋,周家莉就忍不住朝左手看一眼,左手柜子玻璃门里一个黑木框,框着黑白照片,春节期间照片前多了两小碟,一碟几个已干瘪的陈饺子,一碟白皮点心,三块叠了个小塔。房间里一股病人的陈腐味儿。

照片上是高勇则的儿子,六年前枪决。前年高勇则中过一次风,抢救是抢救过来,大半爿身子不做主了。

周家莉说,勇则最近怎么样?我去给他拜个年。女人说,下半年换的新药吃,效果不错,有进步,能自己捏住勺,吃两三口饭了……现在睡着呢。

她带周家莉往卧室走,棉拖鞋沉甸甸擦着地面。房门推开一条缝,周家莉凑在那条缝上,悄悄屏住气,往里看。里面像个洞穴,床头柜上开着夜灯,照亮枕上一个剃光了头发的后脑勺。她缩回身子,说,行,那我不吵他了,等他醒了,你给他说正则和莉莉来拜年了。

女人领着周家莉到饭厅坐下,说,正则呢?周家莉说,嗐,他还是……女人笑道,在楼下冻着呢,不愿上来,怕看见他大哥那个惨样,是吧?周家莉说,是。把手里纸袋放在桌上,拿出点心盒子和伏特加,摆开。女人说,瑞禾堂,一看就是秀英给你拿去的。周家莉说,是。女人慢悠悠拆开捆盒子的绳,拿出一块,走到供照片的柜子前,打开玻璃门,搁在点心宝塔的塔顶。

她回头说，听说你们维伦，年前出来了？

周家莉一点头，嗯。女人趿着棉拖鞋，回到沙发处，点头，好，出来好，怎么样？周家莉说，也就那样，他在里面，盼他回来。真回来了，又心里恨得慌，每天看着他在屋里晃，忽然就涌上一阵烦躁……他还得适应一阵，现在手机扫码付款，都得我和正则教给他。

窗外黑夜里响起花炮声，一簇金灿灿的光，路过窗户，蹿上去了，噼里啪啦一阵密集炸响，金色光屑纷落如雨。

狗无声走过来，伏在女人脚下。女人弯腰一捞，把狗提溜到膝盖上。周家莉说，这狗今年开始养的？女人说，嗯，夏天诚则给送来的，说是小甜出国念书不养了，让我养。我说怕养不了。诚则说你先试试，养不了再说。我问它叫什么名儿。诚则说小甜取的洋名，Illusion，不好叫，重取一个就行。我就给取个名叫：宝贝蛋。

她缓缓抚摸狗头，说，后来发现这名字取得可真准，这孩子听话得让人心疼。我天天给它买肝，买鲜肉吃。我自己吃不好，也舍不得让它吃次了。狗仿佛知道在赞它，满面庄肃，地包天的牙郑而重之地龇出来。

周家莉笑道，小菊，你那个溺爱劲又来了……她一警醒，赶紧刹住。幸好女人似未知觉,木着一张脸,喃喃道,有天我感冒发烧了,头疼,卧在床上起不来,把宝贝蛋给心疼的,一直在床下趴着,看我一醒,就扑到床上来,舔我的脸。自打国梁没了之后,我就很少哭,那天我哭得眼泪哗哗的,止不住,我说:宝贝蛋呀你可真是妈妈的宝贝蛋,妈妈爱死你啦。

楼下那家人的炮快放完了,两个大塑料袋都瘪下去。周家莉两手空空地走到高正则身后,高正则说,拜完年了?勇则怎么样?周家莉说,睡了,小菊说有点进步,能用勺吃几口饭了。高正则点点头。周家莉望着不远处的楼,说,你看二十九号楼上那个"塞纳人家",写成"赛纳",这么多年都没改,你记不记得,国梁跟那姑娘——叫什么来着?王莘莘是吧?小矬个,牙不整齐——订婚那年,勇则他们乔迁之喜,搬到这个小区,咱头回来,给他们温居,维伦一眼就看见,说那个赛字写错了……一下子,十多年了,就跟开玩笑似的。咱们怎么就活这么多年了?

高正则淡淡说道,没死嘛,可不就活下去了。你看你看,这家人要放最大的花盒子了。年轻的父亲点燃炮捻,赶紧跑回去,爷爷捂着大孩的耳朵,年轻母亲捂着奶奶怀里婴儿的耳朵。只听哧哧连声,金黄橙红雪青的花簇,从纸箱里迸射而出,直冲到六七层楼高,在空中开成数朵毛茸茸的蒲公英。

后记：雪山与百合

本书的书名，经历长达一年多的挑选、修改，最终决定叫：如雪如山。雪白，山青。雪柔软，山坚固。雪几日就融了，山千年万载在那里。日常生活里的雪和山，是隔年雪一样冷飕飕的回忆，山一般沉重的死亡的阴翳。是摆脱不掉的隐痛，是不管你看不看，它永远在那里的无法忽视之物。我小时不慎读到《乞力马扎罗的雪》，读过之后很久，还觉得那座雪山的巨大白影，冷冷地悬在眉毛之上半尺的地方。

在这本书中截取的几段生活故事里，雪山之下，都有一个叫"lili"的女性：立立、莉莉、丽丽、栗栗、俪俪。女性可如雪之柔软，被人随意掬起嬉戏，捏成雪球，撮成雪人，也可如山之坚韧刚强，不动摇不转移。

大家都知道，在英文里 lily 是百合的意思，达·芬奇等画家的《受胎告知》中天使所持的就是它，是我童年认识的第一种花。很多年来，在我心里它是花之王，白璧的花瓣，金橙色的蕊，正大仙容。叶子和花茎也好看，一根笔直长杆，宛如翠玉权杖。《雅歌》里写道:"他的嘴唇像百合花,且滴下没药汁。"完全不合情理,但句子美就行了,谁顾得上情理?

中学时的英语课文有点像情景剧,整本书讲几个男孩女孩的生活,用他们的口吻编织对话,其中就有一个Lily。老师点人读课文,我总积极举手,想演Lily。2012年我第一次尝试写小说,四万余字,给主角取名叫"荔荔"。是先定好英文名Lily,再给中文名选了一个荔字。我喜欢这名字的发音,舌尖在上颚和齿尖点一点,两个音节蹦跳出来,像柳梢头飘下鸟啭。后来不知不觉,写了更多lili的故事。

"丽丽"在我国是太常见的名字,曾有一个重名概率最高的名字榜单,前二十强里有两个丽,一个张丽,一个王丽。我认识三个叫张丽的女性。我猜,任意选一幢楼,对之高喊"丽丽",一定会有人应声探出头来。

我亲爱的读者,你一定也认识一个张丽或王丽。你也一定遇见过她们:在医院中怀抱婴儿、正为产后抑郁症所苦的她跟你擦肩而过,在微博热帖里你读过她惨死于未婚夫之手的报道。她是住你家隔壁的早熟小姑娘,也是春运火车上坐你对面的恬静女学生。所有女人身上都暗藏一块相同的拼图,她们的悲喜、隐秘的痛苦与爱憎,如此迥异,又彼此相通。

· 后记：雪山与百合 ·

她们都是 lili，也都是我。这些百合花，长在荆棘丛中，长在泉水旁，雪不能将之埋没，山也不能将之压倒。所罗门王极荣华的时候，他所穿戴的还不如那花一朵。

感谢我的编辑为本书付出的热忱与劳作，感谢我的家人，感谢给我写信、讲述自己跟小说主角相似经历的读者们，感谢在芸芸众书中选择了这一本的你。愿你们的每个日子都如一朵百合。

天翼谨白

于 2021 年 8 月